수리부엉이는 황혼에 날아오른다

MIMIZUKU WA TASOGARE NI TOBITATSU
by Mieko Kawakami, Haruki Murakami

이 도서의 국립중앙도서관 출판예정도서목록(CIP)은
서지정보유통지원시스템 홈페이지(http://seoji.nl.go.kr)와
국가자료공동목록시스템(http://www.nl.go.kr/kolisnet)에서 이용하실 수 있습니다.
(CIP제어번호: CIP2018021857)

수리부엉이는 황혼에 날아오른다

みみずくは黄昏に飛びたつ

가와카미 미에코 × 무라카미 하루키

홍은주 옮김

Haruki Murakami
A Long, Long Interview
by Mieko Kawakami

문학동네

차례

시작하며

가와카미 미에코

무라카미 하루키 씨를 처음 만난 것은 지금으로부터 꼭 십 년 전, 어느 시상식에서였다. 단상에 오르기를 기다리며 내가 "어떡하죠, 할말을 하나도 생각 안 했는데" 했더니 "그럴 땐 그냥 싱긋 웃으면 돼요"라고 그가 말했다. 덕분에 안심이 되었는지 막상 내 순서가 되자 꽤 길게 이야기를 했다. 행사장을 나오며 무라카미 씨가 휙 돌아보고는 "말 잘하던데요" 해서 나도 웃음을 터뜨렸다.

시간이 흘러 무라카미 하루키를 인터뷰해달라는 청탁을 시바타 모토유키 씨에게 받았다. 『직업으로서의 소설가』 출간 기념으로 2015년 문예지 『MONKEY』에 게재된 이 인터뷰는 이 책 1장에 해당하는 내용이다. 여러 사람에게 '재미있더라'는 평을 들어 매우 기뻤는데 무라카미 씨도 비교적 마음에 들었는지, 나중에 후쿠시마의 문학 워크숍에서 만났을 때 "그거 괜찮았는데. 책으로 나오면 좋겠어요"라고 말해주었다. 그리고 2016년 가을. 장편소설 『기사단장 죽이기』를 탈고했으니 이 작품을 중심으로 본격적인 인터뷰를 해보자는 제안이 왔다. 내가 원하는 내용으로, 원하는 만큼. 그리하여 겨울이 한창 깊어갈 무렵 사흘에 걸쳐 그와 인터뷰를 했고, 이렇게 한 권의 책으로 묶였다.

처음 준비할 때는 '수많은 독자를 대변한다'는 책임감 비슷한 것 때문에 이런저런 생각이 많았다. 그러다 어느 순간 '묻고 싶은 걸 묻고 싶은 대로 물으면 된다'—이렇게 쓰니 아이다 미쓰오* 같아서 좀 그렇지만—는 사실을 문득 깨달았다. 그렇다, 누구도 신경쓸 것 없이, 십대 중반부터 꾸준히 읽어온 작품의 작가에게 지금의 내가 정말로 묻고 싶은 것을 마음껏 물어보면 된다. 무라카미 씨의 우물을 위에서 엿보며 이리저리 상상하는 대신 직접 우물 속으로 들어가는 것이다. 가능하다면, 무라카미 씨와 함께. 그렇게 생각하니 갑자기 마음이 편해졌다.

인터뷰어 경험이 없는지라 이리 갔다 저리 갔다 어수선하고 끈덕지기까지 한 나의 질문에 무라카미 씨는 항상 찬찬하고 꼼꼼하게 대답해주었다. 작가로서, 독자로서 나는 무라카미 하루

* 시인, 서도가. 평이한 시와 독특한 서체로 유명하다.

키라는 작가와 그 작품에서 많은 것을 배워왔는데, 이번에는 각별한 위상과 활력이 더해져 아주 많은 것을 볼 수 있었다.

대화 속에, 주고받은 원고에, 홀연 등장하는 비유에, 농담에—도처에 무라카미 하루키의 '매직 터치' 순간이 있었고, 나는 그것을 고스란히 체험했다. 그런 강력한 자장 속에서 항상 조금씩 긴장됐지만 무라카미 씨는 첫인상과 다름없는 사람이라 웃음이 끊이지 않는, 무척 즐거운 시간을 보낼 수 있었다.

독자 여러분이 이 책을 어떻게 읽어줄지, 이번 일이 나 자신에게 과연 어떤 의미일지 아직은 모른다. 하지만 중요한 것은 아낌없이 시간을 들이는 일, 그리고 '지금이 그때'라는 것을 아는 일이다. 무라카미 씨가 거듭 하고자 한 말도 그것이라고 본다. 미네르바의 올빼미가 그러하듯이, 이야기 속 수리부엉이가 날아오르는 시각은 언제나 황혼, 그때다.

그건 그렇고—일단 여러분도 함께 들어가주시면 대단히 기쁘겠습니다. 어서 오세요, 무라카미 하루키의 우물에.

1장

뛰어난 퍼커션 연주자는 가장 중요한 음을 치지 않는다

니시아자부의 카페 '레이니 데이'에서. 난생처음 인터뷰하는 상대가 무라카미 하루키라니 걱정이 컸지만 준비단계에서 너무 긴장하고 생각을 많이 한 탓인지 당일은 즐거웠던 기억만 짙게 남아 있다. 이런 식으로 이야기를 나눌 일이 앞으로 또 없을 것 같아 이것도 물어보고 저것도 물어보고 싶은 마음에 질문 내용이 중구난방이었는데, 대답 하나하나에 무라카미 씨의 에센스와 매직 터치가 듬뿍 응축되어 있다. 인터뷰를 마치고 밖으로 나오자 땅이 젖어서 반짝이고 있었다. 아마 우리가 지하 카페에 있는 사이 비가 내렸던 모양이다.

낭독회의 추억

가와카미 미에코(이하 ―) 전에도 말씀드렸지만, 제가 열아홉 살 때 고베에서 열린 무라카미 씨 낭독회에 간 적 있습니다.

무라카미 하루키(이하 무라카미) 1995년 고베 지진 후에 자선 목적으로 열었던 것 말이죠. 그때 아직 열아홉 살이었군요.

― 네, 어떻게 그리 쉽게 티켓을 구했는지 신기하지만요.

무라카미 그때 낭독회를 두 군데에서 했던 것 같은데, 어느 곳에 왔었어요?

― 둘 다 갔어요.

무라카미 둘 다? 대단한데요.

― 모토마치의 회관이랑 아시야대학 홀에서 하셨죠. 이틀 다 갔어요. 물론 공고가 나온 날 바로 매진됐는데, 그 공고 자체가 그리 요란하지 않았어요. 전 그때 서점에서 일하고 있었는데, 슬립을 분류하다보니 낭독회 전단이 끼어 있는 거예요. 이거 진짜인가, 잘못된 정보 아닌가 하면서 전화했다가 티켓을 바로 구했죠.

그 낭독회에서 놀랐던 게, 무라카미 씨가 "낭독하겠습니다" 하고는 「장님 버드나무와 잠자는 여자」를 낭독하신 거예요. 원래 400자 원고지 팔십 매 정도 되는 단편이잖아요.

무라카미 맞아요. 그거 제법 길죠. 나중에 후회했어요.

― 그 자리에서 전문을 읽으셨죠.

무라카미 굉장히 피곤했던 기억이 있는데.

— 청중 입장에서는 무라카미 씨가 등장한 순간부터 한마디라도 놓칠세라 잔뜩 긴장한 상태였는데, 정작 낭독 때는 다들 힘이 다했어요. 점점 의식이 흐려지면서 한 명 탈락, 두 명 탈락, 이런 식으로(웃음). 그런데 다음날 낭독회에서는 무라카미 씨가 "어제 낭독이 너무 길어서 다이어트를 하고 왔습니다" 하는 거예요. 하룻밤 사이 단편을 완전히 다시 만들어 오신 거죠.

무라카미 네, 너무 길어서 이십 매 정도 잘라냈어요.

— 보통은 다른 텍스트로 바꾸거나 하는 선택지도 있었을 테지만, 그래도 그때 그 장소에서 「장님 버드나무와 잠자는 여자」는 최상의 텍스트거든요, 그 지방의 독자들에게. 그래서 무라카미 씨가 하룻밤 새 이 작품을 새로 쓴 거구나 했어요. 당시에는 그게 얼마나 힘든 작업인지 몰랐지만, 무척 감동해서 저도 모르게 사인 줄에 섰죠.

무라카미 줄을 섰군요.

— 줄 섰어요. "아니, 내가 줄 서서 사인받을 만큼 무라카미 하루키 팬은 아니잖아……" 하는 자의식과 싸우면서요(웃음). 사인은 미리 숙소에서 해오고, 그 자리에서는 날짜만 적어주신 걸로 기억해요.

무라카미 그 낭독회는 저보다 오히려 청중이 긴장한 분위기였어요. 잘 안 하는 일이어서 저는 꽤 즐겼는데.

— 네, 정말 다들 엄청나게 긴장했고, 그래서인지 엉뚱한 질문을 하는 사람도 있었죠. 그러면 또 "지금 무슨 소리야? 분위기 파악 좀 해" 하듯이 다 함께 필사적으로 무언의 압력을 가하는 거예요(웃음). 지금 생각하면 무척 좋은 추억이에요. 참석자도 많았고.

무라카미 제법 됐죠. 얼마 전 뉴질랜드에서 이천 명쯤 되는 관객을 앞에 두고 말할 기회가 있었는데, 입장료가 40뉴질랜드달러(약 3만 6천 원) 정도였거든요. 이렇게 돈을 많이 받아도 되나 싶어서 저도 무척 긴장했어요.

— 이천 명이라. 공개 인터뷰였나요?

무라카미 맞아요. 별로 대단한 이야기는 하지 않았지만.

'말 걸기'의 변화

— 무라카미 씨는 지금까지도 종종 집필 작업과 그와 관련한 일에 대해 인터뷰나 에세이에서 말하고 쓰셨는데, 그것을 『직업으로서의 소설가』라는 책에서 종합했다는 느낌이 듭니다. 이번에 체계적으로 쓰니 어떠셨어요?

무라카미 그 책은 어느 잡지나 출판사에서 청탁을 받아 쓴 게 아닙니다. 소설 쓰는 작업에 대해 예전부터 하고 싶었던 말을 한

번 글로 정리해볼 생각으로, 말하자면 저 자신을 위해 쓰기 시작했죠. 시작은 오륙 년 전인가. 하고 싶은 말을 고스란히 글로 옮길 작정이었는데, 그러면 당연히 여러모로 껄끄러워지는 터라(웃음), 나중에 손질하면서 세상에 내놔도 괜찮도록 고쳤습니다. 그래도 비교적 하고 싶은 말을 솔직하게 쓴 편이에요.

— 집필을 끝내고, 할말은 다 했다, 뭐 그런 느낌을 받으셨나요?

무라카미 아뇨, 그렇지는 않았어요. 여러 토픽을 다루었지만 아직 건드리지 않은 토픽도 꽤 많은 것 같습니다. 이를테면 번역 이야기는 하지 않았고요.

— 그렇군요.

무라카미 번역에 대해서는 언젠가 독립된 책으로 쓸 생각이에요. 여유를 가지고 시바타 모토유키 씨와 책 한 권 분량의 이야기를 하려고요. 그렇게 쌓아둔 주제가 몇 가지 있습니다. 또 아무래도 공개적으로 말해버리면 특정인이 얽혀서 좀 곤란해질 이야기도 있고요.

— 『직업으로서의 소설가』에서 다룬 주제들은 자연스레 나온 건가요?

무라카미 음, 머릿속에 떠오른 대로 조금씩 쓰다보니 토픽마다 하나의 장으로 정리됐어요. 시간을 들여 장별로 하나하나 써나갔죠. 저에게 제법 중요한 책이 되리라 생각해서, 마감일을 정해두지 않고 천천히 써나갔지요.

— 무라카미 씨가 누군가에게 말을 건넨다는 것이 그 책의 매력 중 하나라고 생각합니다. 프로 작가를 향해 쓴 부분도 있고, 작가 지망생, 혹은 소설을 쓰지 않는 순수한 독자, 나아가 십대나 이십대 시절의 무라카미 하루키 자신을 향해 썼다고 보이는 부분도 많거든요. 특정인은 아니더라도 무라카미 씨가 그 책을 확실히 존재하는 '누군가'를 향해 썼다는 부분이 매력적으로 느껴졌어요.

특히 첫 장이자 『MONKEY』 창간호에 게재되었던 「소설가는 포용적인 인종인가」의 마지막 문장인 '링에, 어서 오십시오'를 읽고는 좀 놀랐습니다. 그렇게 직접적으로 말을 거는 표현은 처음 본 것 같았거든요. 무라카미 씨는 그 책에서 글쓰기에 대해 매우 개인적으로 깊이 파고드는데, 그 뉘앙스도 지금까지와는 조금 다르게 느껴졌어요. '우리'라는 시점이라고 할지, 전과 다르게 듣는 사람을 향해 말을 거는 느낌이었는데, 어떤 의식적인 변화가 있었을까요?

무라카미 당연한 얘기지만 젊었을 때는 주위 작가가 대부분 저보다 나이가 많았죠. 그런 마당에 저는 말하자면 반항적이라고 할지, 아웃사이더 의식이 강했으니까, 나름대로 윗세대 작가를 경계하는 면이 있었어요. 좀 삐딱하게 본다고 할까, 일부러 거리를 두는 분위기였는데, 이 나이가 되니 거리를 두고 말고 할 것도 없어서(웃음). 지금은 저보다 젊은 작가가 대부분이니까요. 이를테면 아쿠타가와상 심사위원들도 저와 나이가 비슷하거나 더 젊거든요.

— 그렇죠.

무라카미 그러면 아무래도 작가를 대하는 시선이 바뀝니다. 예전에는 꽤 뻣뻣하게 굴곤 했지만 지금은 뭘 하든 네네 하고 받아주는 느낌이에요. 다가갈 필요는 없지만 뻗댈 필요도 없죠.

— 그런 변화가 있군요?

무라카미 그래서 지금은 그저 심플하게 '나는 이렇게 생각합니다' 하고 이야기할 뿐입니다. 무언가를 주장하는 게 아니라요. 그 책에서 '나는 이렇습니다 강연'을 듣는 가상의 청중 중에는 저보다 젊은 작가가 포함됐을지도 모르고, 아직은 아니지만 장차 작가가 되고 싶은 사람이 있을지도 모르죠. 아까 말한 낭독회의 청중과는 좀 다르게, 제 책에 열광하는 독자도 있고 실은 제 책을 한 권도 읽지 않은 사람도 있을 겁니다. 그렇게 다양한 청중을 자연스레 아우르려는 의식이 강해졌는지도 모르겠어요. 아마 나이 때문일 테죠. 제 말에 공감하는 사람도 있고 공감하지 않는 사람도 있겠지만, 아무튼 하고 싶은 말을 최대한 알기 쉽게, 시원하게 해버리자고 생각해요.

— 예전 인터뷰 등에서 '후배나 후진을 양성한다는 의식이 있습니까'라는 질문에 '별로 없다'고 답해왔고, 무라카미 씨의 그

생각은 아마 지금도 변함없을 것 같은데요. 각자 알아서 하면 된다는 식으로.

무라카미 음, 그렇죠. 기본적으로는 그렇습니다. 거들어주지 않지만 방해하지도 않는다고 할까요.

— 그래서 이 책의 '링에, 어서 오십시오'라는 문장은 지금껏 무라카미 씨에게서 찾아볼 수 없었던 것이고, 독자로서 색다른 것을 공유하는 느낌에 가슴이 설레는 도입부였습니다.

무라카미 젊은 작가들에게 연대감을 느끼느냐고 묻는다면 딱히 그렇지는 않습니다. 다만 동업자로서 직업 윤리관, 이라고 하면 얘기가 너무 거창해지지만, 직업인으로서 일종의 공통 인식 같은 건 갖고 있어요. 그건 제법 중요하다고 생각합니다.

— 그 책에서도 오랫동안 꾸준히 글을 쓰는 작가라면 '한결같은 경의를 품고 있다'고 쓰셨죠.

무라카미 물론 취향과 호오는 있지만 글쓰기를 업으로 삼은 사람들의 지속적인 행위에 경의를 표합니다. 오랫동안 쉬지 않고 직업적으로 소설을 쓰기란 누구나 할 수 있는 일이 아니니까요.

캐비닛의 존재

— 그리고 그 책에서도 언급한 캐비닛 이야기가 이미지로도

멋집니다. 무라카미 씨 안에는 많은 캐비닛이 있다고요.

무라카미 그렇죠, 제 안에 커다란 캐비닛이 있고 서랍이 잔뜩 달려 있어요.

— 그와 관련해 인용한 조이스의 '상상력이란 기억이다'라는 말도 흥미롭습니다. 의식한 것과 의식하지 않은 것 모두 한 덩어리씩 차곡차곡 캐비닛에 들어간다. 여기서 중요한 건 글을 쓰는 사람이건 쓰지 않는 사람이건 알고 보면 모두 캐비닛을 가지고 있다는 사실이죠.

무라카미 다들 가지고 있죠, 제법 많이.

— 누구나 각자의 캐비닛을 가지고 있고, 그 안을 채워간다. 중요한 건 그것들이 필요할 때 어디 들었는지 즉각 알아내고 입체적으로 조립하는 일이다…… 그건 결국 캐비닛 주인의 역량에 달렸을까요?

무라카미 그렇죠. 소설을 쓰면서 필요한 때 필요한 기억의 서랍이 알아서 탁 열려줘야 합니다. 그게 안 되면 서랍이 아무리 많아도…… 소설을 쓰다 말고 일일이 열어보며 어디에 뭐가 있는지 찾아다닐 수는 없는 노릇이니까요. 아, 저기 있다, 하고 그때그때 서랍들이 자동으로 속속 열려주지 않으면 실제로는 쓸모가 없어요.

— 자동으로 열린다고 하셨는데, 그건 훈련이나 노력으로 어떻게 되지 않는 부분일까요?

무라카미 그렇다기보다 쓰는 중에 점점 요령을 터득해가는 거죠. 전업작가로 살다보면 항상 그런 것을 자연히 의식하고, 어디에 뭐가 들었는지 감으로 알게 됩니다. 이게 중요해요. 경험을 쌓고, 여러 기억을 효과적으로, 거의 자동으로 즉각 끄집어낼 수 있어야 하죠.

— 뒤집어 말하면, 조립하고 입체화하는 요령이 패턴화될 위험성은 없을까요?

무라카미 어디 있는지 대강 알게 되는 것과 함께, 생각지 못한 순간 생각지 못한 서랍이 탁 열리는 것도 중요해요. 그런 의외성이 없으면 좋은 소설이 되지 못하죠. 소설 쓰기란 이른바 '액시던트'의 연속이니까요. 소설 속에서는 많은 일이 자연발생적으로 일어나야 합니다. 여기서는 이런 에피소드를 써두자 하는 식으로 가다보면 당연히 이야기가 패턴화되겠죠. 예상치 못하게 튀어나오는 것에 대응해서 재빨리 움직이지 않으면 이야기가 생명을 잃어버려요.

— 자질이 있는 사람이라면 어느 정도 자기 내부에서 필요한 것을 찾아낼 수 있겠지만, 캐비닛 앞에 서서도 아무 느낌이 없는 사람이라면 소설 쓰기는 좀……

무라카미 특별한 조각 하나를 던져넣는 것만으로 이야기의 흐름이 크고 활발하게 움직이기 시작할 때도 있죠. 때에 맞춰 그런 조각을 찾아나가는 것이 매우 중요한 작업입니다. 그것만은 특별한 기술이랄까, 타고나는 자질인지도 모르겠어요.

— 무라카미 씨 작품으로 말하자면, 예를 들어 『1Q84』의 '아오마메'*라는 이름도 그렇죠.

무라카미 이리저리 이름을 구상하는 중에, 안자이 미즈마루 씨와 에비스에서 술을 마셨을 때 가게 메뉴에 있었던 '완두콩 두부'가 문득 떠올랐어요. 그래서, 좋아, 이걸로 가자, 했죠.

— 후후후(웃음).

무라카미 아무 관계 없는 기억인데 그냥 '아오마메'라는 이름이 갑자기 머릿속에 떠오른 거예요. 마치 누군가와 마주치는 순간처럼. 그러면 이야기가 앞으로 나아가기 시작하죠. 이름은 꽤 중요한 요소니까.

— 그럼 마찬가지로 『1Q84』에 나오는 술집, '무기아타마麦頭'는요? 대체 어디서 나온 거죠?(웃음) 전 그 이름 무척 좋아해요.

무라카미 '무기아타마', 그건 어떻게 떠올렸더라? 기억이 잘 안 나는데요. 아무튼 그게 만약 '시라카바白樺' 같은 이름이었다면 재미없었겠죠.

— 으음, 영 다르네요. 무라카미 씨 작품의 특징 중 하나가 정교한 비유라 생각하는데, 이 역시 자연스럽게 나오는 건가요?

무라카미 그렇죠. 예전에 한 평론가가 무라카미 하루키는 아마

---

* 青豆. 그린피스, 완두콩의 일종.

노트에다 온갖 비유를 써서 모아뒀을 거라고 했는데, 그렇진 않아요(웃음). 그런 노트 없습니다.

— 저절로 튀어나오나요? 그때그때 필요한 것이.

무라카미 나와요. 필요할 때, 제 발로 찾아오듯이.

— 부럽네요.

무라카미 저절로 나오지 않을 때는 비유를 쓰지 않아요. 억지로 만들려면 말에서 힘이 빠져버리니까.

— 비유 역시 말의 조립이고, 서로 다른 것들끼리의 거리니까요. 곡예와도 같죠. 놀라움을 불러오지 않으면 비유가 되지 않고, 딱 들어맞아야 하고.

무라카미 네. 뭐니뭐니해도 거리감이 중요하죠. 너무 붙어도 안 되고 너무 떨어져도 안 되고. 그렇게 논리적으로 생각하기 시작하면 어려워져요. 비논리적인 게 제일이죠.

— 하나하나의 표현을 끄집어내기도 어려운데, 저절로 나온다는 건…… 그런 조합도 캐비닛에 들어 있다는 거죠?

무라카미 들어 있을 겁니다. 전 비교적 간단하게 비논리적이 되거든요.

— 그건 정말로 부럽습니다(웃음).

무라카미 비유에 관한 건 대개 레이먼드 챈들러에게 배웠어요. 챈들러는 그야말로 비유의 천재니까요. 가끔 아니다 싶을 때도 있지만, 좋은 건 말도 안 되게 좋죠.

— 챈들러에게 배운 게 비유의 구조라는 말씀인가요?

무라카미 비유란 의미성을 부각하기 위한 낙차라는 거죠. 그러니까 그 낙차의 폭을 혼자 어느 정도 감각적으로 설정하고 나면, 여기에 이게 있으니 여기서부터 낙차를 역산하면 대략 이쯤이다 하는 걸 눈대중으로 알 수 있어요. 역산하는 게 요령입니다. 여기서 쿵하고 적절한 낙차를 두면 독자는 눈이 확 뜨이겠지, 하는 식으로요. 독자를 졸게 만들 수는 없잖아요. 슬슬 깨워야겠다 싶을 때 적당한 비유를 가져오는 거죠. 문장에는 그런 서프라이즈가 필요해요.

— 그렇게 낙차를 넣는 법을 배우고, 그게 어느 대목인지는 글을 쓰는 사이 눈대중으로 알게 된다, 들어갈 비유는 자연히 떠오른다?

무라카미 자연히 떠오릅니다. 앞서 말했듯이 비유는 자연스레 나오지 않으면 의미가 없다고 보니까요.

— 얼마든지요?

무라카미 얼마든지, 까지는 아니겠죠. 그래도 기본적으로는 즐겁게 소설을 쓰다보면 생각보다 수월하게 알아서 나오더군요. 그다지 고생한 기억은 없어요.

— 대부분 그런가요? 넘치지도 모자라지도 않고?

무라카미 모르겠어요, 제 생각에는. 쓸 때는 그냥 대강 씁니다. 나중에 고칠 생각으로요. 그래도 비유는 잘 고치지 않아요. 너무 머리를 쓰면 오히려 어려워지니까.

— 이를테면 『양을 쫓는 모험』에서 '양 사나이'라는 인물이 갑자기 나왔을 때, 무라카미 씨 스스로도 충격이었다고 하셨죠.

무라카미 옛날 일이라 기억이 좀 희미한데, 그 대목을 쓰기 직전까지 '양 사나이' 같은 건 그림자도 찾아볼 수 없었거든요. 말 그대로 툭 튀어나왔죠.

— 『양을 쫓는 모험』이니 양은 나와야 하잖아요.

무라카미 네, 물론 양은 나와야죠. 그래도 '양 사나이'처럼 괴상한 걸 내놓을 생각은 없었어요, 처음에는.

— 그렇다면 그 작품에 나오는 우익 거물 '선생님'은요? 쓰기 전에 인물 스케치 같은 건 하지 않나요?

무라카미 하지 않아요. 어떤 사람일지 생각하고 상상하며 쓰는 사이 조금씩 자연스럽게 살이 붙죠. 그런데 '양 사나이'는 갑자기 완성된 형태로 튀어나왔거든요. 하늘에서 떨어진 것처럼. 살 붙이는 작업과도 관계없이.

— 어쨌거나 우선은 캐비닛이 있다, 그리고 무라카미 씨 안에서 캐비닛의 내용물이 자동으로 갱신된다고 할 수 있을까요, 어떤 식인가요?

무라카미 해묵은 것, 기한이 지난 것은 어딘가 딴 데로 가버리지 않을까요. 그리고 새로운 체험에서 새로운 것이 다시 들어오지 않을까. 마음먹고 재고정리를 해본 적은 없으니 잘 모르겠지만요.

— 그저 캐비닛을 가지고만 있어선 작동하지 않는 거네요.

무라카미 아까 나온 비유 얘기처럼, 가장 적당한 것이 자연스레 나와주지 않으면 어쩔 도리가 없죠. 그러니 여러 가지를 불러들여야 해요. 글쓰기는 뭐가 됐든 그것을 이쪽으로 불러들이는 일이니까요. 무녀 같은 사람처럼, 집중하다보면 여러 가지가 제 몸에 와서 찰싹 달라붙습니다. 자석이 철가루를 모으듯이. 그 자력=집중력을 얼마나 지속하느냐가 관건이죠.

'인칭'에 대하여

— 그 책에서는 창작에 대해서도 구체적으로 많이 언급하셨죠. 장편소설을 쓸 때도 아무것도 정하지 않고 시작한다, 전개나 결말 등을 정하지 않고, 오히려 자신도 모르기 때문에 쓰는 행위에 의미가 생긴다고요.

무라카미 맞습니다.

— 이야기에 대한 무라카미 씨의 기본자세 같은데, 동시에 새로운 작품을 쓸 때는 어떤 속박 같은 것, 이번에는 이런 걸 해야지 하고 목표를 설정하는 것도 좋아하신다죠?

무라카미 네, 속박은 좋아합니다.

— 결정하는 것과 결정하지 않는 것, 이 두 요소가 무라카미 씨 안에서 어떤 식으로 상호작용하는지 묻고 싶습니다.

무라카미 제가 소설을 쓸 때는 여러 가지가 너무도 자연스럽게 이뤄지기 때문에 분석적으로 설명하기가 좀 어려워요. 그래도 구체적인 예를 들어보면, 이번에는 계속 1인칭, 혹은 3인칭으로 써보자고 결정하는 것이 일종의 속박이라 할 수 있죠.

— 먼저 그런 속박을 정해놓고, 그뒤에 자유롭게 확장해가는 건가요?

무라카미 네, 뭐라도 구체적인 실마리가 한두 개쯤 있지 않으면 쓰기 어렵죠.

— 아무런 속박도 없이 쓰기 시작할 때는 없는지. 단편은 어떤가요?

무라카미 단편은 그런 것 없이 처음부터 내키는 대로 써나가는데, 장편은 어느 정도 그런 것이 없으면 커지지 않아요. 정해진 규칙 내에서 내키는 대로 하자는 환경을 만들어두지 않으면 여기저기로 튀어버리거든요. 그중에서도 인칭 문제가 제일 크지 않을지.

— 1인칭에서 3인칭으로 재편성된 무라카미 씨의 변화는 독자의 한 사람인 제게도 의미가 컸습니다. 그래서 굳이 여쭤보는데, 3인칭을 획득함으로써 잃게 된 건 없는지요?

무라카미 사십대 중반까지는 '나'라는 1인칭으로 주인공을 그려도 나이상의 괴리가 거의 없었어요. 그런데 작가가 점점 오십대, 육십대가 되면서 소설 속 삼십대의 '나'와는 미묘하게 멀어지거든요. 자연스러운 일체감을 잃게 된다고 할까. 그건 아무래도 피할 수 없죠.

— 멀어진다는 게 어떤 뜻인가요?

무라카미 극단적으로 말해 복화술을 하는 느낌이 들어요. 샐린저는 『호밀밭의 파수꾼』에서 화자인 열일곱 살의 주인공 홀든을 '나'라는 1인칭으로 썼는데, 물론 더할 나위 없이 훌륭한 작품이지만, 그래도 전 어디선가 괴리 같은 걸 느끼거든요. 샐린저는 그때 이미 서른이 넘었으니까. 그래서 샐린저도 그뒤로는 다시 그런 방식을 쓰지 않았겠죠. 대체로 그와 같을 겁니다. 나이를 먹는다는 건 그런 거예요. 남들은 느끼지 못해도 스스로 '좀 아닌데' 싶죠. 그 어긋남이 점점 신경쓰여요. 3인칭이 아닌 방식으로 젊은 사람을 그리기가 어려워지고요.

— 그렇군요.

무라카미 그리고 또하나 큰 문제는, 소설이 커지며 여러 줄거리가 복잡하게 뒤얽히면 '나'라는 시점으로 도려내는 세계와 3인칭으로 도려내는 세계, 이 두 가지 독립된 세계를 포개거나 자연스럽게 연결하기가 어려워져요. 『해변의 카프카』는 카프카의 장은 '나'로, 나카타 씨와 호시노의 장은 3인칭으로 진행되는데, 그건 그것대로 유효한 방법이었지만, 이후의 『1Q84』처럼 이야기가 한층 복잡해지면 그렇게 절충적인 스타일로 쫓아가기가 무척 힘들어집니다. 명확한 3인칭이 아니면 처리해낼 수 없어요. 이렇게 순수하게 기술적인 이유가 있습니다.

— 네.

무라카미 아까 질문으로 돌아가서, 3인칭으로 옮겨감으로써 잃어버린 것이라면, 예전에는 자연스러웠지만 이제는 그렇지 못한 어떤 상황이라 할 수 있죠. 그에 대한 그리움은 있어요. 하지만 그게 가능했던 상황은 어디까지나 일회적입니다. 『위대한 개츠비』는 기본적으로 1인칭 소설입니다. 챈들러의 작품도 1인칭 소설이고, 『호밀밭의 파수꾼』도 1인칭 소설. 저는 원래 1인칭 소설을 무척 좋아하는데, 그런 소설을 쓰는 사람들은 다들 어느 시점에서 1인칭을 버리죠. 챈들러는 예외지만, 그건 시리즈물이라 도중에 스타일을 바꿀 수 없으니까요. 작가가 점점 3인칭으로 옮겨갈 수밖에 없는 건 이야기가 진화해서 복합화, 중층화하는 과정의 숙명과도 같습니다. 다만 저 개인적으로는 솔직히 말해 이러다가 다시 1인칭 소설을 써볼까, 쓰고 싶다고 생각중이에요. 슬슬 새로운 1인칭의 가능성을 시험해보고 싶어요.

— 애초에 무라카미 씨의 1인칭은 이른바 1인칭 소설의 그것과 조금 다른 점이 있죠. 3인칭처럼 기능하는 측면이 크고요.

무라카미 그건 사소설적 요소가 있느냐 없느냐의 문제일 겁니다. 제 경우에는 대체로 그런 요소가 전혀 없으니까요.

— 그렇죠. 그런데도 읽는 사람의 자아에 직접 가닿는 면이 있기에 무라카미 씨가 사용하는 '나'에는 독특한 기능이 있는 것이라 생각합니다.

등장인물, 얽매이지 않는 영혼들

— 이것도 '이야기와 자아' 문제와 연결되는 듯한데, 무라카미 씨는 소설의 등장인물 중 자신과 다른, 이를테면 여성이거나 그 밖에 다양한 처지의 인물을 그리는 것을, 얻어온 구두에 자기 발 사이즈를 맞춰나가는 데 비유할 수 있다고 하셨죠.

무라카미 그렇죠. 제게는 그런 것이 소설을 쓰는 커다란 기쁨 중 하나입니다.

— 왜냐하면 그것은 어디까지나 가상의 것, 이른바 꿈속에서 일어난 일을 따라가는 것과 비슷하기 때문이다, 그렇게 꿈속의 체험을 떠올리듯이 글을 쓰는 것이 하나의 기쁨이라고 하셨는데, 예를 들어 성적 소수성에 대해 쓸 때, 독자 중에 당사자가 있을 것을 염두에 두고, 그로 인해 신중해지거나 하진 않나요?

무라카미 염두에 두진 않아요. 자신이 보통 사람이고 저쪽에 보통이 아닌 사람이 있다고 생각하면 신경쓰이겠지만, 자신부터 보통 사람이 아니라면 신경쓸 필요가 없죠. 다시 말해 플로베르가 '보바리 부인은 나다'라고 말했을 때 그는 보바리 부인이 된 거고, 그럼으로써 한 개인의 가치관보다 훨씬 커다란 것에 판단을 맡긴 셈이니까요.

— 예를 들어 무라카미 씨가 레즈비언 성향의 사람을 쓴다고 하죠. 그걸 읽은 실제 레즈비언이 '이건 좀 이상한데?'라고 받아들여도 전혀 상관없다, 소설 속 독립된 가상인물이니까, 이런 뜻인가요?

무라카미 어차피 모든 레즈비언이 같은 생각을 하지는 않잖아요. 똑같이 작가라 불리는 사람들도 제각기 문체가 다르고요. 그것과 마찬가지 아닐까요.

— PC(정치적 공정함)라고 말할 정도의 거창한 의식은 아니어도, 많은 작가가 이런 면에서 여러 외부 사정을 신경쓰며 내용에 허점이 없도록 쓰려 합니다. 아무래도 리얼리티나 정확성을 고려하게 되죠. 전 무라카미 씨가 예전부터 그 부분을 매우 자유롭게 표현해왔다고 생각합니다. 종종 '이 작가는 여자를 표현하는 방식이 글렀어'라거나 '남자를 그리는 방식이 단편적이야'라는 말을 하잖아요.

무라카미 그렇죠.

— '남성 작가가 그리는 여성은 판타지다'라거나. 무라카미 씨는 그렇듯 성차에 얽힌 문제나 지적을 별로 신경쓰지 않고 자유롭게 쓰는 느낌인데요.

무라카미 한 여자를 묘사할 때도 여자가 어떤 식으로 생각하거나 느끼는지 별로 세세하게 고려하지 않아요. 이를테면 배란기가 어떤 느낌일지, 그런 걸 제가 고민한다고 알 수 있을 리 없으니까요. 지극히 평범하게, 제가 느끼는 대로 써나가죠. 여자 등장인물을 표현하다보면 무엇을 어떤 식으로 느끼는지, 쓰는 중에 부분적이나마 자연스럽게 알게 돼요. 일상생활에서는 여간해선 어렵지만(웃음).

— 집필 도중에 그 이야기 속의 여성이 자연스럽게 움직이고 발언한다는 말이군요. 현실의 젠더에 얽힌 리얼리티와는 관계없이.

무라카미 리얼리티는 특징적인 게 아니라 종합적인 겁니다. 그리고 속속 변해가죠. '이건 이러이러하다'라고 단순하게 고정해서 단언할 수 없어요. 그런 의미에서 저는 젠더라는 것이 아주 흥미롭습니다. 게이, 레즈비언, 성 동일성 장애 등. 젠더에는 각각의 중간적 젠더를 포함한 그러데이션이 있죠. 그것들이 상황에 따라 자유로이 교체되고요. 제 안에도 여성적인 요소가 있습니다. 어떤 남자라도 그럴 거라 생각하지만요. 저는 그런 요소를 모두 활용해야 소설이 활성화된다고 생각해요.

— 무라카미 씨는 글쓰기란 '가정假定을 쌓아가는 일'이라는 말을 종종 하시는데요.

무라카미 그렇죠.

— 그 말과 방금 이야기가 서로 통하는 것 같습니다. 이랬을지도 모르는 당신이 있고, 이랬을지도 모르는 내가 있다. 여기에는 이른바 사회학적 젠더가 별로 관계없을지도 모르겠어요. 애초에 무라카미 씨의 이야기는 현실과 비현실의 중간이랄까, 우리가 현실이라고 믿는 세계를 흔드는 존재니까, 그런 교체가 가능할지 모르죠. 그래서 소설의 등장인물들은 현실에서 특정되는 성별, 나이, 경향을 가지고 있어도 그런 제한에 얽매이지 않는 영혼 같은, 뭔가 다른 것을 마지막에 독자에게 남기는 느낌입니다.

무라카미 그래도 '넌 여자를 묘사할 줄 몰라'라는 일침을 받으면 '그런가?' 하고 고개를 떨구지만요(웃음).

진짜 리얼리티는 리얼리티를 초월한 것

— 그 점과도 밀접한 관련이 있겠는데, 일본에서나 해외에서나 어떤 소설이 큰 화제가 되는 경우에는 대개 그 작품의 제목만 특화되어 유통된다고 할까, 하나의 콘텐츠로 받아들여지는 경우가 많죠. 그런데 무라카미 씨만은 무라카미 하루키의 무슨무슨 작품이 아니라 무라카미 씨가 쓰는 작품 전체가 하나의 거대한 덩어리로 받아들여지는 인상입니다. 속되게 표현하면 '독자가 붙는다'고 할 수 있을까요.

무라카미 음, 네.

— 이 사람 책은 항상 재미있으니까 읽어야지, 하는 외적 동기보다, 무라카미 씨 작품의 독자는 '내적 독서'의 뉘앙스가 짙은 것 같아요. 재미있는 것을 찾으러 밖으로 나가는 게 아니라 여기 가면 중요한 장소로 돌아올 수 있다고 느끼는 거죠. 그런 면에서 내적 감각이 무척 강하고요. 저는 여기에 무라카미 씨의 이야기와 자아의 관계가 강하게 작용한다고 보는데…… 이 미묘한 관계를 분석하는 중요한 키워드가 '벽 뚫고 나가기'라고 생각합니다.

무라카미 '벽 뚫고 나가기'요.

— '벽 뚫고 나가기'는 아주 큰 요소라고 봐요. 얼마 전 잡지 『생각하는 사람』 인터뷰에서 리얼리즘 장편을 쓰는 것만으로는 '내 안을 휩쓰는 느낌이 없다'는 발언이 몹시 인상적이었어요. 리얼리즘을 초월하는 '벽 뚫고 나가기'의 감각이 작가인 무라카미 씨에게, 소설 자체에, 독자에게 중요한 요소가 아닐까 싶더군요. 단편 장편 할 것 없이 무라카미 씨 소설에는 '벽 뚫고 나가기'가 여러 형태로 등장하잖아요.

무라카미 음, 그렇죠. 벽을 뚫고 나간다는 건 다른 세계로 가버리는 일이니까요.

— 때로는 누군가의 대사에 나오기도 하고, 때로는 등장인물 자체가 그런데, 전형적인 예가 앞에서 언급한 『양을 쫓는 모험』

의 '양 사나이'죠. 『태엽 감는 새』에서는 주인공 자신이 말 그대로 벽을 뚫고 나가고, 좀더 초기작인 『세계의 끝과 하드보일드 원더랜드』에서는 이야기 구조 자체가 일종의 '벽을 뚫는' 설정으로 보입니다. 그때그때 다르긴 하지만, 지금 예로 든 것처럼 비현실적인 색채가 짙은 작품에서는 독자도 '벽 뚫고 나가기'라는 행위를 있는 그대로 받아들일 수 있겠죠.

여기서 궁금한 것은, 비교적 리얼리즘 색채가 짙은 소설에서 '벽 뚫고 나가기' 요소를 내놓을 때 무라카미 씨는 왜 좀더 리얼리즘 쪽으로 끌려가지 않는가 하는 점이에요. 구체적인 예로 『여자 없는 남자들』에 실린 단편 「독립기관」에 등장하는 의사. 그는 여태껏 겪어본 적 없는 지독한 실연을 당하고, 거의 아사에 가까운 형태로 죽어버리죠. 이 소설은 기본적으로 리얼리즘으로 쓰이고 진행되는 이야기입니다. 여기서 무라카미 씨의 독자적인 '벽 뚫고 나가기' 요소로 보이는 것은 도카이 의사가 일반적인, 현대 의학의 상식으로는 이해되지 않을 죽음을 맞는 부분이에요. 그런 식으로 인물을 죽이면서 작가로서 저어되는 부분은 없었나요? 리얼리즘 터치로 작품을 쓰면서 '이렇게 죽어버리면 억지스럽지 않을까?' 하고 신중해지거나 하는 일은 특별히 없었는지요?

무라카미 특별히 그 소설을 쓰며 그런 생각을 하진 않았어요. 그 도카이라는 인물은 죽음 자체에 홀렸다고 할까, 죽음에 붙들려버린 사람이니까요. 도망치려야 도망칠 수 없는, 일종의 숙명이죠. 작가인 제게는 그게 기정사실이었고, 도카이라는 인물은 지금껏 자신만의 시스템에 따라 매우 편하고 쾌적하고 즐겁게 살아오다가 어느 순간 갑자기 '죽음'에 뒷덜미를 잡혀버려요. 더는 벗어날 수 없게. 이제껏 쌓인 청구서가 날아온 건지, 혹은 숙명이었는지, 인간의 업 같은 것인지, 그저 운이 나빴는지는 저도 모릅니다. 어쨌거나 죽음이 덜미를 잡고 놔주지 않는다. 다른 수가 없죠. 그런 것에는 리얼리즘이고 뭐고 없거든요. 한번 붙들리면 끝장이니까.

— 하지만 대부분은 거기서 발을 멈추는 경우가 많거든요. 리얼리즘 작품일 때는 특히나. 이런 리얼리즘 베이스로 진행되는 소설에서 무라카미 씨처럼 '벽 뚫고 나가기'를 감행하기란 여간해서는 힘들다고 봅니다. 아무래도, 뭐라고 할까……

무라카미 더 설명해버린다?

— 설명한다기보다, 리얼리티를 겁낸다고 할까요…… 죽음에 덜미를 잡힌 남자를 쓰더라도 좀더 확실하게, 누가 지적해도 곤란하지 않도록 의학적으로 확실한 죽음을 맞게 만들거나 하는 식으로 신경쓴다는 거죠.

무라카미 하지만 그러면 이야기가 재미없어지죠.

— 그렇겠죠?

무라카미 리듬이 죽어버리니까요. 늘 하는 말이지만, 뛰어난 퍼커션 연주자는 가장 중요한 음을 치지 않아요. 이게 굉장히 중요합니다.

— 그렇군요.

무라카미 그런데 이건 방금 지적해주시기 전까지는 미처 몰랐던 부분이군요. 제 안에서는 너무 자연스러웠으니까. 그래도 이런 이야기에 일일이 설명이 달리면 역시 재미없겠다 싶어요.

— 그러니까 사람이 그런 식으로 죽을 리가 없잖아, 하는 지적에도 "아니, 죽는데요"라고 말하면 되겠지만요. 이야기니까.

무라카미 그 소설, 점점 기억이 나네요(웃음). 사실, 그렇게 순탄하고 안락하게 살아온 사람들은 그런 식으로 죽지 않는다고 보통 생각하잖아요. 그런데 실제로는 죽을 수 있단 말이죠.

— 네.

무라카미 생각지 못한 일이 일어나서, 생각지 못한 사람이, 생각지 못한 방식으로 죽는다. 제가 가장 하고 싶은 이야기는 그런 것 같아요. 진짜 리얼리티는 리얼리티를 초월한 겁니다. 있는 사실을 리얼하게 쓰기만 해서는 진짜 리얼리티가 되지 않죠. 찔러넣을 데가 한 단계는 더 있는 리얼리티를 만들어야 해요. 그게 픽션입니다.

— 그러니까 픽셔널 리얼리티와는 또 다르고요.

무라카미 픽셔널 리얼리티는 다릅니다. 굳이 말하자면 보다 생생하게 풀어쓴 리얼리티라고 할까요. 리얼리티의 내장을 밖으로 꺼내 새로운 몸에 옮겨 심는 것. 살아서 뛰는 신선한 내장을 꺼내는 것이 중요해요. 그런 의미에서 소설가는 외과의사와 같죠. 신속하고 적확하게 일을 처리해야 합니다. 우물쭈물하면 리얼리티가 죽어버려요.

— 그걸 인지하는 것 자체가 하나의 큰 엔진이고요.

무라카미 그렇죠.

이야기를 '담갔다 건지기'

— 무라카미 씨의 이야기와 자아의 관계를 좀더 자세히 묻고 싶어요. 이번 책에서 '이야기를 한다는 것은 달리 말해 의식의 하부에 스스로 내려가는 일입니다. 마음속 어둠의 밑바닥으로 하강하는 일입니다'라고 하셨어요. 또 어떤 인터뷰에서는 '나는 지상에 있는 자아에는 전혀 흥미가 없다'고 하신 게 흥미로운데요.

무라카미 전혀까지는 아니어도 그런 종류의 자아에는 거의 흥미가 없는 편입니다.

— 거의 흥미가 없다. 그에 대해 좀더 자세히 말씀해주시겠어요?

무라카미 이를테면 저는 이른바 사소설 작가들이 쓰는, 일상적인 자아의 갈등 같은 것은 별로 읽고 싶지 않아요. 자신의 그런 부분도 그리 깊이 생각하지 않고요. 물론 저 역시 무슨 일이 있으면 화를 내거나, 의기소침해지거나, 불쾌함을 느끼거나, 고민하거나 하지만, 그것을 생각하는 일에는 흥미가 없습니다.

— 그걸 글로 써보고 싶다는 기분도……

무라카미 안 드는 것 같아요. 그보다 자기 안의 고유한 이야기를 찾아내고 밖으로 끄집어낸 뒤 어떤 일이 일어나는지 관찰하는 쪽이 훨씬 흥미롭죠. 그래서 일본 사소설 같은 건 읽어봐도 무슨 뜻인지 전혀 모르겠어요.

— 하하하(웃음).

무라카미 결국 이런 건 일단 보이스의 문제라고 생각하거든요. 내 보이스가 타인의 보이스와 울림이 좋으면, 혹은 배음과 배음이 일치하면, 반드시 흥미를 갖고 읽습니다. 초기작 『바람의 노래를 들어라』와 『1973년의 핀볼』은 그 울림, 배음의 호응만으로 독자를 모은 것 같아요. 그 한 점에 승부를 걸었죠. 그리고 『양을 쫓는 모험』부터는 이야기의 세계에 그 보이스를 가지고 들어가, 이야기의 축에 어우러져 '동기화'되었다. 제가 작가로서 지금껏 더듬어온 길은 대략 그렇게 말할 수 있을 겁니다. 가장 먼저 보이스가 있었죠. 그런 울림 같은 것이 없다면 아무리 재미있는 이야기를 써도 사람들은 별 매력을 느끼지 못하지 않을까요.

무척 신기한 점은, 제 소설이 다른 언어로 번역되어도 그 보이스는 여전히 남아 있다는 겁니다. 항상 신기하게 느껴요. 전 영어밖에 못 읽긴 하지만, 번역본을 보면 앨프리드(번바움)가 번역하든, 제이(루빈)가 번역하든, 필립(게이브리얼)이 번역하든, 테드(구센)가 번역하든, 보이스는 전체적으로 바뀌지 않거든요. 그게 굉장히 신기하단 말이죠.

— 그것이 사소설의 자아 레벨의 보이스와 방금 무라카미 씨가 말씀하신, 이야기와 호응하는 레벨의 보이스의 차이로 이어지네요. 번역을 통해 언어가 바뀌면 자아 레벨의, 표층적인 부분은 당연히 전부 바뀌지만……

무라카미 네, 자아 레벨, 지상 의식 레벨에서는 대개 보이스의 호응이 얕아요. 하지만 일단 지하로 내려갔다가 다시 나오면 언뜻 똑같아 보여도 배음의 깊이가 다르죠. 한번 무의식층에 내려갔다 올라온 재료는 전과는 다른 것이 됩니다. 담갔다 건지지 않고 처음 상태 그대로 문장을 만들면 울림이 얕아요. 그러니 제가 이야기, 이야기, 하는 건 요컨대 재료를 담갔다가 건지는 작업입니다. 깊이 담글수록 나중에 밖으로 나오는 것이 달라지죠.

— 그렇군요. 이야기를 '담갔다 건진다'니 멋진 표현이네요.

무라카미 굴을 기름에 담갔다 건지는 굴튀김처럼요(웃음).

— 기름에 샤아악, 맛있어지죠.

무라카미 앞면 사십오 초, 뒤집어서 십오 초(웃음).

— 무라카미 씨의 경우 일 년, 이 년씩 공들여 장편을 쓰시니

그렇게 이야기를 담갔다 건지는 작업이 가능할 것 같은데, 생각해보면 아무리 짧은 작품에도 그런 작용이 뚜렷이 보이거든요. 모든 보이스의 폭은 각각 다를지언정 깊이는 같다고 할까. 생각해보니 신기한데요.

무라카미 인터뷰도 그래요. 이를테면 『언더그라운드』의 인터뷰 상대는 글 쓰는 프로가 아니고 보통 시민들이니 인터뷰 내용을 채록한 원고를 저 자신 속에 한 번 담갔다 건집니다. 아니, 자신을 상대의 이야기 속에 담갔다 건진다는 표현이 더 나을까요. 아무튼 그러고서 나오는 글은 단순히 기계적으로 문자화한 원고와 확연히 달라요. 그렇지만 그 원고를 인터뷰 상대에게 보여주면 "네, 제가 말한 대로네요"라고 해요. 사실 세세하게 들여다보면 제법 다른데도.

— 재미있는데요. '담갔다 건지기'의 본질이 그 이야기에 드러나는 것 같아요.

무라카미 기본적으로는 들은 대로 씁니다. 하지만 세세한 순서 같은 것을 비롯해, 문장적인 효과를 추구하죠. 상당히 철저히 리컨스트럭션(재구축)하는 겁니다.

— 그런데도 인터뷰 당사자가 읽으면……

무라카미 자기가 말한 대로라고 생각할 거예요. 사실에 관련해서는 아무것도 더하거나 빼지 않았으니까요. 저는 그저 그 사람의 보이스를 타자와 한층 공명하기 쉬운 보이스로 바꿨을 뿐이죠. 그럼으로써 그가 전달하고자 하는 리얼리티가 보다 리얼해집니다. 말하자면 소설가가 일상적으로 하는 작업이 이거예요.

— '담갔다 건지기'에 대한, 굉장히 리얼리티 있는 설명이군요.

무라카미 그러니까 인터뷰든 에세이든, 단편이든 장편이든 제가 글을 쓰는 원리는 전부 같습니다. 보이스를 한층 리얼하게 만들기, 그게 우리 소설가의 중요한 일이죠. 저는 이걸 '매직 터치'라고 불러요. 만지는 것이 전부 황금이 되는 미다스왕 이야기 있죠? 마찬가지예요. 많건 적건 이 '매직 터치'가 없으면 사람들이 돈을 내고 읽어줄 만한 문장을 쓰지 못해요. 물론 작가라면 제각기 다른 '매직 터치'를 가지고 있지만요.

— 네, 각기 다르죠.

무라카미 그래도 이렇게 단순하게, '매직 터치'가 중요하다, 이게 없으면 작가가 되지 못한다고 단언해버리면 상당히 오만하게 들릴 테죠. 없는 사람에겐 없을 테니까. 그래서 그런 말은 되도록 하지도 쓰지도 않으려 하지만, 뭐, 실제로는 그렇습니다.

— '매직 터치'를 좀더 구체적으로, 무라카미 씨 작품에 비춰서 말해보자면, 예를 들어 세 가지 주제나 토픽을 두고 쓴 단편에서 크게 작용하는 것 같습니다. 다시 말해 처음에 세 가지 토픽을 놓고 쓰기 시작했는데 결과적으로 그냥 세 가지 이야기가 나오는 것이 아니라, 상상도 못했던 부분끼리 연결돼 하나의 이

야기로 재탄생하는 것. 이것도 '매직 터치'의 한 과정이죠.

무라카미 그렇죠. 예를 들어 『도쿄 기담집』이라는 작품집에서는 딱 세 가지 키워드를 골라 다섯 편을 썼거든요. 그런 유희가 가능하다는 게 단편의 즐거움이죠. 그 책의 단편들은 그런 식으로, 단숨에 몰아서 썼어요.

— 장편에서는 매일 계속될 텐데요, '매직 터치' 작용이. 날마다 점점 깊이 들어가는 셈이잖아요.

무라카미 '오늘은 터치가 없네' 싶은 날도 있어요(웃음). 별수 없습니다. 매일 순탄하게 매직 터치가 이어질 리 없으니까요. 그래도 날마다 꾸준히 써나가는 거죠. 아, 오늘은 틀렸구나 싶어도 그럼 그만두자 생각하진 않아요. 어쨌거나 정해진 분량을 씁니다. 나중에 고치면 되고, 장편을 쓸 때는 시간을 길게 잡고 가야 하니까요.

— '지금 터치하고 있다'는 느낌이 있나요, 아니면 다 쓰고 나서 알게 되나요? 한창 쓰는 중에 '느낌이 왔다'고 느끼는지……

무라카미 대개 동시에 느낍니다. 이 부분이 잘 나가는데, 하는 식으로요. 다만 장편은 아무래도 장기전이다보니 잘되는 날과 별로 수확이 없는 날의 반복인데, 그래도 길게 잡고 돌아보면 결국에는 확실히 와 있습니다. 전체적으로는. 요는 스스로를 믿는 일이죠. 소설을 쓴다기보다, 부엌에서 굴튀김을 하나하나 튀기는 중이라고 생각하는 편이 좋아요.

— 소설 쓰기는 지극히 개인적인 행위이고 비밀리에 진행되니까 외부에서는 좀처럼 알기 힘든 부분이 많은데, 조금 전 『언더그라운드』 인터뷰 이야기는 매우 객관적으로 이해되는 설명이네요.

무라카미 그러니까, 이런 말은 무척 건방지게 들리겠지만, 다른 사람이 제가 인터뷰한 원고 내용을 정리해도 절대 그런 글이 되진 않았을 겁니다. 제가 써서 그런 책이 됐다고 자랑하는 게 아니라, 처음부터 그런 책을 만들 생각이었던 거예요. 결과적으로 여러 면에서 아주 좋은 공부가 됐죠.

— 번역 일과도 통하는 부분이 있을까요?

무라카미 그건 잘 모르겠군요. 최대한 정직하게, 원문대로 옮기는 것이 가장 중요하다고 생각하긴 하지만요.

— 그래도 어디선가, 무라카미 씨도 모르는 새 터치해버리진 않고요?(웃음)

무라카미 음, 설령 그렇다 해도 순전히 무의식적인 부분일 거예요. 모르겠네요. 그냥 있는 그대로, 그저 영어를 일본어로 옮긴다는 생각으로 하는데. 짧은 문장이나 단락에서는 별로 눈에 띄지 않아도, 전체를 보면 저만의 손맛이 배어날지 모르겠군요. 그런 면을 의식한 적은 거의 없지만요.

— 무라카미 씨가 '이 책을 번역해야지'라고 생각했을 때 이미 시작되는지도 모르겠네요. 그런 터치, 혹은 울림 같은 것이.

무라카미 다만, 번역하면서 '이 부분은 나 같으면 더 잘 쓸 수 있겠는데' 하고 고쳐 쓰는 일은 절대 없어요. 작가가 쓴 그대로, 작가가 보는 풍경을 충실하게 옮길 생각으로 임하니까, 내용을 멋대로 바꿀 수는 없죠. 인터뷰를 채록할 때와 마찬가지예요. 순서를 이리저리 바꾸거나 문장 길이를 조정하는 일은 종종 있습니다. 긴 문장을 몇 개로 끊거나 짧은 문장을 이어붙이기도 하고. 영어의 리얼리티와 일본어의 리얼리티는 아무래도 조금씩 다르니까요. 그런데 이건 번역자라면 누구나 하는 일 아닐까요. 결과적으로는 이것도 터치 같은 것이 될지 모르지만.

— 그럼 이야기를 깊숙이 담갔다 건지기, 매직 터치의 중요한 부분은 결국 기술 문제라는 말인가요?

무라카미 아뇨, 그렇게 생각하진 않아요. 기술은 어디까지나 수단입니다. 작가는 문장의 프로니까 당연히 기술이 있어야죠. 그 기술을 짜맞추고 통합하는 일이 중요해요.

— 그 외의 요소가 이야기의 깊이를 만드는군요.

무라카미 물론이죠. 제 경우는 우선 리듬을 들 수 있겠군요. 제게는 무엇보다 리듬이 중요하니까요. 번역을 예로 들면, 원문을 그대로 정확하게 옮기더라도 경우에 따라 리듬을 바꿔나갈 필요가 있어요. 그럴 수밖에 없는 게, 영어의 리듬과 일본어의 리듬은 애초에 구조 자체가 다르니까요. 영어의 리듬을 일본어의 리듬으로 자연스럽게, 순조롭게 바꿔가야 합니다. 그래야 문장이 살아나죠. 문장 기술은 그러기 위해 필요한 도구고요.

— 그렇군요. 역시 리듬인가요.

무라카미 네, 리듬이에요. 어디까지나 '제 경우'는 그렇다는 얘기지만, 리듬이 없으면 아무것도 시작되지 않습니다.

문장의 리듬, 고쳐 쓰기

— 무라카미 씨의 단편에는 기술적인 부분, 길이나 줄거리 같은 것 말고도 읽고 난 후 짙게 남는 것이 있고, 많은 작가가 그것을 재현하고 싶다는 욕구를 느낍니다. 개인적으로는 「코끼리의 소멸」이라는 단편을 읽었을 때 '나도 이런 걸 쓰고 싶다'고 생각했는데, 여기서 막연하게 말하는 '이런 것'(웃음)은 역시 무라카미 씨 문장의 리듬에서 오는 것 같아요. 뭐라고 이름 붙이거나 설명할 수 없고, '이런 것'이라고 감각적으로만 느끼는 무엇.

무라카미 말하자면 소설의 보이스와 독자의 보이스가 호응하는 거죠. 그러면 물론 리듬이 생기고, 울림이 생기고, 호응이 생깁니다. 그런데 그 보이스를 어떻게 만들어내느냐, 그건 결국 '고쳐 쓰기'예요. 처음에 일단 완성해놓고, 몇 번이고 몇 번이고 고치고, 갈고닦고, 이대로 영원히 끝나지 않는 게 아닐까 걱정될 정도로 손대는 과정에서 점점 나 자신의 리듬, 잘 울리는 보이스를 찾아가죠. 눈보다는 주로 귀를 사용하며 고칩니다.

—『직업으로서의 소설가』에서도 고쳐 쓰기에 대해 열정적으로 말씀하셨는데요.

무라카미 저의 고쳐 쓰기는, 제 입으로 말하기 뭣하지만, 꽤 대단하다고 봐요. 전 별로 자랑하는 편이 아닌데 이것만은 자랑해도 좋을 것 같군요.

— 일단은 어찌됐건 끝까지 쓰는 편이죠? 돌아보지 않고, 어제 쓴 부분 정도는 다시 보지만 일단은 계속 써나간다. 거기가 어땠더라 하면서 거슬러 돌아가는 일도 별로 없고요.

무라카미 나중에 고치면 되니까, 초고를 쓸 때는 다소 거칠더라도 어쨌건 앞으로 쭉쭉 나아가는 것만 생각합니다. 시간의 흐름에 순조롭게 올라타서 계속 전진하는 거죠. 눈앞에 나타난 것을 가장자리부터 붙들고 써나가요. 물론 그러기만 해서는 이야기 여기저기 모순이 생기지만 신경쓰지 않습니다. 나중에 조정하면 되니까. 중요한 건 자발성. 자발성만은 기술로 보충할 수 없어요.

— 완성까지의 과정을 생각하면 엄청난 작업인데요.

무라카미 네, 엄청난 작업이죠. 그래서 저는 장편소설을 전작으로만 씁니다. 잡지 연재는 절대 불가능해요. 혹시 한다면 이미 다 쓴 완성 원고를 나눠서 싣는 거죠. 그러다보니 다 쓸 때까지 몇 년씩 걸리기도 하고, 고독한 작업이니 말 그대로 기진맥진

해요. 일단 잡지에 실어놓고 나중에 고치면 되지 않느냐는 사람도 있는데, 저는 그게 안 돼요. 한번 활자화되어 다른 이의 눈에 닿았던 글은 더이상 순수하게 자신만의 것이라 할 수 없습니다. 어둠 속에서 작업하기가 불가능해져요. 그러니 어쨌거나 마음에 들 때까지 시간을 들여 고쳐 쓰고, 그다음에 비로소 활자화합니다. 『양을 쫓는 모험』 이후로 오랫동안 그렇게 해와서 다른 식으로는 쓸 수 없어요.

— 무라카미 씨가 고쳐 쓰는 분량이 어느 정도인지 이 책에서 처음 구체적으로 알고 새삼 놀랐습니다. 더 놀라운 점은 그런 방식을 고수하면서도 다작이라는 건데요.

무라카미 뭐, 장편을 쓸 때는 다른 일을 일절 하지 않으니 집중할 수 있죠. 제 경우에는 집중이 전부니까요.

— 아까 리듬 이야기가 잠깐 나왔는데, 무라카미 씨 작품에는 음악에 대한 비유도 인상적인 게 많죠.

무라카미 책읽기는 좋아했지만 원래는 뭘 쓰는 데 큰 흥미가 없었어요. 심정적으로는 음악을 더 좋아했던 것 같기도 합니다.

— 뮤지션이 되고 싶은 마음은 없었나요?

무라카미 유감이지만 악기를 제대로 마스터하지 못해서 가망이 없었어요. 이상하게 악기 연습이 어렵더군요. 그래도 악기를 다룰 수 있었다면 정말 음악 쪽으로 갔을지도 모르죠.

— 그러고 보면 무라카미 씨 소설에는 남자 뮤지션이 별로 등

장하지 않네요. 바로 떠오르는 건 「토니 다키타니」의 다키타니 쇼자부로 정도? 여자는 그래도 있었던 것 같은데요. 그런 경우에는 일종의 상실과 음악이 밀접한 관계로 나오죠.

무라카미 미처 몰랐는데, 그런 것 같군요. 왜일까요? 제 안에서 음악이 여성성과 자연스레 이어지는지도 모르겠어요.

아무튼 어릴 때부터 음악을 열심히 들었고 재즈카페를 칠 년쯤 운영했으니, 악기 연주는 못해도 리듬이나 보이스, 즉흥연주 감각은 제법 몸속 깊숙이 배어 있습니다. 그러니 음악을 연주하는 감각으로 문장을 쓰는 면이 확실히 있는 것 같아요. 귀로 확인해가며 문장을 쓴다고 할까요. 그리고 '벽 뚫고 나가기'와는 좀 다르지만, 정말 훌륭한 연주는 어느 대목에선가 홀연히 저편으로 '뚫고 나가'곤 하죠. 재즈의 긴 애드리브든 클래식이든 어느 시점에서 일종의 천국의 영역에 발을 들이는, 번쩍하는 순간이 있어요.

— 그렇죠.

무라카미 그렇게 훌쩍 '저편으로 가버리는' 감각 없이는 진정으로 감동적인 음악이 되지 못해요. 소설도 완전히 똑같습니다. 그러나 이건 어디까지나 '감각'이고 '체감'이지 논리적으로 계측할 수는 없죠. 음악의 경우도, 소설의 경우도.

무라카미 하루키의 놀라운 '솔직함'

—『직업으로서의 소설가』 후기에서 감동했던 게, 무라카미 씨는 삼십오 년간 꾸준히 활동하면서 글쓰기에 대한 자세도 물론 변함없지만, 직접 글을 쓰기 전부터도 책을 좋아하셨잖아요.

무라카미 네, 엄청나게 좋아했죠.

— 특히 소설을 좋아하셨고요. 그 세계가 무라카미 씨의 깊숙한 곳에 견고하게 존재하고, 이어서 그 세계를 만드는 입장이 되어 작가로서 여기까지 왔다는 사실에 지금도 커다란 기쁨과 놀라움을 느낀다는 게 선명히 전달되더군요.

무라카미 이렇게 작가가 되기까지 책읽기는 어디까지나 취미라고 생각했고, 저 자신이 소설을 쓰게 될 줄은 상상도 못했어요. 그러다 어떤 계기로 『바람의 노래를 들어라』와 『1973년의 핀볼』 두 편을 썼는데, 쓰는 것 자체는 그렇게 어렵지 않았어요. 부업처럼 썼다고 말하면 건방지게 들리겠지만, 그냥 떠오르는 대로 별생각 없이 쓴 느낌이었죠. 그러니까 더는 쓰지 않고 그대로 끝났을 가능성도 있었어요. 본업이 잘 풀리고 있었고, 가게 일을 좋아했으니까요. 그래도 '좀더 제대로 된 글을 쓰고 싶다. 분명히 쓸 수 있을 거야' 하는 생각에 좀더 썼더니, 글로 쓰고 싶은 세계가 점점 넓어지고, 그게 또 재미있어서 결국 지금까지 삼십오륙 년 동안 소설을 쓰게 됐습니다. 저로서는 그저 놀라울 따름이죠. 그때까지 제게 글 쓰는 재능이 있으리라고는 생각해본 적이 없었으니까요.

— 그 사실에 진심으로 놀라워한다는 게 후기에서 전달됐어요. 일전에 나온 『무라카미 씨가 있는 곳』에서도 느꼈지만, 무라카미 씨는 정말 솔직하게, 숨김없이 이야기하더군요.

무라카미 딱히 감출 게 없으니까요, 아무것도.

— 그래도 그러는 사람은 별로 없지 않나요?

무라카미 그런가요, 잘은 모르겠지만.

— 이건 일반론인데요, 많은 남자는 자신이 무언가를 모른다는 사실이 드러나는 걸 두려워하는 것 같아요. 뭐든지 잘 아는 사람으로 보이지 않으면 자존감이 깎인다고 할까, 바로바로 설명하지 못하면 패배감을 느낀다고 할까. 모른다는 사실을 감추려 드는 경향이 느껴지거든요. 남에게 길을 묻는 것도 이상하게 꺼린다거나(웃음).

무라카미 하하하. 저는 무언가를 설명하는 게 서툴러요. 모르는 건 모르는 거죠. 별수없잖아요.

— 360도 돌아서 오히려 그런 '무라카미 하루키'를 연기하시는 게 아닐까 싶을 정도로, 솔직해 보입니다.

무라카미 아뇨, 그건 아니에요. 연기는 아닙니다. 그럴 만한 재주는 없어요.

— 그렇죠. 그게 놀라운 부분이라는 걸 꼭 강조해두고 싶었어

요(웃음). 예를 들어 무라카미 씨는 종종 '이야기에는 장어가 필요'하고 '곤란할 때는 장어와 의논한다'고 하는데, 처음 그 얘기를 읽고는 '사실은 다 알고 쓰면서 또 장어 타령이야! 아무것도 안 정해놓고 그런 소설을 쓸 수 있을 리가 없잖아!'라고 생각하기도 했는데(웃음), 그게 아닌 거죠. 무라카미 씨는 정말로 장어와 의논하는지도 몰라요. 솔직히, 놀랄 만한 얘기라고 생각해요.

무라카미 음, 칭찬은 고맙지만 전 사실 예전부터 사람들이 저를 싫어한다고 생각하며 살아왔어요.

— 의외네요. 데뷔 때부터 많은 독자의 지지를 받았잖아요?

무라카미 일부 사람들은 높이 평가해주기도 했죠. 그래도 말입니다, 예를 들어 길에서 마주친 사람이 무라카미 씨 소설의 열렬한 팬입니다, 라고 말해주잖아요? 물론 진심이겠지만, 그래도 이 년쯤 지나면 저 사람도 '무라카미는 이제 틀렸어'라고 하지 않을까 상상하는 거예요. '전에는 좋았는데 이번 신작은 영 아니야, 못 읽겠어', 뭐 그렇게(웃음). 항상 그런 생각으로 살아왔어요.

— 당시에는 그랬다 치고, 지금은 어떤가요?

무라카미 지금이라, 잘 모르겠어요. 삼십오륙 년 동안 소설을 써왔고 지금도 어쨌거나 책을 팔아서 먹고사니까 어느 정도 독자가 있는 거겠지만, 당사자 입장에서는 지지받는다는 실감이 거의 들지 않아요. 지금까지 오랫동안, 세상 사람 대부분이 저를 싫어한다고 생각하며 살아왔거든요. 거짓말이 아니라 정말로.

—『노르웨이의 숲』 이후로도요?

무라카미 이후로도 계속. 오히려 『노르웨이의 숲』 이후가 더 힘들었죠. 그런 게 싫어서 일본을 떠나 외국에 가서 제법 고립된 생활을 했어요. 돌이켜보면 일본에 머문 시간이 더 적었는지도 모르겠어요.

— 모를 일이네요. 단순히 소비되는 식으로 팔리고 읽혔다면 그렇게 느낄 수도 있겠지만, 무라카미 씨의 애독자는 기본적으로 다들 열성적이잖아요. 게다가 꾸준히 존재하고요.

무라카미 말하자면, 유명해지는 일에 맞는 사람과 안 맞는 사람이 있는 것 같아요. 저는 단언컨대 전혀 맞지 않고요. 그런 유의 일로 즐거움을 느낀 적이 한 번도 없어요. 오늘도 인터뷰 장소로 걸어오는데 한 청년이 자전거를 타고 쫓아와서 무라카미 씨, 악수해주세요, 하더군요. 그런 때는 좋습니다, 하고 악수를 하긴 하지만, 잘 모르겠어요, 정말로 남의 일 같은 느낌이라.

— 말 그대로 지상의 자아 문제네요.

무라카미 정말로 남의 일 같아요. 저는 어떻게 봐도 보통 사람이니까요. 연기가 아니라 정말로 보통 사람이고, 사고방식도 보통……은 아닌가?(웃음)

— (웃음)

무라카미 그래도 기본적으로는 지극히 평범한 인간입니다. 사고방식에는 조금 평범하지 않은 면이 있을지 모르지만.

나카가미 겐지의 추억

무라카미 옛날, 제가 막 나왔을 무렵에는 아직 무뢰파*의 영향이 남아 있을 때였죠.

— 그런 시대였군요.

무라카미 신주쿠 골든가에서 매일 밤 술에 취해 싸움이 나곤 했어요. 그때 제일 영향력이 컸던 사람이 저보다 약간 윗세대인 나카가미 (겐지) 씨였는데, 그분이 일종의 주도권을 쥐고 있었죠. 나카가미 씨는, 음, 무뢰파는 아니지만, 술 마시고 소동을 부린다거나.

— 대단히 호쾌한 분이라고 들었습니다.

무라카미 (무라카미) 류도 은근히 하고 싶은 대로 하는 타입이었고, 그보다 윗세대인 요시유키 (준노스케) 씨는 조금 특이하게 긴자에 가서 놀거나, 뭐 그런 분위기였죠.

— 지금도 문단은 존재하겠죠. 문예지가 있으니 그에 얽힌 인간관계나 활동을 통해서요. 그래도 그리 멀지 않은 과거에 확실히 주도권을 쥐려는 작가가 있었다는 건 잘 상상이 안 되네요. 그 작가의 의견이나 얼굴빛에 여러 가지가, 신인작가의 평가 같

* 無賴派. 2차대전 종전 직후 혼란기에 반질서, 반권위, 반도덕적 언동으로 시대를 상징했던 일군의 작가. 대표적으로 다자이 오사무, 이시카와 준 등이 있다.

은 것이 좌우되는 분위기였던 걸까요. 한때 평론가가 그 비슷한 역할을 했다는 건 알지만요.

무라카미 뭐랄까, 존 콜트레인이 1960년대 재즈를 상징하는 것처럼 나카가미 씨가 지극히 자연스럽게 문단 중심부에 있었다고 할까, 그런 인상이었죠.

— 제가 느끼기에 그렇다는 얘기지만, 이제는 그렇듯 문단의 중심이라 할 만한 존재가 없는 것 같아요. 일본문학에서, 예를 들어 무라카미 씨는…… 모델이 되지 못하잖아요. 특이한 케이스니까. 나카가미 겐지 씨 경우는 아직 시기적으로도 그렇고, 모델이 되어 어떤 공감대를 형성할 수 있는 상대였을 거라고 짐작합니다. 반면에 무라카미 씨 같은 작가는 이렇게 되고 싶다고 생각해도 모델로 삼을 수가 없거든요. 활동방식도, 독자들의 성향도 전례가 없으니까요.

무라카미 아무튼 저는 굉장히 개인적인 인간이니까요. 이번 책에도 썼지만, 나라는 인간 혹은 나의 방식이 앞으로 소설을 쓰려는 사람에게 참고나 모델이 되리라고는 생각하기 어렵군요.

— 그래도 문학계 밖에서도 끊임없이 주목받고, 현실적으로 영향력이 가장 큰 작가시잖아요.

무라카미 그런가요. 전 아닌 것 같은데.

— 아뇨, 위치만 봐도 어쩌면 전무후무하다고 생각하는데, 어떤가요? ……본인에게 묻기는 좀 그렇지만(웃음). 문단 혹은 문

학계에서의 입장이 바뀌었다고 스스로도 얘기하시잖아요.

무라카미 음, 바뀌었죠. 우선 지금의 문학계, 문학업계에는 나카가미 씨 같은 존재가 없어요. 핵이 되는 사람이 없죠. 가운데가 텅 빈 상태라고 할까요. 그래서 많은 사람이 '잔존 기억'에 의존해서 움직이는 듯한 면이 있습니다. 저 자신은 그런 것과 거리를 두고 싶지만.

— 무라카미 씨의 애독자를 비롯해서 그후의 작가와 독자에게 개인주의적 태도가 당연해진 느낌은 듭니다. 옛날 같은, 무라카미 씨가 데뷔 당시 느꼈던 억압적인 분위기는 무척 희박해요. 그냥 제가 둔한 건지도 모르겠지만(웃음).

무라카미 데뷔 당시 문단에서 제일 싫었던 게 일종의 테마주의였어요. 이런 주제를 다뤘으니 이건 순문학이다, 깊이가 있다, 그런 말이 제일 싫었죠. 그래서 소재나 주제를 전부 걷어내고, 그럼에도 깊이 있고 무게 있는 글을 쓰고 싶었습니다. 지금은 저뿐 아니라 다들 점점 그쪽으로 옮겨가고 있다고 생각해요. 옮겨가는 것 자체는 좋은 일이지만, 그래서 그 대신 뭐가 나왔느냐 하면 아직 명확하지 않죠.

관계없는 얘기인데, 저와 나카가미 씨가 처음 만났을 때 이야기는 전에 했던가요?

— 네, 잡지 대담 때 이야기죠?(『국문학』 1985년 3월호 특집 '나카가미 겐지와 무라카미 하루키'에 「일의 현장으로부터」라는 대

담이 실렸다.)

무라카미 정확히 말하자면 그때가 처음이 아닙니다. 제가 소설가가 되기 전 나카가미 씨가 한 번 제 가게에 술을 마시러 온 적이 있어요. 우연이었지만요. 그래도 얼굴을 맞대고 이야기한 적은 없었죠. 그래서 신주쿠 나카무라야에서 만나 대담을 하고, 끝난 뒤 나카가미 씨와 난둘이 엘리베이터를 탔는데, 그때 "지금 한잔하러 가지 않겠나?" 하고 권하셨어요. 그런데 저는 "아닙니다, 그만 가보겠습니다" 하고 거절했죠. 그 무렵엔 작가들끼리 그런 식으로 교유하는 게 별로 좋지 않다고 생각했고, 아직 젊고 무척 건방졌으니까요. 지금 돌이켜보면 그때 같이 한잔하면 좋았을걸 싶습니다.

그날 저는 대담자리에 나가기 전에 나카가미 씨의 책을 모두 읽었어요. 그리고 이 사람은 정말로 훌륭한 작가라고 생각했고 지금도 그렇게 생각하지만, 그런데도 그때는 일단 뻗대고 싶은 마음이 강하더라고요. 젊었던 거죠.

— 대담 내용 자체는 좋았나요?

무라카미 모르겠군요. 그 무렵만 해도 실력 차가 엄청났으니, 제대로 대화가 됐는지 어땠는지.

— 그래도 나카가미 씨가 무라카미 씨를 불러서 대담을 한 거잖아요. 마음에 두었다고 할까, 좋게 평가했기 때문이 아닐까요.

무라카미 당시에는 신인이 나오면 선배작가 쪽에서 '어떤 녀석인지 품평 좀 해보자' 하는 면이 있었던 것 같은데.

— 통과의례처럼 말이죠.

무라카미 그때 같이 한잔했으면 무슨 이야기를 했을까 생각해 볼 때도 있어요. 혹시 서로 치고받지나 않았을지(웃음).

— 대단히 혈기왕성한 분이었다던데요.

무라카미 그래도 콧대 높기로, 건방지기로 말하면 젊은 시절의 저도 절대 뒤지지 않았을걸요(웃음).

— 당시 무라카미 씨가 느꼈던 상하관계나 자기 라인을 만드는 식의 권력욕을 가진 사람은 어느 세계에나 어느 정도 존재하지만, 지금 활동하는 작가들과는 더이상 공유할 수 없는 부분이 됐군요.

무라카미 그렇다면 다행이고요.

'머리가 들끓는' 시간

— 그 밖에 이번 책에서 재미있었던 부분이라면, "장편소설을 쓰고 난 작가는 대부분 머리로 피가 솟구치고 뇌가 들끓어 반쯤 제정신이 아닙니다"라는 대목에서 저도 모르게 웃어버렸는데요. 냉정하게 생각하면 정말 그렇거든요. 이어서 "제정신이 아닌 것 자체에는 딱히 문제가 없지만, 그래도 '내가 어느 정도 제정

신이 아니다'라는 건 자각하지 않으면 안 됩니다"라고 하셨는데 (웃음).

무라카미 맞아요. 어느 정도 정신을 놓지 않으면 도저히 긴 소설 따위를 쓸 수 없으니까요.

— 그러니 "제정신이 아닌 인간에게 제정신인 인간의 의견은 대체로 중요합니다"라고 했는데, 무라카미 씨는 글을 쓰는 동안 자신이 지금 제정신이 아니란 걸 아시나요?

무라카미 알죠. 그런데 알아도 별수없어요. 머리에 열이 나고 어딘지 모를 데서 퓨즈가 날아가버렸으니 별수 있겠습니까. 아드레날린이 콸콸 밀려다닐 뿐이죠. 몇 달, 몇 년 동안 집중해서 장편소설을 쓰고 완성한 사람에게는 어떻게 손쓸 수가 없어요. 돌진하는 열차 같은 상태니까요.

— 하하하.

무라카미 멈추라고 한다고 멈춰지지도 않고. 천천히 시간을 들여, 거리를 두고 속도를 늦춰야죠. 바로 급정거할 수 없는 노릇이니까요. 그러니 천천히 호흡을 가다듬으면서, 조금씩 멈춰가는 수밖에 없어요.

— 그런 때는 기분이 좋은가요?

무라카미 그럼요, 그럼요.

— 머리가 들끓지만, 기분좋은 들끓음이라는 거죠?

무라카미 열차가 멈추고, 한숨 돌리고, 머리를 식히고, 그뒤에 다시 원고를 읽어보면 '아, 여기가 틀렸군' '이쪽이 모자라군' 하는 부분이 차츰 눈에 들어옵니다. 그러니까 열차가 완전히 멈추기 전에 편집자에게 원고를 내주면 안 돼요.

— 재워둬야 하는군요. 멈추기 전에 넘기면 안 되고요?

무라카미 안 되죠(웃음). 머리가 뜨거운 상태에서는 나쁜 부분이 안 보여요. 좋은 부분만 보이지.

— 뭐든지 제정신이 돌아온 뒤에.

무라카미 그런데 현실적인 마감일이 있다면 어렵겠죠.

— 제정신이 돌아올 때까지 기다려주지 않으니까요. 작가 입장에서는 말씀하신 방식이 가장 이상적이지만…… 그리고 그런 환경은 어느 정도 스스로 만드는 것일 테고요.

무라카미 그렇죠. 레이먼드 카버를 만났을 때 여러 이야기를 하면서 특히 그의 집필방식에 역시 그렇구나, 하고 공감했습니다. 그 사람도 무척 면밀하게 고쳐 쓰는 편이니까요.

자신만이 할 수 있는 일을 좇는다

— 이번 책에는 원전과 사회문제도 언급되었는데요. 소설가가 사회문제에 대해 발언한다 혹은 하지 않는다는 입장은 그때그때 상황에 따라 달라질 수 있겠지만, 소설가들은 너무 기능하

지 않는다, 지나치게 말을 아낀다는 얘기를 듣곤 합니다. 일반적으로, 저를 포함해 지금의 젊은 작가들은…… 물론 적극적으로 활동하고 발언하는 작가도 있지만, 소설가는 이야기를 쓰는 인간이니 그런 사회적인 사안에 선을 그어야 한다는 태도를 고수하는 사람이 많아요. 여기에는 무라카미 씨의 영향도 있는 것 같은데요. 소설가는 의견을 밝히지 않는 게 좋다, 판단을 유보하고, 그저 관찰을 계속하며 이야기를 쓰는 것이 중요하다는 것으로요.

무라카미 그렇군요. 왠지 제가 나쁜 영향을 주는 느낌인데요.

— 아뇨, 무라카미 씨가 나쁘다고는 생각하지 않지만, 저 스스로도 그런 논리에 너무 안주하고 있는 게 아닌가 하는 생각이 들거든요. 소설가는 무엇보다 좋은 이야기를 쓰는 일이 중요하다고 무라카미 씨도 꾸준히 말씀해오셨는데, 그 발언의 '노른자만 빼먹는' 느낌도 들고요. 사실 누가 의견을 묻는 일도 별로 없지만, 발언을 회피하는 데 제멋대로 일종의 정당성을 부여한다고 할까요. 사실 무라카미 씨가 겪은 시대배경과 오늘날 작가가 처한 문맥은 전혀 다르잖아요. 무라카미 씨가 데뷔 당시 '디태치먼트(무관심)'를 표방한 것은 실제로는 매우 능동적이고 정치적인 행위였고요.

무라카미 그렇죠. 1960년대의 학원투쟁에 대한 환멸감 같은 데서 나온 거니까.

— 당시 무라카미 씨의 디태치먼트 자세는 어찌 보면 한 발 나아간 코미트먼트(관심)가 될 수 있는 선택이었죠. 그런데 지금 우리가 표방하는 디태치먼트는 무라카미 씨처럼 리스크를 감수하는 게 아니라, 그저 리스크를 회피할 뿐인 '얕은 디태치먼트'가 아닌가 싶어요. 물론 최종적으로는 각자 알아서 선택하면 될 일이지만, 앞으로의 소설가, 지금 이십대에서 사십대인 작가들은 사회와 어떤 관계를 정립해야 할지……

무라카미 데뷔 무렵 제가 별로 사회적 발언을 하고 싶지 않다고 생각했던 건 첫째로, 학생운동 당시 말이 소모되기만 하고 완전히 헛되게 끝나버린 데 강한 분노 같은 것을 느껴서입니다. 더이상 말을 헛되게 죽이고 싶지 않다는 마음이 컸어요. 이른바 신좌익 사람들이 하는 말에 저항감을 느꼈고, 그런 것을 회피하면서 내가 하고 싶은 말을 표현하려면 대체 어떻게 해야 할지, 그게 참 어려웠죠. 저는 아주 개인적인 인간이니까. 진구 구장에 가도 〈도쿄온도〉*를 부르지 않아요(웃음). 최소한 그때처럼 말을 소모시키지 않고, 개인 자격으로 사회적 메시지를 발신하기가 쉽지 않아요. 적절한 방법을 찾아보고는 있지만요. 단순히 소설가니까 사회적 발언을 하지 않아도 된다, 이런 얘기는 아닙니다.

— 네, 그렇게 생각합니다.

---

* 프로야구단 도쿄 야쿠르트 스왈로스의 응원가.

무라카미 요즘에는 오히려 우익 쪽 작가들이 발언하는 것 같더군요.

— 그렇죠. 이 사람 제정신인가 싶은 말도 있고요.

무라카미 그런 현상에 위기감은 물론 느낍니다. 하지만 예전처럼 '거리에 나가 행동해라, 대로에서 외쳐라' 하는 식 말고, 과연 어떤 방법이 좋을지 모색해보고 있어요. 메시지가 가장 잘 전달될 언어를 고르는 법, 장소를 마련하는 법을 찾아내고 싶은 것이 지금의 솔직한 심정입니다.

— 지금까지는 슬로건 투의 말이 잇따라 수박 겉핥기처럼 소비되는 일, 천박한 언어가 만연하는 상황에 위기감 같은 것을 느끼고, 제대로 된 이야기를 씀으로써 맞서왔다. 물론 앞으로도 소설 속에서 그런 작업을 계속할 테지만 지금은 또다른 방법을 모색중이다, 그 말씀인가요?

무라카미 그렇습니다. 어느 정도 직접적인 발언을 해야 한다고 생각해요. 슬슬 그럴 시기가 됐다고 보고요. 생각중인 건 있는데, 조금 시간이 걸릴지도 모르겠습니다.

— 오늘은 그런 말씀을 들은 것만으로도 의미가 있네요.

무라카미 거품경제가 붕괴되고, 고베 지진이 일어나고, 동일본 대지진이 일어나고, 원전 문제가 생겼죠. 전 그런 시련을 통해 일본이 좀더 세련된 국가로 나아갈 줄 알았습니다. 그런데 지금은 명백하게 정반대 방향으로 가고 있어요. 그게 제가 위기감을 느낀 이유이고, 어떻게든 바꿔야 한다고 생각합니다.

1960년대 후반에 우리가 싸웠던 건 결국 그 바탕에 이상주의가 있었기 때문이죠. 세상은 기본적으로 더 좋은 곳이 되어갈 것이고 그러기 위해 싸워야 한다, 대부분 그렇게 믿었어요. 뭐, 어찌 보면 너무 안이한 생각이었지만 아무튼 그런 이상주의가 있었고 그것이 기능했죠. 그러다 그것이 통째로 무너져버리자 강한 환멸을 느꼈고. 하지만 이제는 거기서 한 바퀴 돌아오지 않았나 하는 생각이 최근에 들더군요. 언제까지고 똑같은 일만 할 수는 없고, 어떤 새로운 움직임에 들어서야 한다고. 그래서 뭘 어쩌겠다는 건 아니지만, 원칙적으로는 자신이 있어야 할 장소에서 담담하게, 성실하게 할 수 있는 일을 해나가는 수밖에 없어요. 문제는 픽션을 쓰는 작업과 구체적인 발언을 내놓는 일의 경계를 어디에 둘 것인가인데, 이게 상당히 어렵군요.

— 무라카미 씨는 분석과 설명을 하는 일이, 그 일환으로 에세이를 써나가는 일이 창작에는 썩 좋게 작용하지 않는다고 종종 말했는데, 그것과 비슷한 관계 같습니다. 개인적인 입장을 표명하고 어떤 문제에 대해 발언하는 것은 어찌 보면 제 살을 깎는 일이죠. 자기 지분이 줄어든다고 할까요. 젊은 작가들도 지금 처한 환경에서 소설도 쓰고 싶고, 여러 가지 활동도 하고 싶고, 소설로만 할 수 있는 일도 하고 싶지만, 어떤 구체적인 행동을 해야 하는 건 아닌지 각자 생각하기 시작한 상황 같습니다.

무라카미 자신이 할 수 있는 일, 가능하다면 자신만이 할 수 있는 일을 진지하게 좇아가는 것이 저의 중요한 기준입니다. 그 '자신만이 할 수 있는 일'을 어떻게 찾아내는가, 거기서 외부와의 절실한 접점을 어떻게 찾아내는가는 쉽지 않지만요.

— 어떤 사람에게는 시위일 수도 있고, 그게 뭐든 좋지만, 어쨌든 자신만이 할 수 있는 일이어야 한다……

무라카미 소설가니까요. 무언가를 만드는 사람에게는 역시 자신밖에 만들 수 없는 것을 추구하는 일이 가장 중요합니다. 어느 정도 시행착오를 겪을 수도 있지만, 사회적으로 이렇게 하는 게 옳으니까 이래야 한다는 발상은 좀 아니지 않나 싶어요.

책을 만나고 시작된 기적

— 이번에 실감한 게, 무라카미 씨가 시작부터 삼십 년 전과 똑같은 말을 하고 있다는 건데요. 군살을 찌우지 않고, 규칙적으로 생활하고, 능동적으로 기다리는 것, 그렇게 해서 마음속 깊이 침잠하고, 그랬다가 되돌아오는 체력을 유지하는 것이 무라카미 씨가 생각하는 '직업으로서의 소설가'에게 중요한 요소라는 거요.

무라카미 음. 뭔가 외골수 같지만, 전부터 꾸준히 해온 말이죠.

— 그것이 무라카미 씨 인생의 가치관이기도 하고, 어찌 보면 무라카미 씨 말고는 아무도 재현할 수 없겠지만, 독자도 거기서 커다란 무언가를 얻는다는 느낌이 강해요. 무라카미 씨의 글 속에서 일어나는 리듬, 이야기를 담갔다 건지면서 나오는 것을 독자도 빠짐없이 이해하고, 그런 것에 다가가고 싶다는 동경을 품는 거죠. 그래서 한때는 신인상 공모전의 응모작 상당수가 무라카미 씨 문체와 비슷하더라는 말도 있었고……

무라카미 그 얘기 말이죠, 저도 자주 듣는데, 잘 모르겠어요(웃음). 비슷하다는 게 어떤 건지.

— '무라카미 하루키를 좋아하는구나……'라고 생각할 수밖에 없는 소설이 있어요.

무라카미 간혹 "무라카미 씨랑 똑같아요" 하는 원고를 받아볼 때가 있는데, 제 눈에는 전혀 닮지 않았거든요. 어디가 비슷하다는 거지 싶어요.

— 그렇죠. 좋아한다는 게 느껴지고 분위기를 모방한다 해도 비슷한가 아닌가는 또다른 문제일 테고요.

무라카미 1960년대 후반에 보니것이나 브라우티건 같은 작가가 무척 인기였고 저도 물론 좋아했기에, 저런 글을 쓸 수 있으면 좋겠다고 생각은 했지만, 실제로는 아무리 해도 쓸 수가 없더군요. 그 사람들의 소설 스타일을 보고 '아, 소설을 이렇게도 쓸 수 있구나. 이런 것도 있을 수 있구나' 하는 유연함을 깨달은 것은 상당히 공부가 됐지만, 문체를 그대로 모방할 수는 없어요.

— 쓸 수 없을뿐더러, 쓴다 해도 의미가 없으니까요. 요컨대 무라카미 씨만 구사할 수 있는 '무라카미 매직'이 있다는 건데, 물론 계속 글을 쓰며 갈고닦아왔고 방법론적으로도 세련미를 더했겠지만 그전에, 글을 쓰기 시작하기도 전부터, 역시 무라카미 씨 안에 원석 같은 것이 있었던 게 아닐까요?

무라카미 아마 있었겠죠. 전혀 없지는 않았을 거예요. 어디까지나 결과에서 역산했을 때 그렇다는 말이지만.

— 소설을 쓰기 전에 생활 속에서, 예를 들어 누구에게 쓴 편지나 대화에서 예의 '매직 터치'가 작용한 적은 있을까요? 창작 활동과 별도로, 일상에서.

무라카미 연애편지는 제법 잘 썼던 것 같아요. 설득력 있게.

— 역시(웃음). 소문에 중학교 시절 무라카미 씨는 전설의 학생이었다던데요.

무라카미 모르고 있었는데, 영화감독 오모리 가즈키 씨가 제가 나온 효고현 아시야시립중학교의 삼 년 후배고 담임선생님이 저와 같았는데, 무슨 문예지인가 문집인가를 만들어 갔더니 그 선생님이 "이건 틀렸어, 삼 년 전 무라카미라는 엄청난 학생이 있었는데, 너는 그 발끝도 못 따라간다"고 하더래요(웃음). "하루키 씨는 당시부터 유명했어요"라고 오모리 씨가 말하더군요.

— 그 많은 학생 중에 선생님이 그런 말을 할 정도면 전설이

틀림없네요.

무라카미 그래도 저 자신은 딱히 떠오르는 일이 없네요.

— 그 무렵에도 글쓰기를 좋아하셨나요?

무라카미 아뇨, 그렇게 좋아하진 않았어요. 작문을 하면 '잘 쓴다'는 말을 곧잘 들었지만, 스스로는 특별히 잘한다고 생각하지 않았고 쓰는 일이 즐겁지도 않았어요. 그냥 남의 독서감상문을 대신 써주고 점심을 얻어먹는 정도였죠. 못 쓰고 쩔쩔매는 녀석한테 대신 써줄 테니 점심 사라 하고는 슥슥 써줬어요. 생각해보니 지금과 똑같은 일을 했군요(웃음). 대신 입시 공부는 뒷전이었죠. 그러니 학교에 신세 진 건 거의 없는 것 같은데.

— 와세다대학에서 쓰보우치 쇼요 대상을 받았을 때 수상소감에서도 그러셨어요. "학교에 신세 진 일은 전혀 없었습니다"라고(웃음).

무라카미 맞아요, 여러 가지를 대개 혼자서 했으니까. 학교에서 뭘 배웠다는 기억은 별로 없어요. 개인적인 수확 작업에 바빴죠.

— 그전에 이미 많은 책을 읽었다면 따로 공부 안 해도 되지 않았을까요? 세계사, 국어, 특히 영어는.

무라카미 네. 그런 책을 많이 읽고 자기 페이스에 맞춰 적당히 공부하면 대학 가고도 남았어요. 그 시절에는 와세다 입시도 비교적 쉬웠고.

— 정말 그랬을까요(웃음). 왜 책읽기를 그렇게 좋아하게 됐

을까요?

무라카미 외동이었던 게 컸지 싶어요. 물론 밖에 나가 야구하거나 해수욕을 하기도 했지만 혼자 있을 때는 대개 책을 읽었어요. 집에 책이 무척 많았고, 책만 있으면 심심하지 않았죠. 고양이와 책이 친구였어요.

— 누군가가 '직업으로서의 소설가'가 되고 그걸 유지하려면 일단은 책을 좋아해야 하잖아요? 그런데 가장 관건인, 책을 좋아하는 것만은 누가 가르쳐줄 수 있는 게 아니죠. 억지로 좋아하게 시킬 수도 없고요. 모든 우연이 일치해 책을 만나야만, 영혼이 책의 세계를 열렬히 원해야만 꾸준히 글을 쓰는 단계까지 갈 수 있다고 생각합니다. 무라카미 하루키라는 사람에게 그 기적 같은 우연이 겹치고 겹쳐 긴 소설을 쓰기 시작하고, 신인상에 응모하고…… 그런 끝에 이 『직업으로서의 소설가』라는 책까지 왔다고 할 수 있겠죠.

무라카미 그렇죠…… 아무튼 이 책에서 가장 하고 싶었던 말은, 작가가 되려면 '자신이 이거다 하고 정한 대상과 전면적으로 관계를 맺는 일, 그 코미트먼트의 깊이가 중요하다'는 겁니다. 코미트먼트의 방향성이나 내용은 사람마다 다르지만 적어도 '깊이'는 꼭 필요해요. 깊이가 없으면, 나아가 그 깊이를 끝까지 짊어질 담력이 없으면 아무데도 갈 수 없어요. 나머지는 운입니다. 전 아마도 운이 좋았던 거라 생각해요. 그렇게밖에 생각할 수 없고.

— 무라카미 하루키라는 한 작가가 개척하고 나아간 길과 똑같지는 않아도 각자 코미트먼트의 깊이에 따라 그런 과정이 있을 수 있고, 같은 기적이 일어날 수도 있다는 말이군요. 그러기 위해 이를테면 어떤 방법이 있는지 생각하게 해주는 책이에요.

나중에는 재즈클럽을……

— 『직업으로서의 소설가』의 표지가 무척 좋은데요. 표지의 무라카미 씨 사진이 아라키 (노부요시) 씨 작품인가 했는데, 역시 그렇더군요.

무라카미 일전에 『뉴욕타임스 매거진』 기사에 내느라 찍었어요. 거기서 의뢰받아 아라키 씨가 찍었을 거예요.

— 아라키 씨는 오자와 세이지 씨 인터뷰집에서도 두 분의 사진을 찍으셨죠.

무라카미 맞아요. 아라키 씨는 재미있는 사람이에요. 촬영 때 오자와 씨와 저에게 "좀 꼭 붙어봐요" 같은 주문을 하지 뭡니까. 상대가 이성도 아니고, 저와 오자와 씨가 '꼭 붙어보자'고 해봤자(웃음).

— 농담 잘하시죠(웃음). 무척 매력적이고 재미있는 분이에요. 병환중인데도 작품활동을 많이 하셔서 좋고요.

무라카미 그러고 보니 그때 아라키 씨와 오자와 씨 둘이서 계속 암 이야기를 했어요(웃음).

— 무라카미 씨는 병환이 전혀 없으시죠?

무라카미 그러고 보니 한 번도 걸려본 적 없네요.

— 그것도 굉장한 거예요.

무라카미 몸살로 앓아누운 적도 거의 없고. 우스울 정도로요.

— 감기는 걸리나요?

무라카미 그건 가끔 걸려요. 사오 년에 한 번 정도.

— 에세이에 입원했다는 얘기 같은 게 나오지도 않고요.

무라카미 입원한 적은 전혀 없어요. 다만 매년 한 번은 마라톤 풀코스를 뛰는데, 그 기록이 조금씩 나빠지고 있어서 이게 나이 먹는 증거구나 하고 실감합니다. 하는 수 없죠. 그래도 말이죠, 마라톤 기록이 나빠진다는 건 나이 먹는 것을 확인하는 꽤 좋은 방법 같아요. 아니면 자기가 지금 어디쯤 서 있는지 잘 모르잖아요. 전 아이도 없고 동료도 없으니, 그런 정점관측定點觀測 기회를 얻지 않으면 좀 알기 어려운 게 있어요.

— 그런 의미에서 일상적인 운동과 글쓰기의 관계를…… 묻고 싶지만 이대로 가면 인터뷰가 영원히 이어질 것 같으니, 이쯤에서 그만 인사드리죠…… 오늘 긴 시간 고생 많으셨습니다. 앞으로도 의욕적인 작품활동을 진심으로 기대합니다.

무라카미 고맙습니다…… 그래도 언젠가 다시, 재즈클럽을 하고 싶네요(웃음).

— 정말요?

무라카미 소설을 쓰지 않게 되면 아오야마 근처에 재즈클럽을 열고 싶어요. 험프리 보가트처럼 나비넥타이를 매고 하우스 피아니스트한테 말하는 거죠. "그 곡은 치지 말라고 했잖아, 샘" (웃음).

— 벌써 다 정해놓으셨잖아요(웃음). 언제가 될까요?

무라카미 당장 내일부터라도 하고 싶지만, 소설도 더 쓰고 싶으니. 고민스러운 부분입니다.

(2015년 7월 9일, Rainy Day Bookstore & Cafe에서)

2장

지하 2층에서 일어나는 일

2017년 새해 벽두, 신초샤 클럽에서. 지난 인터뷰 후로 일 년 반이 흘러, 새로운 장편소설 『기사단장 죽이기』를 중심으로 많은 이야기를 들었다. 쨍한 겨울정원이 내다보이는 고타쓰*에 앉아 평온한 분위기에서 시작했는데, 내가 너무 의기충천한 나머지 나중에 봤더니 거의 쉬지도 않고 네 시간 가까이 이어가버렸다. 끝난 뒤 무라카미 씨는 "이걸 두 번 더 한다고요, 정말?" 하며 웃었다. 간식으로 나는 초콜릿, 무라카미 씨는 도넛 반 개를. 저녁으로는 모두 함께 가락국수를 먹었다.

* 좌탁 모양의 난방기구.

제목과 인칭은 어떻게 결정하는가?

— 이번 인터뷰는 장편소설 『기사단장 죽이기』를 중심으로 진행하려 합니다. 무라카미 씨가 이 책을 쓰면서 어떤 체험을 했는지, 완성 후에는 또 어떤 체험을 했는지—가령 이 작품이 일종의 우물이나 구덩이 같은 것이었다면, 보통은 혼자 들어가는 그곳에 이번 기회에 꼭 저와 함께 들어가주셨으면 합니다. 그리고 그곳에서 본 것을 말로 표현해보죠.

무라카미 음, 어려워 보이지만, 해봅시다(웃음).

— 우선 제목 얘기를 안 할 수가 없는데요. '기사단장 죽이기'라는 이 멋진 제목이 어떻게 나왔는지 제일 먼저 묻고 싶네요.

무라카미 '기사단장 죽이기'라는 말이 어느 날 문득, 갑자기 떠올랐어요. '기사단장 죽이기라는 제목의 소설을 써야겠다'라고요. 왜 그랬는지는 전혀 기억나지 않지만, 본래 그런 건 갑자기 떠오르거든요. 보이지 않는 어딘가에서 구름이 일어나는 것처럼.

— 모차르트를 듣고 있었던 것도 아니고요?

무라카미 네, 아무 관계 없이. 어떤 순간, 길을 걷고 있었는지 밥을 먹고 있었는지 기억도 잘 안 나는 순간에 머릿속에 무언가가 훅 떠올라 그대로 눌러앉곤 합니다. 『해변의 카프카』 때도 그랬어요. 『해변의 카프카』라는 소설을 쓰고 싶다는 생각으로 시작해서, 그럼 주인공 이름을 카프카로 붙이는 수밖에 없겠군, 했죠. 그리고 바닷가 근처로 보내야지. 은근히 간단한 과정입니다(웃음).

— 해변이라는 것도 별 이유 없고요.

무라카미 『태엽 감는 새』도 그랬던 것 같아요. 그렇게 제목이 먼저 만들어지면 무척 편하죠. 이야기가 알아서 쭉쭉 나아가니까.

— 그 제목이 어느 정도 사이즈의 이야기가 될지, 그때부터 대강 짐작이 되나요?

무라카미 제목만으로는 아직 모르죠. 모양새가 드러나려면 어느 정도 시간이 흘러야 해요. 시간의 경과와 함께 흐지부지 사라지는 것도 있고, 점점 단단하게 굳어지는 것도 있고, 그것만은 시간이 흐르지 않으면 모릅니다.

— 어쨌든 가장 먼저 '기사단장 죽이기'라는 말이 찾아왔고, 이 제목으로 뭔가 써야겠다고 마음먹고, 그다음에 '기사단장 죽이기'라는 말이 한동안 머릿속에 머무는 거군요?

무라카미 반년이었는지, 일 년이었는지, 이 년이었는지 모르겠지만요.

— 그렇게 길게요?

무라카미 그 정도는 걸리지 않나요. 말하자면 자기 안에서 말을 발효시키는 거니까.

— '기사단장 죽이기'라는 말이 찾아왔을 때 무라카미 씨는 구체적으로 뭘 쓰고 계셨나요? 일 년에서 이 년 전이라면.

무라카미 음, 잘 기억이 안 나는데. 반년 전쯤인지도 몰라요. 일년 전쯤일 수도 있고. 수시로 여러 가지 생각이 떠오르니까 시기를 집어 말하기 어렵군요. 그래도 『색채가 없는 다자키 쓰쿠루와 그가 순례를 떠난 해』를 끝낸 후였을 겁니다. 그나저나 어디서 '기사단장 죽이기'라는 제목이 나왔을까요. 언뜻 보면 영 소설 제목 같지도 않은데.

— 한번 들으면 잊기 힘든 불가사의한 힘이 있고요.

무라카미 제목에는 그런 일종의 불가사의가 중요하죠. 다소의 위화감 같은 것. 제 기억으로는 일단 제목이 나왔고, 그와 별도로 우에다 아키나리의 『하루사메 이야기』에 수록된 「이세二世의 인연」이라는 이야기를 좋아해서 그걸 모티프로 무언가 쓰고 싶다고 한참 전부터 생각했는데, 그것이 '기사단장 죽이기'라는 제목과 합쳐졌어요. '이세의 인연'과 '기사단장'도 전혀 연결이 안 되지만요(웃음). 또하나, 1장 도입부의 '그해 5월부터 이듬해 초까지 나는 좁은 골짜기 어귀 근처 산 위에 살았다'부터 '에어컨 없이도 여름을 쾌적하게 날 수 있었다'까지는 이미 그전의 언젠가 써둔 상태였습니다. 별다른 목적 없이 그냥 그런 글을 써뒀어요.

— 완전히 별개로, 독립된 형태로요?

무라카미 네. 그 단락이 컴퓨터 한구석에 저장되어 있었어요. '그해 5월부터' 같은 파일명으로. 전 아무 맥락 없이 그런 글을 곧잘 씁니다. 그냥 써서 저장해둬요.

—『스푸트니크의 연인』 도입부도 그랬죠.

무라카미 갑자기 머릿속에 떠오르면 '아, 이렇게 시작하는 문장을 써볼까' 하죠. 『스푸트니크의 연인』의 첫 문장도 그랬어요. 쓴 뒤에는 반년이든 일 년이든 묵혀두면서 가끔 꺼내서 고치고, 조금씩 갈고닦아서, 그게 내 안에 제대로 남는지 아닌지 기다립니다. 찰흙덩어리를 벽에 던져서 달라붙는지 떨어지는지 확인하듯이. 물론 깨끗이 떨어져서 아무것도 남지 않는 경우도 있고요.

— 아이디어를 적어두는 일은 있을 법한데, 글 자체를 저장해두는 건 좀 드물 수도 있겠네요.

무라카미 음, 제 경우 소설의 아이디어 같은 걸 적어두는 일은 별로 없어요. 손을 움직여 글을 쓰면서 생각하는 타입이라, 일정 분량 이상의 글을 쓰는 작업이 중요합니다. 일단 한 덩어리의 글을 써놓고, 조금씩 손대며 고쳐나가고, 그사이 내 안에서 무언가가 자동적으로 움직이기 시작하는…… 그런 걸 기다리는데, 여기에도 역시 시간이 필요해요. 써놓고 한두 달 지나면 소설이 되느냐 하면, 그건 아니거든요. 아무래도 반년에서 일 년, 일 년에서 이 년의 세월이 필요합니다.

그러니까 『기사단장 죽이기』는 별개의 세 요소가 스타팅 포인트라 할 수 있어요. 도입부의 한 단락, '기사단장 죽이기'라는 제목, 또 뭐였더라? 아, 「이세의 인연」을 모티프로 삼자는 것. 그 세 가지가 따로따로 있다가 하나로 연결되는 거죠. 세 친구가 우연히 한자리에 모이는 느낌인데, 그 자리에 오기까지는 제법 긴 시간이 필요해요. 그러니 제 경우 장편소설은 거의 기다림의 작업입니다. 이 년쯤 기다려 쓰기 시작하고, 일 년이나 이 년을 들여 완성하죠. 쓰는 시간보다 기다리는 시간이 오히려 길어요. 서퍼가 앞바다에서 파도를 기다리는 것과 같아요.

— 그렇게 집필을 시작하면 하루 열 장은 꼭 쓰신다던데요. 무슨 일이 있어도, 어쨌거나 열 장은 써놓자고 스스로 정해놓는 거죠?

무라카미 뭐, 무슨 일이 있어도까지는 아니지만 기본적으로는, 네.

— 아무것도 정하지 않고 쓰기 시작하면 무언가와 만난다. 결과적으로 그렇게 완성해나간다는 건 이해되는데, 예를 들어 오늘 쓰면서 그 '무언가'를 만날 수 있을지 없을지는 모르잖아요. 아까의 표현을 빌리면…… 친구와 만나지 못하는 날이라고 할까요. 그런 날도 반드시 열 장은 쓰시나요?

무라카미 네. 일단 씁니다. 만약 친구가 와주지 않더라도 와줄 법한 환경을 만들어둬야죠. 저쪽에 방석도 좀 깔아놓고, 청소도 하고, 책상도 닦고, 차도 내려두고. 아무도 오지 않을 때는 그런 '밑준비'라도 해두는 겁니다. 아무도 안 오니까 오늘은 실컷 낮잠이나 자볼까, 이러지는 않아요. 전 소설에 대해서는 근면한 편이라서요.

— 그럼 '오늘은 이 부분을 써야 하는데, 어째 느낌이 안 오는데' 하는 경우는……

무라카미 그냥 풍경 묘사 같은 거라도 해요(웃음). 뭐가 어찌됐건 열 장은 씁니다. 그러기로 정했으니까.

소설의 도입부 얘기를 하자면, '그해 5월부터 이듬해 초까지 나는 좁은 골짜기 어귀 근처 산 위에 살았다', 이건 완전한 1인칭이죠? 저는 한동안 순수한 1인칭 장편소설을 봉인해놓고 3인칭으로 방향 전환을 시도했는데, 요 몇 년간 잇따라 레이먼드 챈들러의 장편소설을 번역하면서 오랜만에 철저한 1인칭 소설을 쓰고 싶다는 마음이 솟아나더군요. 『1Q84』처럼 긴 이야기를 3인칭으로 완결함으로써 일단 소기의 목표는 달성했다, 그러니까 슬슬 다시 1인칭 장편을 써도 되지 않을까 싶었어요. 이 도입부, 지금 보면 어딘가 필립 말로 같지 않나요?

— 네, 처음 읽을 때도 느꼈어요. 오랜만의 1인칭 소설인데, 1인칭 대명사를 무엇으로 하느냐가 작중 세계의 톤을 결정하잖아요? '와타시'*를 한자 '私'로 쓸지 히라가나 'わたし'로 쓸지, '보쿠'**를 한자 '僕'로 쓸지 히라가나 'ぼく'로 쓸지에 따라 문체 자체나 작중 세계의 분위기가 결정되고 주인공의 성격까지도 관

* 여성, 혹은 격식을 차리는 자리에서 쓰는 일본어 1인칭.

** 주로 젊은 남성이 쓰는 일본어 1인칭.

계되죠. 이번에 한자 '와타시私'를 쓰신 것도 챈들러의 영향인가요?

무라카미 챈들러 번역에서 모두 '와타시'를 쓰고 있으니 그 흐름이나 여세에 따라간 면은 확실히 있는 것 같습니다. 또하나, 나이 면에서 아무래도 '보쿠'라는 1인칭으로 장편을 쓰기가 좀 힘들겠다고 생각했어요.

— 그 '힘듦'에 대해 좀더 말씀해주실 수 있나요? 힘들다는 건 읽을 때 걸린다는 얘기인가요? 아니면 직접 사용할 때?

무라카미 직접 사용할 때죠. 일상생활에서 '보쿠'라는 말을 쓰고 편지도 '보쿠'라고 쓰기는 하지만, 막상 소설, 특히 지문에서는 왠지 좀 겸연쩍어요.

— 이번 주인공은 서른여섯 살이니 '보쿠'여도 전혀 문제없잖아요. 지금까지 비슷한 나이의 '보쿠'를 써오시기도 했고.

무라카미 그런 위화감은 어디까지나 감각적인 거죠. 하지만 사소한 감각의 차이가 장편소설에서는 커다란 의미를 지닙니다. 또 '와타시'라는 새로운 인칭을 씀으로써 지금까지 써온 '보쿠'와 다소 차이를 두려는 의도도 있었을 거예요. 같은 1인칭이라도 여태까지의 1인칭과는 조금 다르다는. 그래서 '와타시'라는 인칭을 써보고 싶었던 것 같군요. 쓰기 시작하니 역시 보이는 풍경이 조금 다르다고 느꼈고요.

— 확실히 다르죠. 알겠습니다. 이번 소설에서는 '기사단장

죽이기'라는 제목이 먼저 떠올랐고, 그 밖에 두 요소가 있었고, 그것이 단단해지고 또 필요한 시간을 거쳐서……

무라카미 장편소설은 말이죠, 하나의 테마로는 절대 쓰지 못해요. 몇 가지 테마가 복합적으로 얽혀야 비로소 만들어지죠. 길면 길수록 그 요소가 많아야 하고요. 저의 출발점에는 최소 세 가지가 있었고, 세 가지가 있으면 삼각측량처럼 이야기가 입체적으로 나아가요. 그런데 구성 요소가 한두 개뿐이면 어디선가 반드시 두꺼운 벽에 부딪히죠. 이러지도 저러지도 못해요.

— 그 이상 넓어지지 않는다는 말이죠?

무라카미 네. 그러니까 몇 가지 포인트가 자기 안에 뚜렷이 존재함을 확인하기 전에는 장편을 시작할 수 없어요. 바람직한 요소 세 가지를 모으는 데는 또 그만한 시간이 걸리고요.

— 그 세 가지가 이어서 또다른 것을……

무라카미 불러들이죠. 이어서 각각 또다른 친구들을 불러오고.

— 점점 삼각형이 커져가는군요.

무라카미 그렇죠. 『기사단장 죽이기』로 말하면 화가인 '나'가 있고, 그의 작업실에 여러 사람이 드나듭니다. 각 등장인물이 저마다의 상황을 이야기 속에 들고 오면서 이야기가 앞으로 나아가죠. 처음부터 어떤 사람이 나와서 무슨 일이 벌어질지 정해버리면 그렇게 자발적인 움직임이 생겨나지 않아요. 시작할 때는 일단 세 가지 포인트만 설정하고, 무슨 일이 일어나는지 보는 겁니다. 그리고 각 요소가 여러 가지 새로운 요소를 끌고 들어오는 과정에서 자발적으로 서서히 열이 오르죠. 장편소설은 어찌 보면 그 자연스러운 발열을 찾아나가는 작업이라고 저는 생각해요. 그렇기에 작가는 일 년이든 이 년이든 참을성 있게 가만히 기다려야 하죠. 이것이 집필을 시작할 수 있는 뚜렷한 포인트라는 확신이 들 때까지.

— 그리고 그 열을 견딜 만한 체력도 필요하다, 그러니까 체력을 만들고 나서 창작에 들어가야 한다.

무라카미 네. 체력도 필요하죠. 육체적인 힘. 그리고 일단 시작하면 하루에 열 장은 써야 합니다. 그러기를 일 년쯤 줄기차게 계속해야 하고요. 중간에 망설여지거나 불확실한 부분이 있으면 도저히 나아갈 수 없어요. 그러니까 시작하기 전에, 필요한 포인트가 내 안에 탄탄하게 설정됐음을 분명히 확인해야죠. 그게 무엇보다 중요합니다.

— '나'라는 1인칭을 선택함으로써 화자의 성격도 저절로 결정되는 느낌이 들어요. 사고방식 같은 것도 그렇고, 전체적인 밸런스, 분위기가 바뀌죠. 이번 작품에서는 『태엽 감는 새』가 강하게 떠오릅니다. 구덩이는 물론이고, 장소를 별로 이동하지 않아요. 도쿄에서 그리 멀지 않은데도 외부인이 잘 들어오지 못하는, 한정된 장소에서 일어나는 일이죠. '나'가 움직이는 것도 후반부고, 한곳에 정착한 상태에서 이야기가 시작되고 종식되는데, 처

음부터 그런 이미지가 있었나요?

무라카미 하긴 그렇게 보면 『태엽 감는 새』와 통하는 부분이 있군요. 『태엽 감는 새』에서는 골목이 중요한 역할을 합니다. 그 좁고 막다른 장소의 깊은 곳이 어떤 다른 세계와 이어져 있죠. 그것과 같다고 볼 수 있겠어요. 『양을 쫓는 모험』은 계속 이동하는 이야기고. 그런데 이번 소설의 경우는 여러 사람이 등장하고 그 사람들의 움직임을 쫓아가다보니 굳이 장소를 이동할 필요가 없어진 면이 있어요. 산속에 기묘한 구덩이가 있고, 주인공이 사는 작은 집이 있고, 골짜기 너머에는 멘시키 씨의 흰색 저택이 있고. 그만큼 상황이 갖춰진 이상 장소를 이동할 필요가 없어졌다고 할까요.

— 필요가 없었다고요?

무라카미 주인공은 가끔 도쿄에 가고 마지막에는 이즈 고원의 요양 시설에 가지만, 그것 말고는 특별히 이동할 필요가 없습니다. 오히려 사람들이 차례차례 그를 찾아오죠. 그러면서 이야기가 나아가요. 어찌 보면 그는 소설 속 어느 시점까지는 '수신인'입니다. 별로 움직이지 않아도 되죠. 게다가 앞부분에 긴 이동이 나오고.

— 그러네요. 이야기 도입부에서 '나'는 여행을 떠났다 돌아오죠.

무라카미 네, 도호쿠에서 홋카이도까지. 앞서 긴 이동을 하고,

상황이 바뀌어 한곳에 정착해서 이야기가 시작된다. 그 대비가 소설적으로 중요합니다.

'악'의 형태가 변한 느낌이 든다

— 지금까지 나온 무라카미 씨의 작품을 어딘가에서 구분하려 들면 아마 어디서든 가능하리라 봅니다. 매번 다른 시도가 있었고, 그 깊은 곳에는—어떤 사람은 옵세션이라고 부를지도 모르고, 어떤 사람은 무라카미 씨 작품의 분모와도 같은 중요한 모티프라 볼 수도 있는 것이 공통적으로 들어 있으니까요. 하지만 저는 『태엽 감는 새』가 무라카미 씨 안에서 무언가가 크게 재편성된 첫번째 작품이라는 느낌이 들어요.

우선 '벽 뚫고 나가기'라는 요소가 말 그대로 형태화한 점, 그리고 '악' 같은 것의 형태가 명확하게 바뀌어 그전까지와는 이질적인 다이너미즘을 지닌 작품이 되었다는 점. 그전에 나온, 예를 들어 '야미쿠로'* 같은 건 어떻게 손쓸 수도 없이 그냥 그곳에 존재하는 것이었잖아요. 그런데 『태엽 감는 새』에서는 '증오'라는 코미트먼트가 등장합니다. '오케이, 솔직하게 인정하자, 아마 나

* 『세계의 끝과 하드보일드 원더랜드』에 등장하는, 도쿄 지하에 사는 악의 일종.

는 와타야 노보루를 미워하는 것일 테다'라고. 이게 무척 중요한 부분이라고 봅니다.

그뒤로 꾸준히 '악' 같은 것—지금부터는 편의상 '악'이라고 표현하겠습니다—이 그려졌고, 『1Q84』에서는 '악'의 묘사 방식 혹은 '악'과의 관계성이 복층화합니다. 형태가 점점 바뀌어, 더는 나설 자리가 없는 빅브라더가 리틀 피플로 등장하죠.

무라카미 씨는 '악'에 대해 과거에 이런 얘기를 했습니다. '악'에 대해 쓰고 싶다, 그러나 개별적이고 구체적인 '악'을 하나하나 그려갈 수는 있어도 '악'의 총체를 파악하는 것은 항상 어렵다. 그런 관점에서 보면 무라카미 씨 소설은 '악'의 변화, 변질 같은 것을 그려왔다고 볼 수도 있는데요. 그리고 『1Q84』에서 리틀 피플이 하나의 포화점, 피크가 되었고, 『기사단장 죽이기』에서는 '악'의 형태가 한층 변한 느낌이 듭니다.

무라카미 음, 확실히 와타야 노보루를 묘사할 때는 '악'을 의식했던 면이 있어요. 나도 이제 그런 걸 쓸 수 있어야 한다는 마음으로. 그래도 그뒤로는 그렇게까지 구체적으로 '악'을 의식하지는 않았던 것 같아요. 『해변의 카프카』와 『애프터 다크』에도 '악' 같은 것, '악'에 가까운 것이 등장하지만 그것들은 비교적 자연히, 절로 나왔지 악을 쓰려고 특별히 의식한 건 아니었어요. 지적을 받고 보면 그랬나 싶기도 하지만.

— 그렇군요, 자연히 나온 요소였다…… 처음 『기사단장 죽

이기』를 읽었을 때 이 이야기의 '악'은 보이지 않게 가려둔 것이 뚜껑 밖으로 스며나오는 듯한, 뭐라고 할까, 액막이까지는 아니어도 진혼 같은 형태로 대치하고 있는 느낌이 들었습니다. 지금까지의 '악'은 우물을 파보니 노몬한*이 나오는 식으로, 현재형의 생생한 문제이자 쓰러뜨려야 할 대상으로 존재했는데요.

무라카미 그랬죠.

— 어디까지나 그런 '악'을 가이드라인으로 삼아 읽어보면 그렇다는 말이지만요. 무라카미 씨는 이번 작품을 쓰면서나 쓰고 나서 어떤 명확한…… 기술적인 면과 별개로, 지금까지 없었던 것을 끌고 나왔다 혹은 건드렸다는 느낌을 가지셨는지요?

무라카미 으음…… 글쎄요(한동안 침묵). 이천 매 남짓한 장편소설을 쓰려면 일 년에서 일 년 반, 이 년 정도의 시간이 들죠. 무언가와 싸운다, 격투한다는 굳은 각오 없이는 계속 이야기를 써나갈 수 없습니다. 기분좋게, 싱글벙글 즐겁게 책상 앞에 앉아만 있어서는 장편소설을 쓰지 못해요. 그러니 무언가와 싸워야 하는데 대체 무엇과 싸워야 하느냐 하면, 제 경우는 대개 잘 보이지 않는 일, 알 수 없는 일이 그 상대가 된단 말이죠. 예전부터 그랬어요. 저는 성격상 무언가에 강한 증오를 품거나, 싸우거나,

* 몽골 동부 만주와의 국경 지대에 있는 도시. 1939년 일본군과 몽골 소련군 사이에 대규모 충돌이 있었다.

화를 내거나, 비난하거나, 현실에서 누군가와 다투는 일이 별로 없습니다. 상당히 개인적인 인간이라, 화나는 일이 생겨도 '할 수 없지' 하고 혼자 삭이는 타입이죠. 현실세계에서는 웬만해선 싸우지 못해요. 소설세계에서도 싸울 상대를 찾아내는 게 적잖이 어렵습니다. 본래 그런 일에 능한 사람도 있죠. 이를테면 굉장히 불쾌한 캐릭터를 내놓고 그와 싸우는 것으로 소설을 회전시키는 사람도 있고요. 하지만 전 그런 걸 잘 못해요.

— 개별적인 인간관계나 손닿는 범위의 대상을 증오하는 일은 없다 치고, 예를 들어 전쟁이나, 지금 여기서 일어나는 부조리에 대한 증오도 엷은 편인가요?

무라카미 옛날에는 물론 있었어요. 1968, 9년에는. 하지만 우리에게 그 시기의 체험은 실망 외의 무엇도 아니었습니다. 싸운다는 행위에, 뭐라고 할까…… 도저히 진짜라고 볼 수 없는, 가짜 요소가 점점 섞여들어왔죠. 현실적으로, 물리적으로 무언가와 싸우는 사이에.

— 싸우는 행위 자체에 말인가요?

무라카미 네. 부조리에 맞서는 순수한 분노의 발로였던 것이 점차 운동과 운동의 싸움, 숫자와 숫자의 싸움, 당파와 당파의 싸움, 전략과 전략의 싸움, 표층적인 말과 말의 싸움 같은 것으로 변질되는 겁니다. 그러면 개인의 생각 따위는 어딘가로 날아가버리죠. 싸운다는 행위 자체에 잠식되고 맙니다. 그런 것에 대한 실망이랄지, 환멸 같은 것을 강하게 느꼈어요. 표층적인 말에 대한 불신은 지금도 남아 있고요. 그런 말을 전부 빼버리고 소설을 쓰려고 하니 일단 『바람의 노래를 들어라』 같은 방향으로 가는 수밖에 없었죠. 그러지 않은 사람도 물론 많겠지만.

물론 저도 무언가와 싸워야 한다는 건 잘 압니다. 사람은 싸우지 않고는 살아갈 수 없죠. 안 그러면 누군가에게 이용당할 뿐이니까요. 그러나 이 거대한 정보사회에서 제가 개인적으로 아무리 싸우겠다고 결의한들, 그저 소비만 되고 끝나지 않을까 하는 생각도 들어요. 소설을 쓰면서도 그런 체념 비슷한 것을 절실하게 느낍니다. 거꾸로 말해, 제게는 물론 '악'과 싸우겠다는 결의가 있지만, 그런 제가 깊이 있는 이야기를 만들려면 자신의 '악' 같은 부분을 건드려야만 하거든요. 그러면 구도가 단순한 싸움과 달라지죠. 조금 전에 가와카미 씨가 말한, '악'의 형태를 발견하기 어렵다는 말이 결국 그런 뜻이 아닐까 싶군요.

— '악'은 '악'이니까 없애버려야 한다는 건 알지만, 옛날 같은 식으로 싸우면 본말이 전도되어 무의미해진다. 그러니까 그 방법이 맞는 것 같지는 않다. '악'과 싸운다는 건 동시에 자기 안에 있는 '악' 같은 것과 마주보는 일이기도 하다, 그런 말씀이시죠?

무라카미 네. 요즘 「거울」이라는 아주 짧은 소설을 종종 낭독하는데요. 오래전에, 데뷔하고 얼마 안 돼서 쓴 단편이에요.

— 그거죠, 밤에 학교에서……

무라카미 학교 야간경비 얘기요. 그는 밤중에 교내를 순찰하다가 벽에서 무언가를 봅니다. 거울에 비친 자기 모습인데, 그것이 이른바 '악' 자체로 보여서 심한 공포를 느끼죠. 그래서 목검을 던져 거울을 깨버려요. 그리고 뒤도 안 돌아보고 도망치죠. 그런데 이튿날 다시 가보니 거울 같은 건 없더라, 그런 내용입니다. 제가 좀전에 한 말도 마찬가지일 거예요. '악'의 권화 같은 것을 어둠 속에서 보았는데, 알고 보니 거울에 비친 자기 얼굴이었다. 그런데 다음날 아침 처음부터 거울은 없었다는 걸 알게 되었다. 뭐랄까, 이중삼중의 환영 같은 거죠.

— 자기 안에서 어느 순간 불쑥 드러나는 '악'과 외부의 '악 같은 것'은 동질이다, 뿌리가 같다고 생각하시나요?

무라카미 상응하는지도 모르죠.

— '야미쿠로'도 그렇고, 무라카미 씨 소설 속 '악'에 대한 감각은 원래 내적인 것인지 외적인 것인지 알 수 없는 대목에서 시작되죠.

무라카미 그런 것 같습니다. 아주 초기에 쓴 이 「거울」 같은 작품에도 이미 나온 걸 보면요.

— 그러다가 『태엽 감는 새』에서는 배트로 후려칠 수 있는, 형태를 지닌 것으로 바뀌었고요. 배트로 때리고 피 흘리고 대치하는 장면을 보여주는 건 그전까지와 다른 방식 같았는데, 무라카미 씨 본인은 그다지 변화를 느끼지 않나요? '악'이라는 것의

윤곽을 그릴 수 있게 되었다거나……

무라카미 으음, 죄송한데, 저 『태엽 감는 새』 내용이 잘 기억 안 납니다(웃음).

— 기억이 안 난다고요?(웃음)

무라카미 쓴 지 벌써 이십 년이나 됐고, 다시 읽어보지 않아서요. 배트를 언제 휘둘렀더라? 잘 모르겠는데, 그 소설에 '동물원 습격' 이야기가 나오죠? 학살 장면. 일본군이 동물원의 동물이나 탈주병을 죽이는 거요. 거기서 아마 야구배트를 썼던 것 같네요. 그 행위 자체는 물론 '악'이지만, 그 개인 단위의 '악'을 끌어내는 건 군대라는 시스템입니다. 국가라는 시스템이 군대라는 하부 시스템을 만들고 개인 단위의 '악'을 추출하죠. 그래서 그 시스템이 무엇인가 하면, 결국 우리가 쌓아올린 것이란 말이죠. 그 시스템의 연쇄 속에서 누가 가해자고 누가 피해자인지 정확히 알 수 없어져요. 그런 이중삼중성 같은 것을 항상 느낍니다.

전에 어디서 말했는데, 커트 보니것이 죽음을 앞둔 아버지를 찾아갔을 때 아버지가 '네 소설에는 악인이 한 명도 안 나오더라'고 했답니다. 그 말에 보니것은 생각에 잠겨요. '듣고 보니 그렇군. 내 소설에는 악인이 한 명도 나오지 않았어.' 그 이야기를 듣고 저도 '그러고 보니 내 책에는 악인이 별로 나오지 않네'라고 생각했죠. 『세계의 끝과 하드보일드 원더랜드』를 썼을 무렵이니 벌써 한참 전 이야기네요. 그뒤로 '악'이나 악인을 나름대로 탄탄히 그려가야겠다 생각했고, 한동안 저의 어떤 명제 같은 것이 됐죠.

— 그후 도쿄 지하철 사린가스 사건 피해자와 옴진리교 신도를 인터뷰한 『언더그라운드』를 읽고 인상적이었던 게, 그 사건 관련자들은 모두 자기도 모르는 사이 다른 세계로 끌려들어간 사람들이라고도 볼 수 있잖아요. 물론 한쪽이 피해자고 다른 한쪽이 가해자란 사실은 명백하지만. 그에 대해 무라카미 씨는— 예를 들어 『1Q84』에도 여러 종교단체가 나오는데, 그건 현실의 종교단체를 묘사하려 했던 게 아니라, 어떤 선을 넘어가버리는 일의 무서움 같은 것이 계속 머릿속을 맴돌아서라고 하셨죠.

'당신은 이제 사형입니다'라는 선고를 받고도 옴진리교 사람들은 그것을 현실로 믿지 않는 것이 아닐까, 그들에게는 실제 현실이 오히려 가상현실처럼 느껴지기에 사태를 잘 이해 못하는지도 모른다, 그 무서움에 대해 쓰고 싶다고요.

무라카미 그렇죠. 『언더그라운드』를 완성하기까지는 실로 힘들었어요. 그 책을 씀으로써 제가 쓰는 글이 상당히 바뀌지 않았나 싶습니다. 예를 들어 피해자 유족과 얘기해보면, 그들에게 옴진리교 실행범들은 유보의 여지 없는 '악'입니다. 어느 날 갑자기, 아무 잘못 없는 자기 가족을 말도 안 되는 논리를 내세워 죽였으니까요. 유족들 대부분은 사형을 바라죠. 그런 이들에게 '저는 원칙적으로 사형제도에 반대합니다'라는 말은 할 수 없어요. 그 사람들의 슬픔과 분노가 얼마나 깊은지 나름대로 이해할 수 있으니까요.

다만 객관적인 관찰자의 눈으로 실행범을 바라보면, 그들 역시 덫에 걸린 사람들이라는 느낌이 들어요. 덫에 걸린 것도 자업자득이라고 할 수 있지만, 그게 다가 아니에요. 덫은 자기도 모르게 덜컥 걸려드는 법이니까. 저 자신에게도 해당하는 말이고, 주위 사람을 봐도 알 수 있죠. 인생에는 위험한 덫이 가득합니다. 섬뜩한 일이 수도 없이 일어나요.

그러나 그런 설명으로 이 세상을 설득하는 건 거의 불가능합니다. '덫은 자기도 모르게 덜컥 걸려드는 법입니다'라고 말하기는 쉽지만, 많은 사람이 잘 실감하지 못하죠. 그런 구문을 이야기라는 차원으로 이행시키지 않으면 본질이 전달되지 않는다는 것을 그 책을 쓰면서 실감했어요.

그러니까 조금 전 가와카미 씨가 말한 것처럼 『태엽 감는 새』가 전환점이 되었다고 보면, 그 소설과 『언더그라운드』가 하나의 세트 같기도 해요. 시기는 『태엽 감는 새』가 조금 앞서지만. 저는 『언더그라운드』를 쓰면서 현실을 살아가는 사람들의 분노와 증오, 당황스러움과 망설임, 그리고 실망과 후회 등을 목도했고, 더욱이 목숨이 오갈 만큼 그런 감정에 시달리는 사람들을 보면서 강렬히 가슴을 치는 무언가를 느꼈어요. 그것이 그뒤의 소설에 반영되었을 테고, 또 반영되었기를 바랍니다.

지하로 내려가는 일의 위험성

— 그럼 구체적으로는 어떤 식으로 이야기를 만들어나가시나요? 그 중요한 포인트 중 하나가 이화異化라고 생각되는데요.

무라카미 음. 상당히 거창한 질문인데요(웃음).

— 이 질문은 더 나중에 드릴 생각이었는데, 가끔 이야기를 쓴다는 게 대체 뭘 하는 건지 알 수 없을 때가 있거든요. 무라카미 씨는 소설 쓰기를 설명할 때 종종 집 한 채에 비유하시는데요(98쪽 그림 참조). 1층은 가족 모두 모이는 단란한 장소로, 즐겁고 사회적이며 공통의 언어로 이야기합니다. 2층으로 올라가면 자기 책 같은 게 꽂힌, 좀더 개인적인 방이 있고요.

무라카미 네, 2층은 개인 공간이죠.

— 이 집에는 지하 1층에도 좀 음침한 방이 있는데, 그래도 그 정도는 누구든 비교적 쉽게 내려갈 수 있어요. 일명 일본의 사소설이 다루는 것이 아마 이 언저리, 지하 1층에서 일어나는 일이겠고요. 근대적 자아 같은 것도 지하 1층의 이야기. 그런데 통로가 더 밑으로 이어지고, 지하 2층이 있는 게 아닐까. 그곳이 아마 무라카미 씨가 소설 속에서 늘 가고자 하는, 가고 싶은 장소가 아닐까 하는 거죠.

이미지가 잘 떠오르는 무척 쉬운 비유인데, 여기서 궁금한 게 있습니다. 무라카미 씨는 글쓰기란 자기 자신을 알기 위한 작업

일러스트: 가와카미 미에코

이기도 하다고 했어요. 내 안에 어두운 부분이 있어 아직 전모가 보이지 않는다, 그래서 앞으로도 시간이 더 걸린다고요. 지하 2층으로 내려가기란 이번 『기사단장 죽이기』에 빗대면 '긴 얼굴'에게 이끌려 땅속 세계로 들어가는 체험과 통한다고 볼 수 있는데, 지하 2층으로 가는 길에는 반드시 지하 1층에 있는 것을 보게 됩니다. 그곳에는 예를 들어 부모나 형제, 혹은 다른 사람한테 당한, 이른바 트라우마 같은 것들이 있잖아요?

무라카미 네, 아마 그렇겠죠.

— 그렇게 지하 1층에는 자기 자신의 의식과 밀접한 문제가 있고, 그건 생각보다 공유하기 쉬워요. 우리 작가들은 이야기를 읽고 쓰면서 각자가 품고 있는 지하 1층의 방을 사람들에게 보여주고 읽힙니다. 자기 자신을 위한 작업으로 그런 것들을 맛보거나 지하의 방을 바라보는 것까진 그나마 괜찮아요. 스스로를 이해하고, 스스로를 회복하기 위해서라면. 그런데 그걸 다른 이들에게 보여주고 읽히는 건 매우 위험한 일처럼 느껴지기도 해요.

무라카미 뭔지 알겠습니다.

— 더욱이 거기서 다시 지하 2층으로 내려가는 것—나아가 픽션을 다루는 것은 매우 위험한 일처럼 느껴집니다. 그도 그럴 것이, 첫째로…… 아무래도 픽션은 실질적인 힘을 갖게 될 수 있으니까요. 그런 시점으로 보면, 이 세상 모든 일이 이야기에 의해 '사람들의 무의식'을 뺏고 뺏기는 과정 같기도 해요.

예를 들어 종교 교의는 가장 막강한 이야기죠. 우리에게는 이 이야기가 매우 중요하다, 이게 진리다, 라고 많은 사람이 생각하게 만듦으로써 이야기가 실제로 움직이게 됩니다. 무라카미 씨가 만드는 이야기가 있습니다. 혹은 시대가 낳는 갖가지 이야기가 있습니다. 사람들의 일상은 이 '무의식'의 쟁탈전인데, 다들 그것에 큰 문제를 느끼지 않아요. 자신들이 만드는 이야기는 막연히 선한 것을 낳는다고 생각하죠. 아무도 싸움이라 생각하지 않을지 모르지만, 그래도 저는 어느 쪽으로든 기울 수 있고 해석될 수 있는 위험물을 취급한다는 느낌이 있어요. 그 옴진리교도에게도 이야기가 있었죠. 나아가 '이야기나 소설은 다 거짓말이고 쓸데없으니까 안 읽는다'면서 자기계발서를 읽는 사람들도 실은 자기계발서라는 이름의 이야기를 읽는 거고요.

무라카미 트럼프 대통령이 그렇죠. 결국 힐러리 클린턴은 집의 1층 부분에 해당하는 이야기만 했고, 트럼프는 사람들의 지하에 통할 만한 이야기를 마구 던져서 승리한 셈이에요.

— 그렇게 볼 수 있겠군요.

무라카미 뭐랄까, 선동가라고까진 할 수 없어도, 트럼프는 고대 사제처럼 사람들의 무의식을 건드리는 요령을 체득했지 싶어요. 그리고 그런 데서는 트위터 같은, 개인 대 개인의 디바이스가 강력한 무기가 되죠. 그가 구사하는 논리와 어휘는 상당히 반지성적이지만 그만큼 사람들이 지하에 안고 있는 부분을 매우 전략적으로, 교묘하게 집어낼 수 있어요.

논리적인 세계, 집에 비유했을 때 1층의 세계가 나름의 힘을 발휘할 때는 잠잠하지만, 1층의 논리가 힘을 잃으면 지하가 지상으로 솟구쳐버립니다. 물론 그것들이 전부 '나쁜 이야기'라고는 할 수 없지만, '좋은 이야기' '중층적인 이야기'보다 '나쁜 이야기' '단순한 이야기'가 사람들의 속마음에 한층 강렬하게 가닿는다는 건 부정할 수 없어요. 아사하라 쇼코*가 제공한 이야기도 결과적으로는 분명 '나쁜 이야기'였고, 트럼프가 하는 이야기도 상당히 뒤틀린, 굳이 말하자면 '나쁜 이야기'를 끌어내는 요소를 지니고 있지 않나, 저는 그렇게 느낍니다.

— 그럼 그 이야기를 만드는 당사자, 정말로 본인이 만드는지도 확실하지 않지만, 어떤 자장磁場의 한복판에 있는 아사하라나 히틀러, 혹은 트럼프는 자신들이 만들어내는 이야기가 나쁜 이야기라는 인식은 갖고 있을까요?

무라카미 그건 모르겠군요. 전 아직 트럼프라는 인물은 잘 모르지만, 히틀러나 스탈린은 자기가 '나쁜 이야기'를 만들고 있다는 의식이 없지 않았을까요. 그들에게는 '좋은 이야기' 아니었을까. 자신이 만든 거대한 이야기에 점점 잠식되면서, 동화하면서 문제가 생기기 시작했는지도 모르죠. 그런 건 역사가 판단하는 수

* 옴진리교 교주.

밖에 없고요.

— 흥미로운 건, 그래도 그 사람 혼자서 이야기를 만들 수는 없고, 여러 사람이 여러 이야기를 갖고 모여 하나의 이야기를 만든다는 건데요.

무라카미 네, 이야기는 집합적인 것이니까요.

— 가와이 하야오 씨는 『그림자의 현상학』에서 그 예를 들며 집합적 무의식이라고 표현하셨죠. 나치 독일의 소행은 집단에 발생한 그런 그림자를 외부에 떠넘긴 결과라고 하셨던 게 생각납니다.

무라카미 2차대전 이후 일본도 그랬는데, 많은 독일인은 전쟁이 끝난 뒤 자신들을 피해자 입장에 놓으려고 했어요. 우리도 히틀러에게 속았고, 마음의 그림자를 빼앗겼고, 그 탓에 혹독하게 고생했다는 막연한 피해자 의식만 남죠. 일본에서도 그와 똑같은 일이 일어나고 있어요. 일본인은 전쟁의 피해자라는 의식이 강해서 자신들이 가해자라는 인식은 자꾸 뒷전이 되어버립니다. 그리고 세부적인 사실이 이렇다저렇다 하는 문제로 도피하죠. 그런 것도 '나쁜 이야기'가 낳은 일종의, 뭐랄까, 후유증이 아닐까 저는 생각합니다. 결국 자신들도 속은 거라는 말로 이야기가 끝나버리는 면이 있죠. 천황도 나쁘지 않다, 국민도 나쁘지 않다, 나쁜 건 군부다, 하는 식으로. 그게 집합적 무의식의 무서운 면입니다.

그게 나의 동굴 스타일이니까

무라카미 그리고 제 생각에, 집합적 무의식이 거래되는 건 고대의 공간입니다.

— 고대의 공간.

무라카미 고대 혹은 그 이전일 수도 있고요. 제가 '고대의 공간'이라는 말에서 항상 떠올리는 건 동굴 안의 이야기꾼입니다. 때는 원시시대, 인간은 동굴 안에서 공동생활을 합니다. 해가 지면 밖은 어둡고 무서운 짐승들이 있으니 다들 동굴 안의 모닥불을 둘러싸고 모이죠. 춥고 배고프고 불안하고…… 그런 때 이야기꾼이 나섭니다. 그 뛰어난 입담에 사람들은 흠뻑 빠져들어 슬퍼하다가, 설레다가, 화를 내다가, 소리내어 웃다가 하면서 곧 배고픔과 공포, 추위를 잊어요.

스토리텔러란 그런 거라고 생각해요. 제게 전생이 있는지는 모르겠지만, 먼 옛날 누가 "무라카미, 이야기 좀 해봐" 하면 "그럼 시작합니다" 했을 사람이죠(웃음). 꽤 반응이 좋아서 "그뒤에 어떻게 되는데?"라는 말에 "그건 내일 계속하겠습니다" 뭐 이러지 않았을까, 그런 이미지가 제 안에 있어요. 컴퓨터 앞에 앉아 있어도 고대 혹은 원시시대 동굴 안의 집합적 무의식 같은 것과 직접적으로 연결된 느낌이 들어요. 그러니까, 다들 기다리니까 하루 열 장은 꼭 써야 한다는 생각이 아주 강하고, 내 앞에서 귀기울이는 사람들의 얼굴을 보면 내가 결코 틀린 이야기를 하는 건 아니구나 하는 확신이 듭니다. 그건 얼굴을 보면 알아요.

— 자기 얼굴이 아니라 듣는 사람 얼굴요?

무라카미 네, 주위 사람들의 얼굴을 보면 알아요. 또렷한 반응이 느껴지죠. 그러니 그걸 이용하려는 생각만 하지 않으면 '나쁜 이야기'는 되지 않아요.

— 얼마 전 독자들의 질문에 대답하는 형식의 『무라카미 씨가 있는 곳』이 나왔고, 그전에 『그래, 무라카미 씨에게 물어보자』도 있었는데요. 때로 그런 작업을 문득 해보고 싶어지는 것도 그것이 사람들의 얼굴을 보는 행위이기 때문일까요?

무라카미 네, 그렇죠. 말 그대로 '동굴화'예요. 사람들이 보내온 메일에 하나하나 개인적으로 답해나가는 것. 사람들의 얼굴을 보고 아, 이 사람은 이렇게 생각하는구나, 내 소설을 이런 식으로 이해하는구나 하고 실감하죠. 그리고 사실관계를 조금 오해하는 부분이 있으면 '아뇨, 그건 그게 아니라 이런 거죠'라는 식으로 어떻게든 답을 합니다. 일대일 수작업으로요. 가끔 그러고 싶어질 때가 있어요. 실제로는 힘든 작업이지만 때로 그런 커뮤니케이션이 필요하거든요.

여기서 무엇보다 중요한 게 말투, 소설로 말하면 문체입니다. 대부분의 경우, 신뢰감과 친밀감을 낳는 건 말투예요. 말투나 문체에 흡인력이 없으면 이야기가 성립하지 않죠. 물론 내용도 중요하지만 그전에 말투에 매력이 없으면 사람들은 귀기울여주지 않습니다. 그래서 저는 보이스, 스타일, 말투를 매우 중요시하죠. 제 소설은 너무 쉽게 읽힌다는 말을 곧잘 듣는데, 당연합니다, 그게 저의 '동굴 스타일'이니까.

— '동굴 스타일'……!

무라카미 네. 일단 눈앞의 사람에게 말을 거는 거죠. 그러니 늘 하는 말이지만, 뭐가 됐든 알기 쉬운 말, 읽기 쉬운 말로 소설을 쓰려 해요. 최대한 쉬운 말로 최대한 어려운 이야기를 하자, 마른오징어처럼 몇 번이고 곱씹을 수 있는 이야기를 만들려 하죠. 한 번에 '흠, 이런 거군' 하고 씹어삼키는 게 아니라 몇 번이고 곱씹고, 씹을수록 맛이 조금씩 달라지는 이야기를 쓰고 싶습니다. 그러면서도 그것을 떠받치는 문장은 어디까지나 읽기 쉽고 순수한 것을 사용하고 싶어요. 그게 제 소설 스타일의 기본입니다. 결국에는 앞서 말한 고대 혹은 원시시대 스토리텔링의 효용으로 돌아가는 느낌이지만요.

— 세상에는 크고 작은 '나쁜 이야기' '좋은 이야기', 그 둘이 섞인 이야기가 셀 수 없이 넘쳐납니다. 평화롭고 조용하게 사는 사람들도 있지만 한쪽에서는 전쟁이 이어지고 지금도 끊임없이 피가 흐르죠. 그리고 소설가 혹은 예술가는 이야기를 만들어냅니다. 이런 세상에서 좋은 이야기를 하나라도 늘려가는 일에 의미가 있다고 보시나요?

무라카미 물론이죠. 저도 꽤 많은 책을 읽어왔지만, 정말로 좋은 이야기는 생각보다 적어요. 이렇게 많은 책이 나와 있는데도 뭐, 마음을 울리는 이야기는 사람에 따라 다르겠지만, 한 사람이 평생 만날 수 있는 정말로 훌륭한 이야기, 가슴 한복판까지 뛰어 들어오는 소설은 그리 많지 않은 듯합니다. 그러니 사람이 그런 글을 쓰려고 노력하는 데는 매우 큰 의미가 있지 않을까요.

— 자신이 만든 이야기가 한 사람이 인생에서 몇 번밖에 만날 수 없는 좋은 이야기 중 하나가 될 수 있다는 건, 세상의 비참한 부분과는 또다른 의미로 멋진 일이라는 말이죠?

무라카미 그렇습니다. 그리고 그런 멋진 이야기를 읽고 자기도 무언가 써보고 싶어지는 사람이 생길지 모르죠. 일종의 증식작용 같은 거니까요.

— 처음부터 사람을 속일 목적으로 만들어지는 이야기도 있겠지만, 어쩌면 예술이라는 측면에서 모든 이야기는 처음엔 좋은 의도로 태어나는 게 아닐까…… 무서운 건 당사자들, 히틀러 같은 사람도 그때는 자신들이 정말로 좋은 이야기를 만든다고 실감하고 그렇게 믿었는지도 모른다는 점이죠. 그게 이야기의 성가신 부분 같아요.

무라카미 링컨이 말했듯이, 아주 많은 사람을 일시적으로 속일 수도 있고 얼마 안 되는 사람을 오랫동안 속일 수도 있어요. 그러나 많은 사람을 오랫동안 속이기는 불가능해요. 그것이 이야기의 기본 원칙이라고 저는 믿습니다. 히틀러도 결국은 십 년 남짓밖에 권력을 유지하지 못했죠. 아사하라는 십 년도 가지 못했고. 대부분의 경우 '좋은 이야기'와 '나쁜 이야기'를 준별峻別하는 것은 시간의 역할입니다. 긴 시간이 흘러야 비로소 준별 가능한 것도 있고요.

— 하긴 개별적으로, 별로 오래가지 않을 듯한 '악'은 언제나 있으니까요. 사라지지는 않고 언제나 존재하는.

무라카미 네, 인간은 기본적으로 마음속 어딘가에서 그런 것을 원하니까요. 좋은 일은 이해하거나 설명하는 데 시간이 걸리거니와 귀찮고 따분한 경우가 많아요. 반면 '나쁜 이야기'는 대체로 단순하고 인간 심리의 표층에 직접적으로 호소하죠. 논리가 생략되었으니 이야기가 쉽게 받아들여져요. 거친 말을 쓴 헤이트스피치가 논리적이고 훌륭한 연설보다 귀에 잘 들어오는 법이고.

— 즉 소설을 쓴다는 건 되도록 좋은 것, 형태를 바꿔서라도 오래 살아남을 수 있는 좋은 이야기, 사람에 따라 다를지언정 각자 인생에서 한두 번 만날까 말까 한 이야기를 세상에 남기는 일이기도 하겠군요. 무라카미 씨 글이 읽기 쉬운 건 모두가 이해할 수 있는 동굴 스타일이기 때문이고요.

이제 『기사단장 죽이기』의 구체적인 내용으로 들어가서, 이번에도 역시 주인공이 엄청나게 기묘한 체험을 하는데요.

무라카미 네, 그렇죠. 이상하게 자꾸 그런 이야기가 돼버리네요

(웃음).

— 지금까지 세계 각국의 여러 인터뷰어로부터 '이건 대체 무슨 내용이냐. 하루키는 처음부터 전부 알고 쓰는가?'라는 질문을 적잖이 받으셨죠. 주로 '나도 모른다. 그게 뭔지는 모른다'고 대답하셨고. 가끔은 소설 쓰는 체험을 '프로그래밍'과 '게임'에 비유하기도 하고요.

무라카미 네, 그런 아날로지를 써서 설명할 때도 있어요. 알기 쉬우니까.

— 자신이 프로그래밍했다는 사실을 잊어버리고 플레이한다, 끝판까지 갈 수 있을지는 나도 모른다, 그것이 더없는 행복 중 하나라고 하셨는데, 이때 말하는 프로그래밍이란 소설의 플롯 같은 건가요?

무라카미 아뇨, 그렇지 않습니다.

— 그 프로그래밍에 대한 얘기를 좀더 해주셨으면 합니다.

무라카미 게임의 아날로지로 말하면, 프로그래밍하는 입장과 플레이하는 입장이 제 안에서 완전히 스플릿(분리)된 겁니다. 1인 체스 같은 거죠. 먼저 이쪽에서 말을 움직이고, 그 사실을 잊고 상대편으로 가서 '으음……' 하며 생각에 잠겼다가 말을 움직이고, 다시 이쪽으로 돌아와서 그다음 수를 생각한다. 그런 식으로 의식을 완전히 분리할 수 있으면 혼자서도 체스를 즐길 수 있어요. 이거 굉장히 재미있는 일입니다.

얼마 전 집에 있는 바흐의 〈골트베르크 변주곡〉을 여러 연주자 버전으로 비교하며 들어봤어요. 총 열다섯 장 정도를요. 그랬더니 글렌 굴드의 연주가 다른 연주자들과 압도적으로 다르더군요. 그야말로 독보적인 경지랄까요. 어디가 다른지 한참 생각하다가 겨우 깨달은 게, 보통 피아니스트는 오른손과 왼손의 콤비네이션을 생각하며 연주하잖아요. 피아노를 치는 사람은 다들 그럴 거예요. 당연한 일입니다. 그런데 글렌 굴드는 달라요. 오른손과 왼손이 전혀 다른 일을 하는 겁니다. 오른손 왼손이 각자 자기 뜻에 따라 움직여요. 그런데 그 둘이 하나가 되면 누가 봐도 훌륭한 음악세계가 확립되거든요. 하지만 아무리 봐도 왼손은 왼손이 할 일만, 오른손은 오른손이 할 일만 생각한단 말이죠. 다른 피아니스트는 반드시, 지극히 자연스럽게 오른손과 왼손을 조화시켜 생각합니다. 그런데 그에게는 그런 의식이 없는 것처럼 느껴져요. 굴드의 연주들을 비교해봐도 1955년 버전이 그 오른손과 왼손의 분리감이 훨씬 강하고요.

— 그렇군요. 1981년 버전에서는 별로 느껴지지 않나요?

무라카미 물론 죽기 전에 한 연주도 분리감이 엄청나지만, 예전 것은 각기 완전히 자기 하고 싶은 대로 하면서도 합해보면 정확히 프로그램되어 있어요. 굴드가 프로그램하는 게 아니라 자연히 프로그래밍된 느낌이죠. 자연체라고 할까, 천연이라고 할까. 그 사람의 그런 분리감은 저도 감각적으로 잘 압니다.

— 본인은 그 사실을 알까요? 오른손과 왼손이 다른 일을 한다고.

무라카미 본인이 어디까지 느끼는지는 알 수 없지만, 아무튼 그런 괴리의 감각, 괴리되어 있으면서도 통합된 감각은 사람의 마음을 강하게 끌어당겨요. 본능적인 차원에서. 하지만 위험하다면 위험하죠.

— 어떤 식으로요?

무라카미 한마디로 말할 수는 없지만, 무언가 위험한 게 있어요. 그래도 지하로 내려갈 때는 유용하겠죠.

— 다른 사람들에게 다소 위화감을 주지만, 지하에 내려갈 때는 쓸모가 있다?

무라카미 네, 굉장히 쓸모 있다고 봅니다. 그곳에서 무얼 붙들면 되고 무얼 붙들면 안 되는지 어느 정도 절로 알 수 있으니까요. 그러니까 소설은…… 저는 아무튼 프로그램 없이, 플랜 없이 이야기를 써나가는 편이지만 어둠 속에서 무얼 붙들면 되고 무얼 붙들면 안 되는지는 대강 알아요. 제게 소설가로서의 재능이 얼마나 있는지는 전혀 모르겠지만, 그런 능력이나 기술 같은 건 어느 정도 있다고 느껴요. 물론 글렌 굴드와는 비교도 안 되지만, 하나의 경향으로 보자면 그렇다는 것이죠.

나는 예술가 타입이 아닙니다

— 그런 면이 있기에 써나가면서 이야기가, 그 뒷부분이 만들어질 수 있군요.

무라카미 어둠 속에서 이야기가 저절로 뻗어나가죠.

— 그리고 때에 맞춰 필요한 것, 『태엽 감는 새』를 예로 들면 야구배트가 나온 거고요. '내 머릿속에서 나온 배트니까 이미 어떤 소설적 필연성을 띠고 있으리라는 믿음이 있다'는 말이 그 뜻이죠?

무라카미 그런 말을 했던가요?

— 네, 『신초』에 실린 '메이킹 오브 『태엽 감는 새』'에서요. 그 말이 몹시 와닿았습니다. 『태엽 감는 새』가 무라카미 하루키라는 작가에게 아주 중요한 '이화' 그 자체였음을 새삼 실감했고요. '이 소설에 의미가 없다면 내 인생에 의미가 없다'는 말까지 하셨는데.

무라카미 정말요? 전혀 기억이 안 나는데. 그렇게 거창한 말을 다 했군요. 무척 힘이 들어가 있었네요.

— 사십대는 소설가에게 실로 중요한 시기, 수확기이자 절정기라고도 하셨고요. 물론 『태엽 감는 새』라는 소설은 무라카미 씨의 작품이고, 그건 무라카미 씨 말고는 누구도 체험할 수 없는 감각이겠지만, 그래도 무슨 말을 하시는지는 실로 잘 알겠더군

요. 절정에 대한 자각이나 이 작품에 기울인 노력, 그런 것이 생생하게, 마치 제 일처럼 읽혔습니다. 신기하게도.

무라카미 아마 그때가 제가 지하 2층으로 내려가는 일을 의식한…… 최초인지까지는 알 수 없어도, 막 그러기 시작한 무렵이 아닐까 생각합니다.

— 야구배트와 우물, 가노 구레타라는 인물이 나오죠. 우시카와 씨, 저택, 그런 요소가 차례차례 등장해요. 그것들이 조금씩 각자의 역할을 갖고 이야기를 진전시킨다고 하셨는데 무슨 느낌인지 알 것 같습니다. 아주 잘요.

그리고 무라카미 씨가 즐겨 인용하는 체호프의 총 이야기 있잖아요. '이야기 속에 권총이 나왔다면 그건 반드시 발사되어야만 한다'는 문장. 무라카미 씨 머릿속에서 나온 배트도 실은 그 총과 같은 것이라고 말할 수 있을까요? 좀 다른가요?

무라카미 좀 다르지 않을까요. 체호프가 말한 권총의 예에는 희곡작법의 기본 원칙 같은 보편성이 있지만, 제 이야기에 나오는 야구배트는 좀더 우발적인, 무작위인 것이죠. 아무튼 당시 제 말은 사람들의 이해를 별로 받지 못했던 것 같아요. 그래서 아까 가와카미 씨가 그 말에 감동했다고 했을 때는 좀 의외였는데.

— 그런 분위기였나요?

무라카미 네. 당시 일본의 문학계는 저와 상당히 다른 데 있었던 것 같아요.

— 집에 비유하자면, 지하 1층에서의 이야기란 말이죠?

무라카미 당시 문학계, 문학업계에 가장 영향력이 컸던 건 이른바 '테마주의'였을 겁니다. 그런데 저는 그런 데 거의 흥미가 없었죠.

— 무엇에 대해 쓰는가에서 시작하니까요.

무라카미 그래서 『태엽 감는 새』 같은 걸 두고 이 소설의 주제가 뭐냐고 물으면 전혀 대답 못하죠(웃음). 좀 바보 같지만.

— 이른바 '이야기'가 가볍게 여겨지던 시대였다는 걸까요?

무라카미 그렇죠. 집합적 무의식이 어쩌니 저쩌니, 저는 거의 '무슨 소리래?' 싶었죠. 소설 작품이 전위니 후위니, 오른쪽이니 왼쪽이니, 앞이니 뒤니, 그런 도식으로만 수용되던 시대였어요. 그러니 『태엽 감는 새』 같은 소설에 대한 압박이 지금보다 훨씬 거셌죠. 저는 거의 일본을 벗어나 있었으니 그나마 편했지만.

— '고대적인 공간'을 현대소설 속에 가져올 수 있다는 무라카미 씨의 말을 어떻게 이해해야 할지 다들 어리둥절했던 탓도 있었겠죠. 그래도 옛날 같으면, 예를 들어 무라사키 시키부*만 봐도 생령生靈이 정말 있을지 모른다고 생각했잖아요. 생과 사를 경계선 없이 오가는 감각. 그건 지금도 유효하고요. 그것을 현대에 가져오는 건…… 이데아는 아니라도, 뭔가를 상기시키는 작용

* 『겐지 이야기』를 쓴 일본 헤이안시대의 작가.

이라고 보세요?

무라카미 네. 그건 일종의 신화성이죠. 영어로 myth라고 하는 것. 가와이 씨가 말하는 '집합적 무의식'의 뿌리이기도 한데, 어느 나라 어느 민족의 신화에나 많은 공통점이 있어요. 그런 신화성은 각 민족의 집합적 무의식으로 시대를 초월해 살아 숨쉬고, 공간도 초월해 세계 어디로든 이어지죠. 그러니까 제 소설이 여러 나라에서 읽히는 건 사람들 의식의 지하 부분에 이야기가 직접 가닿기 때문이 아닐까 생각합니다. 딱히 의도한 건 아니고, 결과적으로는 제가 그런 식으로밖에 쓰지 못하니 그렇게 된 거지만. 좀전에 말한 고대 혹은 원시시대 동굴의 이야기꾼과 그런 신화성은 통하는 데가 있지 않을까요.

— 유럽의 경우는 신화의 형태가 이른바 성서와 그리스신화 두 가지로 크게 갈리고, 자기 자신과 신화세계가 확실히 구분되어 있죠. 그런데 일본인의 감성으로는 혼령이 자유롭게 오가기도 한단 말이에요.

무라카미 네, 일본인이 느끼기에 저승과 이승은 자유롭게 오갈 수 있는 곳이죠. 조상님들이 잠깐 집에 돌아오기도 하고, 저기 방 한쪽에 앉아 있기도 하고. 오본*이 끝나면 '아이고, 고생 많으셨어요' 하면서 배웅하고(웃음). 그렇게 왕래할 수 있다고 느끼

* 양력 8월 15일 즈음으로, 조상의 명복을 비는 일련의 행사를 한다.

는 면이 있어요. 어디에도 구애받지 않고 자유롭게. 전설에 따르면 오노노 다카무라라는 사람은 우물을 통해 이승과 지옥을 매일 오갔죠. 낮에는 관청에서 일하고, 밤이 되면 우물을 통해 지옥으로 가서 염라대왕 옆에서 재판을 거들고, 아침이면 또다른 우물을 통해 이 세상으로 돌아오고. 공무원의 아르바이트처럼요(웃음). 그 우물은 분명 지금도 남아 있을 테죠. 반면 그리스신화에서는 저승과 현실세계가 매우 뚜렷하게 갈라져 있어요. 절대 자유로이 오갈 수 없죠.

— 갔다가 돌아오기까지가……

무라카미 그 자체로 엄청난 고난이죠. 특히 일신교를 믿는 사람에게는 생사의 세계를 나누는 감각이 강한 것 같아요. 그런데 일본인이 느끼기에는 저승과 이승이 상당히 느슨하게, 비논리적으로 이어져 있어서 마음만 먹으면 은근히 자유롭게 오갈 수 있죠. 서구 사람들은 그런 부분을 일단 '희한하다'고 느끼는 모양이더군요. 하지만 근본적으로는 크게 다르지 않아요. '이쪽'이 있고 '저쪽'이 있다는 점에서는.

— 길은 다를지언정 그 존재는 똑같이 안고 있으니까요. 저쪽과 이쪽으로 구분해서.

무라카미 네. 바꿔 말하면 의식상의 세계와 의식하의 세계죠. 그래도 소설을 쓸 때는 이쪽 세계와 저쪽 세계를 특별히 나눠서 생각하지 않아요. 일단 지하 2층에 발을 디디면 이쪽저쪽 나눌

것도 없이, 오가는 게 자유로워지거든요. 물론 교통정리를 위해 일정한 논리와 규범이 필요하지만 출입 자체는 프리패스여야 해요. 그렇지 않으면 이야기가 앞으로 나아가지 않아요.

— 그런 면에서 보면, 예전에 무라카미 씨가 '소설에 등장하는 상징과 메타포는 소설가에게 고스란히 현실로서 기능한다'고 한 것도 방금 얘기와 마찬가지일까요? 그런 것을 이야기에 잘 녹여넣는다면 독자에게도 현실로 기능할 수 있다는.

무라카미 그런 말을 했던가요?

— 네, 하셨어요. 무라카미 씨는 자신에게서 지극히 자연스럽게 나오는 상징과 메타포를 차례차례 언어로 바꿔가고, 독자인 나 역시 소설을 읽으면서 그것들을 하나씩 바꿔가죠. 소설에 나오는 '기사단장'이 내게는 '이것'이 아닐까, '긴 얼굴'은 '저것'이 아닐까 하는 식으로요. 소설에 그려진 것이 나의 '그 체험'이나 '이 사람'으로 이어지고, 읽을 때마다 그 대상이 바뀌면서 무라카미 씨가 말한 '마른오징어를 씹는 것처럼' 풍부한 이야기가 되는 것 같아요.

좀전의 이야기를 참고하면 무라카미 씨의 스타일은 본래의 고대적인 이야기와 다른, 이를테면 '고대 2.0' 같은 '동굴 스타일'이죠. 주인공은 소위 불가사의한 것에 맞닥뜨렸을 때 당황하고 주저합니다. 근대적 자아 같은 것을 지닌 채로 지하에 들어가죠. 그 부분이 고전문학과 다르고요.

무라카미 그렇죠. 듣고 보니 그런 것 같습니다.

— 일어나는 일을 전부, 빠짐없이 현실로 받아들인다. 하지만 눈에 띄게 머뭇거린다. 예를 들어 매직리얼리즘 소설은 불가사의를 불가사의로 가시화하지 않고 앞으로 나아가잖아요. 등장인물 모두 그 불가사의에 대해서는 최면에 걸리기라도 한 것처럼 이야기가 진행되는데, 무라카미 씨 소설에서는 똑바로 각성하고 있어요. 눈뜨고 꾸는 꿈이라고까지는 할 수 없어도, 각성했다는 사실이 중요한 것 같은데요.

무라카미 음, 있죠, 다시 한번 확인해두자면 제 문장은 기본적으로 리얼리즘입니다. 하지만 이야기는 기본적으로 비非리얼리즘이죠. 그런 분리가 처음부터 떡하니 전제되어 있어요. 리얼리즘 문체를 철저하게 구사하며 비리얼리즘 이야기를 펼치는 게 제 목적이니까요. 전부터 자주 한 얘기인데, 『노르웨이의 숲』에서 처음부터 끝까지 리얼리즘 문체로 리얼리즘 이야기를 쓰는 실험을 개인적으로 했어요. 그리고 '음, 됐다, 이제 쓸 수 있어'라는 확신이 들면서 그뒤의 작업들이 무척 수월해졌죠. 리얼리즘 문체로 리얼리즘 장편소설 한 편을 완성했다면, 게다가 베스트셀러가 됐다면 무서울 게 없어요(웃음). 그뒤에는 원하는 대로 하면 됩니다.

그래서 이제 뭐든 마음대로 쓸 수 있겠다 생각하고 얼마 후 『태엽 감는 새』를 쓰기 시작했는데, 어느 정도의 정밀함을 지닌 리얼리즘 문체 위에 이른바 '상식을 깨는' 이야기를 얹으면 무척 재미있는 효과가 생긴다는 것을 그때 새삼 깨달았죠.

하나 더 말해두고 싶은 건, 저 자신은 성실하게 생각하고 성실하게 살아가는 지극히 평범한 인간이라는 사실입니다. 그냥 보통 사람이죠. 적어도 스스로는 그렇게 생각합니다. 그런데 일단 소설을 쓰기 시작하면 도무지 알 수 없는 것이 속속 나다나요. 이야기가 자꾸 영문 모를 방향으로 가버리죠. 그런 자기 자신 속의 괴리, 분리 같은 것이 있습니다. 저는 아무리 생각해도 이른바 '예술가 타입'이 아니에요. 생활력도 꽤 있고, 특별히 이상한 짓도 하지 않고, 보통 수준의 상식을 갖췄고, 아주 평범하고 비교적 평온한 일상을 보내고 있죠. 하지만 책상 앞에 앉아 소설을 쓰기 시작하면 제 안에서 도통 무슨 일이 일어나는지 모를 상황이 되어버립니다. 뭐, 제 소설의 주인공들도 대개 그런 경험을 하지만요(웃음).

— 리얼리즘 문체로 리얼리즘 이야기를 쓴다는 목적으로 『노르웨이의 숲』을 썼고, 엄청나게 많은 호응을 얻었다. 그건 독자들에게도 무척 행복한 일이었을 거라고 생각합니다. 『노르웨이의 숲』으로 무라카미 씨 작품을 처음 접한 사람이 압도적으로 많았으니까요.

무라카미 숫자로 보면 그럴 겁니다.

— 리얼리즘, 즉 자신들이 아는 현실의 이야기를 읽은 다음

무라카미 씨의 다른 작품을 읽어나가면 그 독서체험이 리얼리즘에서 비리얼리즘으로 옮겨가게 되죠. 양 같은 게 나오고. 그 영향도 굉장히 컸을 거예요. 무라카미 씨 책을 읽음으로써 독자들은 자기 안에서 리얼리즘에서 비리얼리즘으로 옮겨가는 방법을, 요령을 배울 수 있었으니까요.

무라카미 『노르웨이의 숲』은 나름대로 의욕적으로, 평소와 다른 시도를 해볼 작정으로 쓴 건데, '문학적 후퇴였다' 같은 소리도 많이 들었어요.

— '문학적 후퇴'는 참 편리한 말이죠(웃음). 그다음 『댄스 댄스 댄스』가 나오고 본격적으로 이화가 작렬하는 『태엽 감는 새』로 이어지는데, 리얼리즘 문체로 비리얼리즘 이야기를 쓰는 건 『노르웨이의 숲』 이전에, 예를 들면 『양을 쫓는 모험』에서도 어느 정도 드러났었죠?

무라카미 시도하긴 했지만 아직 서툴렀죠.

— 굳이 말하자면 비리얼리즘 쪽이 강하다고 할지, 리얼리즘 문체라는 인상은……

무라카미 한 권의 책에서 '사실 여기는 좀더 이렇게 쓰고 싶었는데' 싶은 곳이 몇 군데쯤 있었어요. 아직 실력이 부족해서 그러지 못한 거죠. '이런 부분은 아직 잘 못 쓰겠는데' 하면서 대충 피해가고, 여기도 안 되겠는데 싶으면 또 어떻게든 피해가고…… 당시에는 그럴 때가 잦았습니다. 물론 그런 우회의 움직임이 내는 효과, 재미 같은 것도 있지만 작가 입장에서는 아무래도 만족스럽지 못하죠.

— 이런 부분은 쓰지 못하겠다는 건 어떤 의미인가요?

무라카미 순수하게 기술적으로 쓰지 못하는 거죠.

— 디테일이 아니라, 무언가를 쓰고 싶은데 잘 표현이 안 된다?

무라카미 물론 디테일을 쓰기 힘들 때도 있어요. 골프에 비유하면 실은 이렇게 가고 싶다는 페어웨이 같은 코스가 머릿속에 있는데, 공이 그렇게 가지 않는 거죠. 생각한 지점에 공을 떨어뜨릴 수가 없어요. 그런 테크닉을 아직 갖추지 못했거나, 기술적인 혹은 정신적인 사각지대가 있었거나. 아무튼 쓸 수 없었어요.

— 초기 3부작 무렵에 쓰지 못했던 부분을 지금도 기억하나요?

무라카미 무척 단순한 것들인데, 이를테면 세 명이서 대화하는 장면이 이상하게 잘 써지지 않았어요. 꽉 막혀버렸죠.

— 그런데 『노르웨이의 숲』에서는 그게 됐군요. 유명한 이야기죠.

무라카미 맞아요. 『노르웨이의 숲』에서 처음으로 성공했어요. 아마 그랬을 겁니다. 둘이 대화하는 장면은 썼지만, 셋이 나오는 건 못 썼거든요.

— 주인공에게 이름이 없었고요.

무라카미 그렇죠. 등장인물에게 이름이 없으면 셋이 대화하기가 굉장히 어려워요. 그리고 등장인물 이름도 잘 붙이지 못했어요. 그래서 초기 제 소설의 대화 장면을 보면 반드시 일대일이죠. 커다란 액션이 따르는 장면 같은 것도 어려웠고요.

— 액션 신이 어려웠다.

무라카미 네. 아, 그리고 섹슈얼한 장면을 쓰는 일도 어려웠던 것 같네요.

— 정말요?(웃음)

무라카미 『양을 쫓는 모험』을 보면 그런 묘사가 거의 나오지 않아요.

— 그러고 보니, '우리는 성교했다' 정도죠.

무라카미 그래서 『노르웨이의 숲』에서는 그쪽을 열심히 써볼까 했어요.

— 열심히 쓰고, 셋이서 대화도 시키고.

무라카미 와, 정말 쓰기 싫다, 창피하다 하면서도 노력해서 섹스 신을 잔뜩 썼습니다. 한번 그러고 나니 수월해져서, 나중에는 "무라카미는 에로 작가다"라는 말까지 듣는 지경이 됐죠(웃음). 지금도 실은 창피하지만.

플랜 없이 소설을 완성하려면

— 지금까지 들어보면 무라카미 씨는 '야미쿠로'는 뭐다, '양'은 뭐다 하는 것을 특별히 생각하지 않고 쓴다는 얘기인데, 그게 독자의 손에 넘어가면 말로 표현할 수 없는 개인적 체험과 겹치거나 해서, '양은 근대 그 자체다' '고탄다의 이 행동은 자본주의의 메타포다' 하고 읽히는 일이 일어나죠. 작품 속에 몇 가지 라인이 있고, 그때그때 '대입'할 수 있는 요소가 많아요. 그래서 다들 깊이 생각하게 되고요.

무라카미 소설을 쓰다보면 여러 가지가 나오잖아요? 야구배트나 기사단장이나 방울 같은 게 아무 맥락 없이 잇따라 튀어나오는데, '아, 이런 건 안 나와도 될 뻔했다, 쓸데가 없네' 하고 되돌아가서 지우거나 하진 않아요. 한번 나온 건 반드시 어디서 다시 나와 이야기에 편입되죠. 그게 이런 의미다 저런 의미다 일일이 생각할 여유는 없습니다. 생각하기 시작하면 발이 멈춰버리니까.

— 그럼 다 쓰고 나서 '그래서 이건 이렇게 된 거지' '이건 나에게 이런 의미였던 거야' 하면서 답을 맞춰보는 일도 없나요?

무라카미 없어요. '흠, 그랬군, 이런 용도가 있었어' 할 뿐이죠. 무릎을 탁 치면서.

— 용도만 본다?

무라카미 네, 용도만.

— 직접 해석하거나 납득하는 경우는 전혀 없고요?

무라카미 없어요. 머리로 해석할 수 있는 건 글로 써봐야 별 의미가 없잖아요. 이야기는 해석이 불가능하니까 이야기인 거죠. 여기에는 이런 의미가 있다고 생각합니다, 하면서 작가가 일일이 포장을 풀어헤치면 재미고 뭐고 없어요. 독자는 맥이 빠질 테고요. 작가조차 잘 몰라야 독자 한 사람 한 사람을 통해 의미가 자유롭게 부풀어나간다고 저는 늘 생각합니다.

— 그 부분이 무라카미 씨 소설에서 중요하다는 건 알겠지만, 그냥 무라카미 씨 개인적으로, 사실 이건 이러저러한 걸 나타낸다, 그 전후관계는 실은 이런 의미다 하고 생각하는 것도 없나요?

무라카미 없어요. 전혀 없어요. 결국에는 말이죠, 독자들에겐 집단 지성이 있으니 그런 장치 같은 건 바로 들통나게 되어 있어요. 흠, 이거 작가가 일부러 깔아놓은 거구나 간파하죠. 그러면 이야기의 혼이 약해져 독자의 마음 깊숙이까지 가닿지 못해요.

쓰는 사람도 정답을 모른다. 그 막연하고 종합적인 이야기를 독자 역시 막연하고 종합적으로 받아들여주기 때문에 각자 나름의 의미를 찾아낼 수 있는 거죠. 그러니까 전 "무라카미 씨, 이 부분은 이런 뜻이죠?"라는 독자의 물음에 "아뇨, 그게 아니라 이런 겁니다"라고 단언하지는 못해요. "그렇군요, 그렇게 볼 수도 있겠네요" 같은 말밖에 할 수 없어요. 왠지 가와이 하야오 선생

같네요. "호오, 그거 재미난데요" 하고 넘어가버리죠(웃음).

— 지금 활동하는 작가 중에도 무라카미 씨처럼 아무것도 정하지 않고 쓰기 시작해서 마지막에는 자기도 뭘 썼는지 모른다고 말하는 예가 꽤 많은 듯합니다. 그래도 무라카미 씨 소설과 독자들이 이뤄내는 체험에는 다다르지 못한 인상이에요.

무라카미 글렌 굴드처럼 오른손과 왼손을 따로따로 움직여봤는데 결과물이 전혀 음악 같지 않은 것과 마찬가지겠죠(웃음).

— 뒤따라올 스토리를 정하지 않고 이야기와 말의 자발성에 맡긴다. 생각해보면 그런 식으로 쓰는 작가가 오히려 더 많은 것 같아요.

무라카미 그런가요?

— 네. 그게 좋은지 나쁜지는 제쳐두고, 플랜 없이 쓴다는 사람이 꽤 많은 느낌입니다. 자기도 모르는 상태에서 쓰니까 좋다고들 해요. '등장인물 중 이 사람이랑 이 사람이 과연 어떻게 될지, 쓰면서도 설렜다' 같은 말을 정말 많이 들어요. 순문학에서는 플롯을 별로 중요시하지 않는 면도 있고.

무라카미 그렇군요. 몰랐네요.

— 네, 인터뷰나 대담을 읽다보면 그런 작가가 많은 듯해요. 그러고 보니 몇 년 전 조너선 사프란 포어를 만났을 때 그도 똑같은 말을 하더군요. 처음부터 아무것도 생각하지 않는 게 중요하다, 생각하고 글을 쓰는 것만큼 메마른 일도 없다고. 그래서

전 그렇게 한마디로 단언할 수는 없지 않느냐고 했죠. 소설은 자유로운 것이고, 머릿속에 있는 구조나 이미지의 설계도를 기술을 사용해 문장이라는 형태로 바꿔가는 데도 건축적 성취감이나 아름다움이 당연히 존재한다고 생각하니까요.

아까 이야기로 돌아가서, 무라카미 씨와 같은 자세로 소설을 쓰는 사람이 많고, 그중에서 기이한 이야기를 쓰는 사람도 많은데, 아무리 봐도 무라카미 씨에게는 특유의 현상이 일어나는 것 같단 말이죠. 무라카미 하루키라는 존재가 하나의 우물이라면 그 안에 든 것이 다른 작가들과 완전히 다르다고밖에 할 수 없어요. 그러니까 튀어나오는 도구도 다르고, 또…… 사실 아무리 기묘한 이야기를 말의 자발성에 맡겨서 쓴다고 하지만, 많은 작가는 결국 지하 1층에만 머무르는지도 모르죠.

무라카미 거기서 아래로 더 내려가기는 아무래도 간단하지 않죠. 저도 그리 내려갈 때는 구체적인 준비를 하진 않더라도 시간만은 충분히 들입니다. 시간은 매우 중요해요. 큰맘 먹고 지하 2층으로 내려가려 할 때 가장 중요한 것은 적절한 타이밍을 잡는 겁니다. 때가 올 때까지 가만히 기다려야 하죠. 서두르면 절대로 안 돼요. 만약 원고 마감일이 있다면 그때까지 기다리지 못하겠죠?

— 네, 그렇죠.

무라카미 그러니까 마감 같은 것을 신경쓰지 않고 마음껏 시간을 들일 수 있는 환경부터 갖추어야 해요. 좀전에 말했듯이, 집필에 시간을 들이는 것도 물론 중요하지만 집필 전에 시간을 가지는 것도 똑같이 중요합니다. 제 경우는 번역 일을 하거나 가끔 에세이를 쓰면서 일 년이나 이 년쯤 느긋하게 기다려요. 그러면 '기사단장 죽이기'라는 제목과 그 밖의 몇 가지 포인트가 떠오르죠. 그리고 어느 날, '됐다, 지금이야. 지금부터 쓰기 시작해야 해' 싶은 스타팅 포인트가 찾아옵니다. 그때부터 천천히 쓰기 시작해요. 아직 준비가 되지 않았을 때는 '자, 어서 가세요' 하고 누가 떠밀어도 갈 수가 없어요. 아무리 훌륭한 서퍼도 좋은 파도가 오지 않으면 탈 수 없어요. 바로 지금이다, 라는 적절한 포인트를 잡는 것이 무엇보다 중요하죠.

아까 가와카미 씨가 말한, 플랜 없이 쓰다가 어디에도 도착하지 못한 사람은 분명 '바로 지금'인 그때를 잡지 못한 거겠죠. 하나 더 들자면, 아마 문체가 채 완성되지 않은 것 아닐까요. 문체는 매우 중요하니까. 자신의 문체 없이 지하 깊숙이 내려가기는 불가능합니다. 굉장히 위험해요. 문체는 생명줄이나 마찬가지거든요.

— 개인적으로는, 플랜 없이 쓰기 시작해서 작가 본인도 마지막까지 무얼 썼는지 모르겠다고 하는 작품은 보통 좀 혼잣말처럼 보이거든요.

무라카미 당연합니다. 하고 싶은 말을 직접 내뱉지 않는 것이 소설의 기본이니까요.

— 그러니 설사, 말이 좀 이상하지만(웃음), 지하 2층까지 내려갔다 해도 그곳에서 본 걸 독자와 공유하려면 문체가 필요하다는 거죠?

무라카미 물론입니다. 저는 이래저래 벌써 사십 년 가까이 프로로 소설을 써왔는데, 그래서 그동안 무얼 했는가 하면 문체를 만드는 것, 그게 거의 다예요. 어쨌거나 조금이라도 좋은 문장을 쓰는 것, 나의 문체를 보다 탄탄하게 만드는 것, 보통은 그것만 생각합니다. 그때그때 떠오르는 스토리에 맞춰 글을 써가지만, 그때는 다른 쪽에서 날아오는 것을 리시브할 뿐이에요. 그러나 문체는 다른 쪽에서 와주지 않아요. 자기 손으로 준비해야죠. 그리고 날마다 진화해야 합니다.

— 진화. 그러면 문체는 완성되는 것이 아니란 말인가요?

무라카미 완성되는 것이 아니죠.

— 변화해가는 것이다?

무라카미 네. 문체는 점점 변화합니다. 작가가 살아 있으면 문체도 그에 맞춰 살아 숨쉬죠. 그러니 매일 변화를 수행할 테고요. 세포가 교체되는 것처럼. 그 변화를 끊임없이 업데이트하는 게 중요해요. 그러지 않으면 자기 손에서 떠나갑니다.

— 어떤 부분을 써야 할 때가 오면 자유롭게 구사할 수 있어야 하고요.

무라카미 바로 그거죠. 문장은 어디까지나 도구일 뿐, 그 자체가 목적은 아닙니다. 도구로 쓸모가 있으면 그만이죠. 그러니 완성형 같은 건 있을 수 없어요. 저도 예전에는 쓰지 못했던 것을 비교적 자유롭게 쓸 수 있게 됐습니다. 이제는 거의 쓰고 싶은 대로 쓸 수 있는 것 같아요.

— 쓰지 못하는 건 없나요?

무라카미 쓰고 싶은데 못 쓰는 건 없을걸요. 우회할 필요도 별로 없고. 다만 지금 당장 역사소설을 쓰라고 한다면 그건 좀 곤란하겠죠(웃음). 준비도 많이 필요하고.

— 역사 고증이라든가(웃음).

무라카미 네, 전문용어도 필요하고요. 하지만 현대 배경, 말하자면 제가 써온 이야기의 세계 안에서 기술적으로 쓰지 못하는 상황이 있는가라면, 아마 웬만한 건 어찌어찌 가능하지 않을까 싶어요. 뭐, 꽤 오랫동안 글을 써왔으니까요.

수리부엉이와 작가의 캐비닛

— 이번 주인공은 그림 관련 일을 하는데요. 그 직업은 먼저 정해두셨나요? 화가 주인공은 처음이죠?

무라카미 이삼년 전 미국 터프츠대학에서 명예 문학박사 학위를 받고, 수전 네이피언이라는 일본어과 교수님을 만나 그분 남편과 파티에서 대화할 기회가 있었어요. 초상화가로 일하는 미국인이었죠. 그때 이런저런 이야기를 나누면서 초상화가가 제법 흥미로운 직업이구나 생각했던 것이 어렴풋이 머릿속에 남았어요. 그리고 이번에 주인공 직업을 뭘로 할까 하다가 초상화가도 나쁘지 않을 것 같아서 쓰기 시작했는데, 그다음에야 '아 참, 그러고 보니 수전 씨 남편이 초상화가였지' 하고 생각났습니다. 제 기억이란 게 대개 그런 식이에요.

— 이번 소설은 〈기사단장 죽이기〉라는 그림을 발견하는 데서 시작하는데, 우선 그의 직업이 화가라는 사실이 가지는 의미가 크잖아요?

무라카미 크죠, 네.

— 〈기사단장 죽이기〉 그림을 발견하는 사람이 다른 누구도 아닌 '나'인 건 그가 화가이기 때문이죠?

무라카미 그렇죠. 다만 실제로 소설을 쓰기 시작할 때까지는 저도 주인공이 화가인 줄 몰랐어요. '기사단장 죽이기'라는 제목, 그리고 도입부와 「이세의 인연」이라는 두 요소, 거기서부터 쓰기 시작해서 자, 이 사람 직업은 뭘로 할까 생각했죠. '그해 5월부터 이듬해 초까지 나는 좁은 골짜기 어귀 근처 산 위에 살았다'가 첫 문장인데, 그럼 왜 그런 데 살고 있었을까. 그래서 초상화가라면 재미있겠다 싶었어요.

— 그럼 '기사단장 죽이기'가 그림 제목이라고 깨달은 건 언제인가요?

무라카미 한참 뒤요. 훨씬 지나서(웃음). 구덩이를 연 다음에.

— 정말로요?

무라카미 정말로요.

— 구덩이를 열 때까지, '기사단장 죽이기'는 그냥 단순한 말이었다고요?

무라카미 우선 '기사단장 죽이기'라는 제목이 떠올랐고, 쓰기 시작하자마자 주인공 직업을 초상화가로 정한 건 확실해요. 그리고 그가 천장에서 한 폭의 그림을 발견한다, 그 제목이 '기사단장 죽이기'였다, 그런 흐름이었죠. 그때쯤 돼서 음, 이걸로 어떻게든 이야기를 끌고 갈 수 있겠다고 생각했어요.

— 도입부의 한 단락이 먼저 나왔고, 그 안에 오다와라의 산 위에 혼자 사는 남자가 있었다.

무라카미 오다와라의 깊은 산 위에 혼자 사니까 평범한 회사원은 아니다, 아마 프리랜서겠지. 하지만 직업이 소설가라면 너무 재미없잖아. 그러니까 여기선 화가로 하자. 좀더 비틀어서, 초상화 전문이라고 해두자. 그렇게 이야기가 흘러가기 시작했어요.

— 그리고 그 집안에 그림이 있었다. 그림이 있다는 설정이 먼저였겠죠, 아마?

무라카미 음, 어땠더라. 잊어버렸네요.

— 잊어버렸다고요?(웃음)

무라카미 전 그런 걸 금방 잊어요. 그러고는 은근히 쉽게 기억을 날조하고(웃음). 일부러 그러는 건 아니지만. 그래도 얼추 맞을 겁니다.

— 주인공이 오다와라의 집에 살기로 했을 때부터 구덩이를 여는 이미지가 있었다는 거죠?

무라카미 그렇죠. 아무튼 「이세의 인연」이 처음부터 중요한 요소였으니까. 구덩이는 열어야 하죠. 그건 분명했어요.

— 처음에는 여러 가지가 우발적으로 나오지만 써나가는 사이 그것들이 각기 힘을 띠고 하나의 흐름을 만들어나간다. 그 얘기는 알겠는데요, 그래도 결과적으로 모든 것이 유기적으로 연결되고 독자가 그걸 읽어낼 수 있다는 건, 아무리 의도하지 않았다고 해도……

무라카미 음. 그런데 말이죠, 수리부엉이는 진짜로 있었어요, 우리집에.

— 봐요, 또 이런 말을 하시고(웃음).

무라카미 전에 살던 집 천장에 수리부엉이가 살고 있었거든요. 굉장히 귀여웠는데. 그때부터 언젠가는 수리부엉이를 소설에 등장시켜야지 생각했죠. 그게 이번에 문득 떠올랐고.

— 그래도 그 문득 떠오른 '수리부엉이'의 존재가 이 이야기의 고리를 이루는 요소가 돼버린 게 사실이잖아요. 독자에게 우

리도 하나의 '커다란 원' 속에 있었다고 느끼게 만드는 중요한 존재인데요.

무라카미 긴 소설을 쓰다보면 불가사의한 일이 자주 일어납니다. 제 힘이 미치지 않는 부분을 장소가 가진 힘이 처리해주죠. 그렇게밖에 생각할 수 없는 일이 종종 일어나요. 우리는 그런 장소의 힘을 믿는 수밖에 없고요. 그런 생각이 듭니다.

— 소설에 나오는 여러 요소의 의미를 무라카미 씨에게 물어봐야 소용없다는 건 잘 알지만, 그래도 역시 묻고 싶어서 말인데요. 이 〈기사단장 죽이기〉라는 그림이 등장하고, 나치 고관 암살 미수 사건이 언급되고, 비슷한 시기에 화가의 동생이 자살하죠. 그림이 숨겨진 곳과 마찬가지로, 다락방에서요. 구덩이를 뒤집어놓은 듯한 그 장소에서, 수리부엉이는 그 광경을 본 거죠? 모든 것을 동시적으로 기능시키기 위해 수리부엉이는 이 소설에 존재하는 거죠?

무라카미 수리부엉이가 그곳에 있었을까요? 목격자는 수리부엉이다(웃음).

— 있어야죠! 수리부엉이는 『기사단장 죽이기』라는 소설에서—예를 들면 『태엽 감는 새』의 '태엽 감는 새'와 같은 의미와 기능을 지닌 중요한 존재라고 저는 봤거든요. 시제와 논리를 초월하는 이야기에는 이른바 신적인 시점과는 다른, 어떤 것에도 관여하지 않는 초월적인 존재가 필요한데, 수리부엉이가 그야말

로 그 자체니까요.

무라카미 늘 하는 말인데, 작가에게 필요한 건 서랍입니다. 필요한 때 필요한 서랍이 스르륵 열려주지 않으면 소설을 쓰지 못해요. 수리부엉이도 그중 하나인지 모르죠.

— 네, 캐비닛이 필요하다셨죠.

무라카미 캐비닛이 작은 사람, 혹은 일에 쫓겨 서랍을 채울 시간이 없는 사람은 점점 고갈되어갑니다. 그래서 저는 아무것도 쓰지 않는 시기에는 열심히 서랍을 채우려고 해요. 장편소설을 쓰기 시작하면 그때부턴 총력전이니 쓸 만한 건 뭐든 갖다 써야 하거든요. 서랍이 하나라도 많은 편이 좋아요.

— 예전에 후루카와 히데오 씨가, 『태엽 감는 새』 이후로 무라카미 씨 작품에 우물이 등장하지 않는 점에 대해 "이제 우물 이야기는 쓸 만큼 쓴 것 같습니까?"라고 물었을 때 "아뇨, 똑같은 것만 쓰면 멋이 없으니까(웃음)"라고 하셨죠. 그런데 이번에도 '구덩이'가 나오네요.

무라카미 그러고 보니 그러네요. 또 구덩이 이야기군요. 그런데 그런 식으로 따지자면 블루스 싱어는 매일 똑같은 코드 진행으로 노래를 부르잖아요. 뭐, 다 그런 거죠(웃음). 그렇게 생각할 수밖에요.

— 무언가를 떠올리고서 이거 지난번이랑 똑같잖아, 안 되겠는데, 바꾸자 하는 생각은 안 드나요?

무라카미 제 경우는 예전에 쓴 걸 거의 잊어버리니까 그런 생각이 잘 안 들기도 해요. 「이세의 인연」은 땅속에서 즉신불을 파내는 이야기고. 그걸 기점으로 소설을 쓰기 시작했으니 필연적으로 구덩이가 나와버리죠. 그러니까 이건 어쩔 수 없고. 역시 인간에게는 사고 패턴이란 게 있으니 아무리 바꿔봐도 어디선가 반드시 똑같은 설정이 나오고, 그때마다 조금씩 바꿔가며 쓰면 되지 않나, 저는 그렇게 생각합니다.

— 같은 것을 다루더라도 쓰는 방식을 바꾸면 된다?

무라카미 네. 각도를 바꾸거나, 묘사하는 방식을 바꾸거나. 어차피 겉으로는 마찬가지 아니냐고 따진다면 뭐 그런 셈이지만, 그래도 제가 느끼기엔 같지 않아요. 매번 새롭죠. 업그레이드되었다고까지는 말할 수 없어도. 어쨌거나 저는 구덩이나 우물 같은 것에 왠지 모르게 끌리나봐요. 제가 봐도 희한하지만요.

— 지난번에는 우물 속으로 들어갔고, 그건 자신의 내부로 내려가는 일이기도 했죠.

무라카미 '벽 뚫고 나가기'죠.

— 네, 『태엽 감는 새』에서요. 거기서 주인공은 동물원에 있던, 아마도 너트메그의 아버지일 사람을 만나고, 여러 일을 현재로 끌어옵니다. 노몬한 사건을 비롯해 모든 일을 현재형으로 생생하게 체험해요. 그건 무라카미 씨 자신이, 예를 들면 어린 시절 19세기 소설을 읽고 그 이야기 자체를 자신의 체험으로 끌어

왔던 데서 나온 게 아닌가 싶었어요. 그런 의미에서 보면 노몬한 사건 같은 전쟁을 소설의 소재로 다루는 게 아니라 체험으로 그려나가려는 태도가 느껴졌고요.

무라카미 네. 단순한 인용이 아니라 자기 자신에게 한층 깊이 관계되는 무언가로 그리고 싶다는 생각을 합니다.

— 『태엽 감는 새』에서는 우물 속으로 내려감으로써 역사와 자신이 직접적으로, 뚜렷하게 연결됨을 느꼈다. 그리고 이번에도 구덩이가 나오는데, 석실 말고 후반부의 요양 시설에서 네모난 구멍으로 숨어든 '긴 얼굴'을 따라 한층 기묘한 곳으로 가잖아요. 땅속 세계. 이 이야기를 좀더 해보고 싶은데, 괜찮으세요?

무라카미 아마 괜찮을 겁니다.

물길 안내인은 삼십대 중반이 좋다

— 그럼 계속하겠습니다. 그 장면은 정말이지 메타포로 가득합니다. 구덩이부터 메타포고, '긴 얼굴'도 본인 입으로 메타포라고 밝히죠. "네가 메타포라면 은유를 하나 대봐"라는 주문에 재치 있는 은유 한마디 못하지만요(웃음).

무라카미 좀 안됐죠.

— 그 대목에서 웃음이 났습니다. 이번 1인칭은 '나(와타시)'

라서 챈들러까지는 아니어도 하드보일드한 분위기가 있으니 너무 웃어도 안 되겠다 싶었지만, 가끔 진지한 얼굴로 재미있는 말을 하는 장면이 나오잖아요. 기본적으로는 진지한 얼굴의 소설이지만요.

『태엽 감는 새』의 주인공 오카다 도루는 서른 살, 스스로도 아직 유예기라는 감각이 강한 나이죠. 사회와 자기 자신을 따로 생각하고, 아직은 사회에 불평할 수 있는 처지라고 할까요. 그래서 재미있는 비유 같은 것도 많이 하고요. 반면 이번의 '나'는 서른여섯 살보다 좀더 나이가 많게 느껴져요.

무라카미 그러고 보니 그런 것 같군요. 크게 의식하지는 않았지만.

— '나'라고 정중하게 말하는 사람이, 『태엽 감는 새』에서는 직접적인 외부의 존재였던 메타포에 들어가서 자기 자신과 만나죠. 이 인터뷰 첫머리에서 말했던, 스스로의 '악' 같은 것을 직시해가고요. 그 악에 지지 않게끔 집합적 무의식의 '쟁탈' 같은 것이 자기 안에서 일어나잖아요. 이중 메타포의 '나쁜 이야기'에 빼앗기지 않게끔 좋은 것을 떠올려야 한다, 이데아적인 것을 상기해야 한다고 속으로 읊조리면서요. 그리고 그 쟁탈 끝에 출구로 쑥 빠져나갑니다. 이 부분은 아무래도 출산의 이미지를 불러오는데요.

무라카미 그렇죠.

— 쓰면서도 역시 '아, 이건 좀 출산 같은데'라는 생각을 하셨나요?

무라카미 생각했죠. 쓰면서 그런 생각이 들긴 해요. 하지만 '이건 출산의 메타포겠군' 생각하기 시작하면 끝장이니까요.

— 음?! 그렇게 생각하면 끝장인가요?

무라카미 네. 쓰는 사람이 '이건 출산이자 재생이다' 같은 생각을 하면 이미 끝장입니다. 머리를 써서 생각하는 일은 다른 사람에게 맡겨야 해요. 그건 제가 할 일이 아니죠.

— 그렇지만 아무래도 자꾸 연상이 되잖아요.

무라카미 어렴풋이 떠돌긴 해요. 그것까지 어쩌지는 못하죠. 그래도 되도록 이야기를 그쪽으로 가져가지 않는 것, 적어도 말로는 하지 않는 것이 철칙 내지는 기본 방침입니다. 앞서 말했듯이 의도적으로 유도된 길은 반드시 독자에게 간파당하거든요.

— 그래도 어렴풋이 느끼기는 한다?

무라카미 물론 느끼기는 합니다. 그렇게 볼 수도 있겠다는 정도는요.

— 하지만 그것을 수용해버리면 안 된다, 그게 진리라고 생각하지는 않아야 하는군요.

무라카미 물론이죠. 최대한 그런 데 눈을 돌리지 않으면서 다음으로 넘어가요. 생각하려고 발을 멈추면 안 됩니다. 어찌됐건 앞으로 나아가야죠. 스스로에게 생각할 여유를 별로 주지 않는 것이 중요해요.

— 그렇군요.

무라카미 그래서 아까 하던 나이 이야기 말인데, 곧잘 이런 지적을 받아요. "무라카미 씨는 왜 자신과 같은 나이대의 사람 이야기를 쓰지 않나요?"라고.

— 그렇네요. 주인공으로 따지면, 「드라이브 마이 카」 한 편뿐인가요?

무라카미 그래도 그건 단편이고 3인칭이죠. 장편소설로는……

— 없군요.

무라카미 없어요. 왜 그런지는 저도 잘 모르겠군요. 그래도 지금 제가, 이를테면 예순여덟 살인 사람의 이야기를 써도 아마 다들 "리얼하지 않은데"라고 말하지 않을까요(웃음).

— 하긴 그렇죠(웃음). 그럼 무라카미 씨에게는 스스로 생각하는 서른여섯 살의 이미지에 무언가를 대입하기가 가장 쉬운 걸까요?

무라카미 말하기 쉽습니다. 그런 눈으로 세상을 보고 말하는 것이 제게는 비교적 자연스럽게 느껴져요. 물론 그와 병행해 『해변의 카프카』의 '나카타 씨' 같은 나이대의 인물도 나오고, 이번의 '멘시키 씨' 같은 나이대의 인물도 나오고, 여기저기 초점을 맞추며 이야기를 쓴다고 실감하지만요.

— 그래도 축이 되는 건 역시……

무라카미 제가 그리고 싶은 주인공은 기본적으로는 보통 사람입니다. 보통의 생활감각을 가진 사람. 하지만 여러 면에서 아직 자유로운 처지인 사람. 누구든 일정 나이 이상이 되면 여러 현실적인 문제가 따라붙죠. 그래도 삼십대 중반이면 아직은……

— 중간에 있죠.

무라카미 그렇죠. 아직 인생의 중간 지대에 머물고 있어요. 아마도 제게는 이야기의 '물길 안내인' 같은 사람이 주인공으로 필요한 것 같습니다. 그런데 그가 오십대, 육십대라면 인생의 굴레 같은 게 딸려오니까 아무래도 움직임이 둔해지죠.

— 그렇죠. 너무 젊으면 안내를 할 수 없고. 마지막 유예기라고 할까요.

무라카미 더는 젊지 않지만 아직 중년의 영역에 들어서지도 않았죠. 어느 정도 자아가 형성되어 있지만 완전히 굳지 않았고, 확신도 약해요. 어디로 나아갈지도 자유. 이번 주인공인 '나'도 계속 초상화를 그릴지, 자기가 그리고 싶은 그림을 그릴지 아직까지 선택할 수 있잖아요. 그렇게 '어디로도 기울 수 있는' 가능성을 지닌 존재를 저는 소설적으로 필요로 하는 거겠죠.

— 그러면 무라카미 씨의 실제 나이와 소설에서 필요로 하는 주인공의 나이가 점점 멀어지는데요. 그때마다 '현대의 서른여섯 살은 이런 식으로 생각한다'는 고민을 할 필요는 없나요?

무라카미 크게 그럴 필요는 없어요.

— 그냥 자연스럽게 써진다.

무라카미 저도 서른여섯 살이었던 때가 있고, 그 시절을 제법 자유롭게 떠올릴 수 있습니다. 그냥 서랍만 열면 되죠. 제일 즐거웠던 건 『해변의 카프카』를 쓸 때였어요.

— 열다섯 살의 다무라 카프카 군.

무라카미 물론 열다섯 살 남자아이의 시선을 의식해서 쓴 건 아닙니다. 그럴 수도 없고요. 그래도 내가 열다섯 살 때 어떤 냄새를 맡고, 어떤 공기를 마시고, 어떤 빛을 쪼였는지는 제법 잘 기억나거든요. 정신적으로 어땠다거나 뭘 어떻게 생각했다거나 하는 건 거의 기억 안 나지만, 피지컬한 부분은 비교적 잘 기억하죠. 바람의 감촉, 귀에 들리던 소리가 생생하게 몸에 되살아납니다. 프루스트는 아니지만. 그런 피지컬한 기억을 더듬으며 이야기를 써나가는 것이 무척 즐거웠어요. 다시 한번 그런 것을 체험할 수 있으니까요.

— 저는, 중학교 1학년인 무라카미 씨가 어느 봄날 생물 교과서를 집에 두고 와서 다시 가지러 간다는 내용의 짧은 에세이를 좋아했어요. 지금은 절대 기억 못하시겠지만(웃음).

무라카미 아, 기억나요. 「랑게르한스섬의 오후」.

— 맞아요. 그리고 『후와후와』라는 에세이에서 고양이 이야기가 나오는데, 그때의 정경 묘사나 질감이 지금도 꼭 저 자신의 체험처럼 남아 있어요. 내가 직접 그 감각 속에 존재하는 느낌.

그런 건 무라카미 씨도 잘 기억하시는군요…… 자, 조금 전의 이야기로 돌아가서, 메타포도 작가 자신이 인식하면 끝장인가요?

무라카미 끝장입니다. 그건 상징도 메타포도 아니고, 상징이나 메타포의 모양을 한 무언가예요. 일일이 라벨을 붙이면 생명이 사라져버리죠.

— 작가 스스로도 정체를 모르는, 잇따라 떠오르는 메타포를 총동원하면 엄청나게 뜬금없는 이야기가 돼버릴 텐데요. 무라카미 씨의 이런 작법 내지 요령을 모르는 사람이 읽으면 '대체 무슨 소리야'라고 느껴도 이상할 것 없는데, 왜 독자가 그것에 따라올 수 있는지……

무라카미 왜 독자가 따라와주는지 아세요?

— 왜일까요?

무라카미 그건 말이죠, 제가 소설을 쓰고 독자가 읽어주는 관계가 현재 신용거래로 성립하기 때문입니다. 지금까지 사십 년 가까이 소설을 써오면서, 독자가 절대 손해 보게 하진 않았으니까요.

— "어때, 손해는 보지 않았지?" 하는 거군요(웃음).

신용거래, 시간을 내 편으로 만드는 일

무라카미 그래요. 즉 제가 "여기 블랙박스가 있어요. 안에 뭐가 들었는지 잘 안 보이고 영 모호하고 수상쩍지만 실은 오랫동안 열심히 진심을 담아서 쓴 겁니다. 절대 이상한 물건이 아니니까 부디 이대로 받아주세요"라고 말하면 "네, 그래요" 하고 받아주는 사람이 이 세상에 일정 수 이상 존재한다. 물론 "이게 뭐람" 하면서 팽개치는 사람도 있겠지만, 그러지 않는 사람들도 얼마쯤 있다. 소설은 그렇게 해서 성립합니다. 이것은 명백한 신용거래죠. 요컨대 소설가에게 필요한 것은 이런 '부탁합니다' '알겠습니다' 하는 신뢰관계입니다. 이 사람은 나쁜 짓을 안 한다, 괴상한 짓도 안 한다, 그런 신뢰가 있기 때문에 책을 사주는 겁니다. "뭐랬어, 손해는 안 본댔지?"라고 간사이 사투리로 건들거릴 것까진 없지만(웃음).

— 그런 건 이른바 '이 책을 읽으면 감동한다' '눈물이 난다' 같은, 공감을 약속하는 말과는 다른데요.

무라카미 전혀요.

— 완전히 다르죠.

무라카미 네. 감동 같은 건 불가능하고 울 일도 없다, 오히려 뭐가 뭔지 혼란스러워지기만 할지도 모른다.

— 무언가를 보려고 하면 이쪽도 무언가를 내놓을 필요가 있죠. 일방적으로 받아 누리는 것이 아니라, 위험을 감수하는 것이기도 하고…… 예컨대 무라카미 씨의 독자 백만 명 중 몇 명이나, 정말로 지하 1층을 지나 더 깊은 곳까지 같이 내려가는 독서

를 하느냐로 따지면……

무라카미 그것까지는 저도 모르겠군요. 짐작도 안 돼요.

— 만약 오십만 명 정도가 정말로 지하 2층까지 내려가 일정 레벨에서 이야기를 이해해줬다면, 다른 책들도 좀더 팔릴 법하지 않나 싶단 말이죠(웃음).

무라카미 '좀 괴상한 건데, 이 사람(무라카미 하루키)이 나쁜 게 아니라니까 나쁘진 않겠지' 하고 받아들인다. 이것이 제가 말하는 신용거래입니다. 여기에는 집합적 무의식이 그려졌다—같은 이론까지는 몰라도, 그 비슷한 무언가가 있다는 건 책을 읽는 사람이라면 대개 알게 되죠. 그런 것이 있는 책과 없는 책의 차이도 대부분 잘 알고요. 아마 '여기에 무언가가 있고, 그건 절대 나쁜 게 아니다'라는 사실을 일정 수 이상의 독자와 제가 서로 이해하는 것이 아닐까요. 저는 그렇게 생각하고 싶어요.

— 네. 저도 처음 읽었을 때 그런 생각을 했어요. 그때 신용거래가 성립한 셈이네요, 십대 중반에.

무라카미 그건 굉장히 중요한 일이죠. 그래서 제가 제일 좋아하는 독자 편지도 이런 거예요. "무라카미 씨의 이번 작품 정말 실망했습니다. 전혀 좋아할 수가 없었어요. 그래도 다음 책도 꼭 살 테니까 열심히 하세요."(웃음). 이게 최고의 독자거든요. 신용거래가 확실히 성립하니까요. 이런 독자는 설령 그때 '이 책 재미없는데'라고 생각해도 몇 년 지나 다시 읽어보면 '이거, 영 재미없는 것만은 아니네' 하고 생각을 고쳐줄지도 모르죠. 그럴 가능성이 있습니다. 재미없어도 그다음 책도 사겠다는 말은 신용거래가 아직 건재하다는 증거죠.

— 그렇겠군요.

무라카미 그 신용거래가 성립하려면 이쪽에서도 최대한 시간과 수고를 들여 정성껏 작품을 만들어야 합니다. 독자들은 집합적으로는 정확히 간파해요. 이건 착실하게 공들여 썼구나, 이건 꼭 그렇지도 않구나. 대충 게으름 부리면서 쓴 건 긴 시간 속에서 반드시 지워집니다. 우리는 시간을 내 편으로 만들어야 하고, 그러려면 시간을 존중하고 소중히 다뤄야 해요.

— 그런 신용거래가 이루어지는 가운데 블랙박스를 받아와서 그냥 집에 놔두는 사람도 있고, 열어서 안을 들여다보고 자기 내부의 어떤 회로에 영향을 받아 저처럼 글을 쓰기 시작하는 사람도 있는 거네요.

무라카미 그렇죠. 공감의 정도나 질은 당연히 사람에 따라 다르니까요.

— 그리고 무라카미 씨는 독자들에게 책을 건넬 때, 상대방이 그걸 좋은 거라 믿고서 받아준다는 왠지 모를 자신감이 있고요.

무라카미 물론 비유이긴 하지만, 그렇게 느낍니다.

— 그래도 역시 그 블랙박스는 상당히 위험한 곳이라서, 독자는 그곳에서 자신이 알고 싶지 않았던 어떤 것과 만날 수도 있

고, 여러 가지에 휘둘릴 가능성도 있죠.

무라카미 이를테면 샐린저의 『호밀밭의 파수꾼』을 애독하고 존 레넌을 사살했던 사람이 있죠. 가끔 그런 일이 일어납니다. 이야기는 생물입니다. 우리는 생물을 만드는 거예요. 어떤 때는 그 생물이 인간 내부의 어두운 부분을 건드려 깨우기도 합니다. 무섭다면 무서운 일이죠. 하지만 그 사건이 샐린저 탓은 아니에요.

— 물론 그 책이 범죄자가 된 직접적인 이유는 아니고 무수한 구성요소 중 하나겠지만, 샐린저를 애독했던 마크 채프먼 같은 케이스가 생기거나 그런 사실이 밝혀진다는 것을 생각하면, 이야기를 쓴다, 블랙박스를 건넨다는 행위—100퍼센트 오락물을 쓴다고 자각하는 사람은 다를 수도 있겠지만, 이른바 소비행위와는 다른 방식으로 사람들에게 가닿기를 꿈꾸며 문학 혹은 이야기를 만드는 이들에게는 아무래도 각오가 필요하겠죠. 아무리 소설이 선하게 기능하기를 빌어도 그런 위험성은 반드시 내포되어 있고요.

무라카미 일종의 위험성을 품지 않으면 이야기가 기능하지 않는 면은 확실히 있어요. 고대부터 끊임없이 이어져온 장치니까, 이야기가 사람 마음의 밑바닥을 파헤치고 뒤집는 건 어쩔 수 없다고 봐야겠죠. 고맙게도 아직은 제가 쓴 소설과 관련된 '실제 피해' 사례를 들어보지 못했지만요.

다만 제 책을 영어로 번역하는 테드 구센 씨가 보내준 토론토 신문을 보니, 토론토 서점에서 도둑맞은 책 중에 무라카미 하루키가 압도적으로 많다는군요. 서점 주인들이 그렇게 푸념한대요. 비슷한 이야기를 전에 샌프란시스코 신문에서도 읽은 적 있고요. 제 책이 제일 많이 없어진다고.

— 돈 없는 아이들이 슬쩍하는 걸까요?

무라카미 모르겠어요. 아무튼 압도적으로 많다고 하네요. 제 책을 훔쳐가는 사람이.

— 되팔려는 목적인가.

무라카미 그럴 거면 더 많이 팔리는 작가들도 있잖아요. 베스트셀러 작가요. 희한하단 말이죠.

— 그래도 한편으로는 방금 이야기에서 '이야기'의 본질 같은 것이 느껴지기도 하는데요.

무라카미 제 책이 일종의 범죄성과 이어져 있는 걸까요? 옛날에 애비 호프먼이라는 사람이 『이 책을 훔쳐라』라는 책을 내서 화제가 됐죠. 지금도 아마존에서 호프먼을 검색하면 '이 책을 훔쳐라 아마존에서'라는 추천 문구가 떠요. 재밌죠.

— 아마존에서 어떻게 훔치느냐고요(웃음).

지하 1층의 '끙끙대기 방' 문제

— 이번 인터뷰를 준비하면서 『젊은 독자를 위한 단편소설 안내』를 다시 읽었는데요, 작가가 어떤 작품을 어떻게 읽는가는 고스란히 자신의 집필 포인트가 되기도 하죠. 그렇게 생각하면 무라카미 씨는 작가가 어느 지점에서 이야기를, 소설을 이화시키는가에 무척 주목하시는데요.

무라카미 맞습니다.

— 읽다보면 이화 포인트가 무라카미 씨 관심의 중심이란 게 보입니다. 다음으로는 작가의 자아 본연의 모습. 크게 이 두 가지로 요약되죠. 어떻게 이화하는가, 어떻게 자아를 다루는가는 무라카미 씨 소설에서도 무의식중에 두 줄기의 대동맥을 이루고 있다고 생각해요. 집필 단계부터.

『젊은 독자를 위한 단편소설 안내』에서 무라카미 씨는 요시유키 준노스케, 고지마 노부오, 야스오카 쇼타로, 쇼노 준조 같은 작가의 소설을 논하며 그림으로 표현하셨는데요. 이중원이 있고, 바깥쪽 외계에서 '외압'이 가해집니다. 안쪽의 원 내부가 '에고', 그 사이에 '셀프'가 있고요. 무라카미 씨는 2010년 『생각하는 사람』 인터뷰에서도 '자아에는 흥미가 없다'는 얘기를 꽤 자세히 하셨는데, 이에 대해 좀더 여쭤보고 싶습니다. 앞서 나온 집의 비유로 말하면(98쪽), 에고는 아마 지하 1층에 해당하겠죠?

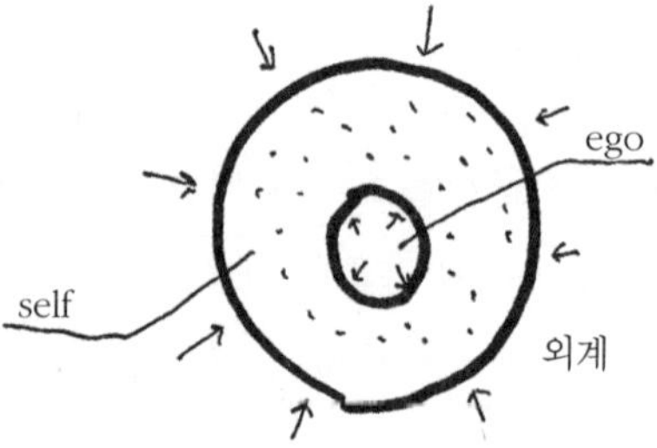

(일반적인 상태)

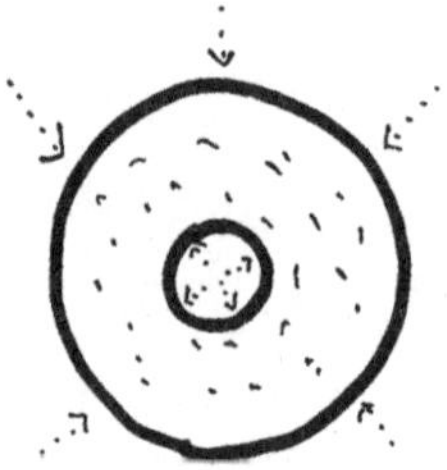

(야스오카 식)
내압과 외압의 기교적 배제

『젊은 독자를 위한 단편소설 안내』에서

무라카미 네, 그렇게 볼 수 있겠죠.

— 근대 일본의 사소설은 대개 여기 들어가죠. 혼자서 고민이 많으니까. 지하 1층의 '끙끙대기 방'이라고 이름을 붙일까요?(웃음) 그리고 무라카미 씨의 경우는 자기 자신에게 흥미가 있어요. 소설 쓰기는 자신을 아는 일이기도 하다고 하시는데, 지하에 내려갈 때 이 에고는 어떻게 다루나요?

무라카미 가능하면 가까이 가지 않아요(웃음).

— 가까이 가지 않는다? 하지만 앞서 말했듯이, 지하 2층에 내려갈 때는 지하 1층의 '끙끙대기 방' 옆을 지나가야 하는데요.

무라카미 눈을 내리깔고 지나가죠(웃음). 최대한 빠르게.

— 좀 갖다붙이는 감이 있지만, 집 그림을 '에고'와 '셀프' 이

중원 그림에 대입한다면 지하 2층은 어디 해당할까요?

무라카미 어디가 되려나요. 그것까지는 생각해보지 않았는데.

— 혹시 직접 연결되어 있는 걸까요?

무라카미 그보다 제가 『젊은 독자를 위한 단편소설 안내』에서 다룬 이른바 '제3의 신인'들의 작품에는 이런 '지하 2층' 요소가 별로 없었던 것 같아요. 징병되어 전쟁에 나가고, 끔찍한 경험을 하고, 종전 직후 폐허에 발가벗다시피 내동댕이쳐져서, 폐병을 얻기도 하고, 그 상황에서 어떻게든 살아남아야 한다는 절박함 속에 쓰인 작품이 많아요. 그러니까 지치고 진력을 낼지언정 내면적으로 투덜거릴 여유 같은 건 없어요. 게다가 군국주의에서 해방되어 이제부터는 민주주의다, 하는 묘한 변화가 일었거든요. 정치적으로는 점점 시들해지고. 저는 그런 감각이 좋아서 그 책에서 '제3의 신인'을 다뤘습니다. 일본 근대문학사에서 거의 유일하게, 제가 적극적으로 호평하는 그룹이죠.

— 지하 2층이 없었다?

무라카미 지하 2층은커녕 지하 1층도 딱히 없었죠. 그런 시점 자체가 없었다고 할까. 지상에서 살아가기만도 상당히 고달팠을 겁니다. 사회의 외압과 자기 자신의 관계를 조정하는 것만으로도 벅찼죠. 자아 같은 건 사치라는 인식이 있었고. 그것도 꽤 나쁘지 않은 것 같아요. 복잡하지 않으니까. 아마 그래서 단순한 도식으로 작품을 설명할 수 있었을 테죠.

제가 그 책에서 다룬 고지마 노부오 씨의 「말」 「포옹가족」과 마루야 사이이치 씨의 「수영담樹影譚」에는 지하 2층으로 통하는 불가사의한 요소가 있긴 합니다. 야스오카 쇼타로 씨의 「나방」도 그렇지 않을까 싶고요.

— 무라카미 씨가 과거의 명작, 예컨대 19세기 소설이나 보니것의 초기작, 브라우티건의 『워터멜론 슈가에서』 등을 좋게 보시는 것도 그들이 자아를 다루는 방식 때문이죠? 매우 쿨하게 자아를 건너뛰니까요.

무라카미 맞아요. 그런 것에는 거의 눈길도 주지 않죠.

— 자아란 그것이 내포하는 것보다 항상 훨씬 위에 있으니, 자아를 잘 건너뛰는 사람들은 이 '끙끙대기 방'을 거치지 않고 다른 곳으로 갈 수 있는지도 모르겠군요.

무라카미 그런지도 모르죠. 제가 근대적 자아 같은 것에 되도록 관여하지 않으려는 건 분명합니다. 눈을 내리깔고 말고는 둘째치고. 아예 다른 장소에서 승부하고 싶어요.

— 지하 1층은 이제 틀렸다?

무라카미 틀렸다고까지는 할 수 없고, 그런 것들이 현실적으로 여러 문제를 일으킨다는 건 분명하지만 이제 와서 그걸 밝혀내려 해봐야 부질없다는 기분이 들어요. 이미 메이지시대 이래 근대문학이 거의 다 해버렸으니 새삼 손댈 것이 없죠. 그래서 일단 패스한 겁니다.

— 그것이 무라카미 씨의 출발점이군요.

무라카미 맞아요. 그러니까 지하 1층은 되도록 그대로 지나가 버립니다. 마주치면 묵례 정도만 하고 정중하게 멀어지죠.

— 그렇군요.

무라카미 제가 일명 문학계에서, 뭐랄까…… 오랫동안 차가운 눈길을 받아온 건 아마 그 부분을 건너뛴 탓이 아닐까 싶어요. 자아를 다루며 고민하지 않는다는 것이 문학적으로 불성실하다고 받아들여진 게 아닐지.

— 그래도요, 무라카미 씨, 다자이 오사무 같은 사람은 지금도 무척 인기 있습니다.

무라카미 그런가요.

— 물론 다자이가 다루는 자아의 문제에는 당시의 전쟁 등 여러 요소가 들어 있고, 문장 자체에 이끌리는 사람도 많지만, 이른바 다자이처럼 자아를 다룬 소설이 좋다는 사람들이 동시에 무라카미 씨 소설을 좋아하기도 하거든요. '이건 내 이야기다'라고 공감하며 비슷한 정도로 소중하게, 중요하게 읽어요.

무라카미 그건 다자이 시대에는 그런 자아의 모습을 그리는 것이 필연이었기 때문입니다. 그리고 그가 그 시대 그런 스타일로 소설을 써야 했던 '필연성'은 지금도 발열하며 살아 있고요.

— 그 '필연성' 자체는 유효하다는 말이군요.

무라카미 작가는 시대의 공기를 마시며 살아 있는 존재니까요.

그래도 지금 사람들이 그런 식으로 글을 쓰는 건 별로 유효하지 않으리라 생각합니다. 특별한 예외를 제외하면.

— 그렇군요. 어느 부분이 유효하고 어느 부분이 유효하지 않은지는 저도 나름대로 이해되는 것 같습니다.

'아쓰미 기요시와 도라 씨'여서는 안 되니까요

— 신용거래 이야기로 돌아가서, '어때, 손해는 보지 않았지?'라는 사례가 쌓여 사람들이 이번 책도 읽어준다는 것까진 알겠습니다. 그래도 예를 들어 하늘에서 전갱이가 떨어진다거나, 돌을 움직였더니 새하얀 빛줄기가 퍼지거나 하는 말도 안 되는 일이 소설에서 일어나는데, 그것들이 제대로 기능한다고 독자가 느끼게 만드는 건 문체의 힘이잖아요? 지금까지 쌓인 작가와의 신뢰도 있지만, 독자들은 그런 요소를 각자 패러프레이즈해서 자기 안에서 바꿔놓고 기능하게 하는 작업을 합니다. 그리고 그 작업 결과에 독자 본인도 놀라고요.

무라카미 독자 본인이요?

— 네. 독자도 놀라고, 주인공인 '나'도 '무슨 이런 일이?' 하고 놀라면서 불가사의한 사건의 세계로 들어가요. 자기 마음대로 움직이는 게 아니라 독자의 멘털리티를 뚜렷하게 공유하죠.

'아무리 희한한 일이 일어나기로서니' 하고 당황하면서도 말려들어가요. 물길 안내인으로 독자를 자각시킨다고 할 수 있죠.

무라카미 그렇죠. 그런 설정은 어찌 보면 『양을 쫓는 모험』 이후로 거의 변하지 않았어요. 제 소설은 '말려들기형'이라는 말을 종종 듣거든요. 사실 장편소설이란 동서고금 어떤 작품이든 기본적으로 '말려들기형' 이야기예요. 주인공은 매우 뉴트럴한 존재인데, 그렇기 때문에 더욱이 이야기의 흡인력에 점점 끌려들어가며 여러 곳에서 특이하고 불가사의한 체험을 합니다. 그리고 독자는 주인공(화자)이 기본적으로 올바른 사람임을 알고 있어요. 저는 그게 중요하다고 생각해요. 이 사람은 절대 이상한 놈이 아니야, 생각하는 거죠. 나름대로 올바른 가치관을 지닌 보통 사람이라고. 그렇기 때문에 독자도 그의 시점을 빌려 '좀 희한한 이야기' 혹은 '파란만장한 이야기'를 따라갈 수 있어요.

장편소설에는 뭐랄까, 그런 일종의 '수용의 자세'가 필요합니다. 그게 없으면 장편소설이 성립하지 않아요. 프란츠 카프카의 소설을 예로 들면 『성』이든 『소송』이든 『변신』이든 모두 주인공이 영문 모를 불행을 겪죠. 읽으면서 그 상황은 잘 이해되지 않아도 주인공의 기분은 생생하게 실감할 수 있어요. 디킨스의 『올리버 트위스트』도 그렇습니다, 올리버 트위스트라는 올곧은 소년이 갖가지 힘든 일을 겪으면서도 열심히 살아가는 것이 피부로 느껴지니까 다들 이야기에 공감할 수 있어요. 『모비 딕』도 그렇고, 『위대한 개츠비』도 마찬가지예요. 주인공이 뉴트럴하기에 주위 이상한 사람들의 캐릭터도 리얼하게 살아나죠. 그런 공감대 형성 내지는 수용의 자세 같은 게 없으면 불가능해요.

— 그런 부분에서도 신뢰가 필요하겠고요.

무라카미 또하나, 작가가 1인칭으로 소설을 쓰는 경우 많은 독자는 주인공과 작가의 입장을 겹쳐서 보는 경향이 있죠.

— 네, 그런 면이 있죠. 그게 또 무라카미 씨의 신용거래에 큰 영향을 주고……

무라카미 그래서 전 더더욱 차차 3인칭으로 옮겨가고 싶었던 겁니다. 언제까지고 1인칭으로 쓰기는 싫었어요. 한동안 좀 떨어져 있고 싶었죠.

— 그런 이유도 있었군요.

무라카미 네. 나와 등장인물을 너무 일체화해도 안 되니까. 아쓰미 기요시와 도라 씨*, 숀 코너리와 제임스 본드처럼.

— 그랬군요. 처음 듣는 이야기 같은데요.

무라카미 그럴 거예요. 해외 인터뷰에서도 곧잘 "주인공이 무라카미 씨 본인과 겹치는가?"라는 질문을 받습니다. 겹치는 부분도 있지만 많이 겹치지는 않는다고 대답하죠. 제 소설, 특히 1인칭 소설의 주인공은 그랬을지도 모르는 나의 모습이다, 다시 말해

* 일본 드라마 시리즈 〈남자는 괴로워〉의 주연배우와 극중 이름.

가정법 과거 같은 거라고요.

— 영문법에서 제일 까다로운 부분이네요(웃음).

무라카미 우리 인생에는 도중에 여러 번 갈림길이 나오잖아요. 어느 쪽으로 갈지 선택해야 하고. 그래서 실제로는 이쪽으로 갔지만 혹시 저쪽으로 갔더라면 지금 이렇게 되어 '있을지도 모른다'는 가설적 존재로서의 내가 존재하죠. 그것이 소설 주인공에 투영되는 경우가 있다고 설명하곤 해요.

— 그렇게 보면 무라카미 씨와 관계가 없진 않군요.

무라카미 물론 어떤 부분에서는 연결되어 있죠. 아니면 소설을 쓸 수 없으니까요. 음, 이를테면 저는 별로 질투심이 없는 편인데, 생각해보면 제 소설의 주인공도 질투하는 장면이 거의 없거든요. 아무래도 자연히 그렇게 돼요.

— 무라카미 씨 작품에서 질투하는 장면이라면 『댄스 댄스 댄스』가 생각나는데요. 유미요시 씨가 수영 강습을 다니잖아요, 유미요시 씨, 기억하세요?

무라카미 왠지 막연하게 기억나네요.

— 유미요시 씨가 수영 강습에서 강사한테 하나하나 배워나가는 광경을 '나'가 상상하고 질투하는데, 읽는 입장에선 전혀 질투 같지 않은 거예요(웃음).

무라카미 그럴 수 있겠군요.

— '어디 질투라는 걸 한번 해볼까' 하듯이 질투해요. 본인도

말하지만 '나'에게 좀처럼 없는 일이라, 점점 질투 상대가 뭔지조차 모호해지거든요. 종국에는 수영 강습 자체를 질투하는 꼴이 되고(웃음).

무라카미 맞아요, 대략 기억납니다. 수영 강습을 질투했군요.

— 이런 질투도 있구나 싶어서 저는 무척 재미있게 읽었지만요(웃음). 『태엽 감는 새』에서 우시카와도 질투를 언급하죠. 증오에 대해 말하다가 그쪽으로 흘러가요.

무라카미 그랬던가요?

— '내가 열렬히 갈망해도 도저히 가질 수 없는 것, 죽어서도 손에 넣을 수 있을지 없을지 모를 것을 지극히 손쉽게 쟁취하는 사람을 봤을 때 솟구치는 감정'이라고 우시카와가 말합니다. 확실히 그렇죠. 질투에 대한 매우 좋은 설명이고, 질투의 어떤 원리를 표현하는 말이라고 생각했어요. 그런 때도 별로 없으신가요?

무라카미 별로 없군요. 그런 면에서 저와 소설 속 '나'는 나름 공통된 부분이 있네요. 어디까지나 부분적이지만.

멘시키 씨에게 남은 수수께끼

— 이번에는 멘시키 씨가 '나'를 질투하죠.

무라카미 그렇죠. 멘시키 씨는 '원하는 것은 거의 전부 손에 넣었지만, 알고 보면 원하면 손에 넣을 수 있는 것밖에 원하지 못한' 사람이니까. 물론 주인공은 그 말에 놀랍니다. 자신을 부러워하다니 생각도 못한 일이니까요.

— 그렇군요. 내친김에 등장인물 이야기를 좀 하고 싶은데, 일단 이름이 무척 중요하잖아요.

무라카미 중요하죠.

— '기사단장 죽이기'라는 제목이 떠오르고, 세 요소가 갖춰지고, 이제 시작해볼까 했을 때는 기술도 있고 체력도 있으니 '이건 되겠다' 느낌이 있었던 거겠죠?

무라카미 그때까지 열심히 모아두었으니, 시작하면 끝까지 갈 수 있겠다는 자신은 있었죠.

— 그리고 또 믿음직한 친구가 모이는 것처럼 등장인물 이름이 정해질 텐데요. 멘시키. 멘시키. 굉장히 좋은 이름입니다.

무라카미 순식간에 나왔어요, 그 이름은.

— 어디서 나왔나요?

무라카미 아무 근거도 없이.

— ……

무라카미 인물에게 이름이 필요한데, 골짜기 맞은편에 사는 사람 이름은 뭐라고 할까. 평범한 이름은 곤란하죠. 다나카나 야스다 같은 건 좀 그렇잖아요. 그래서 생각했더니 문득 멘시키라는 이름이 떠올랐죠.

— 한자 조합이 먼저였나요? 아니면 소리?

무라카미 어땠더라? 글자가 먼저였는지 소리가 먼저였는지는 잘 기억 안 나지만, 아무튼 바로 멘시키 씨가 됐죠.

— 메타포를 언어화하면 재미없어지겠지만, 일단 이름이 멘시키 와타루고, 이 사람은 마지막까지 확실히 이해하기 어렵잖아요. 이 소설에서 어떤 역할인지, 심지어 성격이 어떤지도 도무지 모르겠고.

무라카미 그렇죠. 수수께끼의 인물이에요. 이 사람을 어디까지 믿어도 될지 알 수 없죠.

— 그도 그렇고, 이 소설에 만약 선악이 있다면 실로 섬세하고 미묘한 그러데이션으로, 그야말로 '얼굴 없는 남자'의 유백색 안개 같은 느낌으로 멘시키라는 인물이 표현됐다고 생각합니다. 어쨌든 이 소설에 나오는 인물들은 모두, 뭐랄까…… 쟁탈까진 벌이지 않지만 시종 '무언가'를 이동시키는 분위기가 있거든요. 다 같이 '애도'하는 느낌도 들고. 모두가 아마다 도모히코를 이쪽 세계에서 죽음의 세계로 배웅하기 위한 '의식'을 치르는 것처럼 읽히기도 한단 말이죠. 새로 태어날 무언가에 대한 준비처럼 보이기도 하고요. 그리고 강이 흐르는데요, '긴 얼굴'을 따라 구멍으로 들어간 세계에서. 만약 그 강에 한자로 이름을 붙인다면 단연코 '멘시키' 말고는 없을 거라 생각했습니다.

무라카미 멘시키 강? 그러고 보니 이름이 없군요, 그 강은.

— 이름은 '강을 건너다'의 와타루涉. 그리고 성의 '멘시키免色'라는 한자는 보고 있으면 왠지 불안해지는 조합이에요.

무라카미 그런가요.

— 네. 그냥 제가 느끼기에 그렇다는 말이지만, 멘시키는 그 강 자체의 이름처럼 보입니다. 그리고 흰 자동차를 탄 남자가 나오잖아요.

무라카미 흰색 스바루 포레스터의 남자.

— 그 사람은 주인공 '나' 안의 앨터 에고 같은 건가요?

무라카미 앨터 에고, 음, 그렇게 봐도 될 겁니다.

— 자기 안에서 확인한 악이 그런 모습이었다고 볼 수 있으니까요. 그리고 정말이지 멘시키 씨는 마지막까지 잘 알 수 없는 인물이에요.

무라카미 알 수 없는 인물이죠. 그래도 새삼 이 소설을 생각해 보면 이야기가 멘시키를 중심으로 움직이지 않았나 하는 느낌이 들어요. 문득.

— 그렇죠.

무라카미 다른 사람들은 어느 정도 이성적이고, 세간의 눈에 특별히 이상하지 않은 방식으로 살아가죠. 아키가와 쇼코 씨도 그렇고, 그 여자아이, 이름이 뭐더라?

— 마리에요. 이름이 뭐더라, 라니요(웃음). 아키가와 마리에예요.

무라카미 맞아요. 마리에도 그렇고 아마다 부자도 그렇고, 각자 그럭저럭 이해되는 방식으로 살지만, 멘시키만은 어떤 인간이고 어떤 생각을 하고 어떤 식으로 사는지 잘 보이지 않죠.

— 쓰는 사람도 모른다는 얘기군요?

무라카미 모릅니다. 그는 어디로든 기울 수 있으니까요. 실로 정체를 알 수 없는 존재죠. 제게도 마찬가지예요. 그러니까 그를 중심으로 여러 가지가 움직인다는 인상을 받고요. 긴 이야기에는 그렇게 설명하기 힘든 존재가 필요합니다.

— 천장 위에서 그림을 발견한 사람은 '나'이고, 그의 직업과 예술성 등이 그 일을 불러들이지만, 멘시키는 그에게 자신의 초상화를 그리게 함으로써 저쪽과 이쪽을 오가는 통로 같은 것을 일종의 의식에 의해 개통합니다. 사람의 얼굴을 그린다, 그림을 완성한다 혹은 완성하지 않는다는 건 그 의식의 중요한 포인트고요.

무라카미 그렇죠, 멘시키에 의해 이야기가 열립니다. 주인공인 '나'를 열고, 그와 동시에 이야기를 열어나가죠. 그가 아니었으면 열리지 않았을 것이 열려요. 구덩이만 해도 그가 업자를 불러 돌을 치웠기에 열리니까요. 어찌 보면 그는, 트릭스터까진 아니고, 뭐라고 하면 좋을까. 이야기를 움직여나가는 사람. 제너레이터예요. 그가 없으면 이야기가 굴러가지 않죠.

— 불길한 것일지도 모르는 석실을 열긴 하지만, '나'가 땅속

세계에 내려가 강을 맞닥뜨렸을 때 필요했던 중요한 힌트를 준 사람 역시 멘시키 씨입니다. 그리고 마지막에 구덩이에서 물리적으로 구출해주는 사람도 멘시키 씨죠. 그런 움직임을 보이는 등장인물을 그전 작품에서 찾아보자면 『태엽 감는 새』의 아카사카 시나몬이 있겠군요.

시나몬은 지극히 세련된 인물이고 주인공 오카다 도루를 구덩이에서 구출해주었다는 점에서 멘시키 씨와 비슷하지만, 굳이 나누자면 그도 이쪽 인간이잖아요. 어린 시절 상처를 받고, 결핍되고. 그렇기에 주인공과 힘을 합쳐 구덩이를 빠져나왔다는 느낌이 드는데, 그럼 멘시키 씨와 '나'가 한 일은 뭘까 하면 그걸 잘 모르겠단 말이죠.

구덩이, 초상화, 아키가와 씨, 마리에까지 이야기에 등장하는 일련의 사건은 결국 그가 시작했고, 시점을 바꾸면 모든 것이 멘시키의 양손에 들려 있는 듯 보이거든요. 역시 그런 의미에서도 멘시키를 이야기의 중심으로 볼 수 있는 걸까요.

무라카미 그러게요. 그래도 재미있는 건, 멘시키 씨는 기사단장의 모습을 보지 못해요. 그럴 자격을 얻지 못했죠.

— 네, 볼 수 있는 사람은 '나'와 아키가와 마리에죠. 그 둘만 기사단장에게 반응하고요.

무라카미 그래서 멘시키는 주인공과 함께 기사단장을 저택에 초대하고도 그 모습을 보지 못해요. 볼 수 없다는 설정이죠.

— 그건 무슨 의미일까요?

무라카미 꽤 중요한 포인트일 수도 있겠죠, 이 소설에서. 왜 그런지는 저도 모르지만.

— 정말로요?(웃음)

무라카미 정말로요(웃음). 이건 알아요, 소설적으로 그에게 기사단장의 모습이 보여서는 안 된다는 것. 하지만 왜 그래야 하는지 그 이유는 저도 설명할 수 없군요.

— 사실은 설명할 수 있는 거 아니고요?

무라카미 못해요. 아니, 하려고 들면 못할 것도 없겠지만 사실을 전부 전달하진 못해요. 70퍼센트밖에 전하지 못하죠. 그리고 70퍼센트를 전달할 바에야 아무 말도 하지 않는 편이 나아요. 그냥 소설이 말하게 두면 됩니다.

저의 이데아는 그것과 관계없습니다

— 그럼 기사단장과 이데아에 대해 묻고 싶은데요, 기사단장은 자신을 이데아라고 말하며 '나'의 앞에 나타납니다. 플라톤의 이데아에서 악의 이데아는 존재하지 않아요. 이데아란 절대적으로 선한 것이니까요.

무라카미 몰랐는데요.

— 서, 설마요(웃음). 저, 이 인터뷰를 위해 플라톤의 『향연』과 『국가』를 대충이나마 훑어보고 왔는데요……

무라카미 맙소사. 대단하군요.

— 그도 그럴 게, 부제를 보세요! 이데아와 메타포가 나오고…… 교양수업에서 플라톤주의를 배우긴 했지만, 이야기가 나오면 따라갈 정도는 돼야 할 것 같아서요. 글자가 깨알만해서 힘들었는데. 어쨌거나 이데아는 모두 선하다, 악의 이데아는 존재하지 않는다는 것이고, 플라톤도 동굴의 비유를 하는데요.

무라카미 아, 그건 알아요. 유명한 비유죠. 내용은 잘 모르지만.

— 무라카미 씨…… 저기 말이죠, 소설을 쓰면서 이데아라는 단어를 무라카미 씨가 타이핑한다고 쳐요. 키보드로 이렇게, '이, 데, 아'라고. 이데아는 워낙 유명한 개념이잖아요? 그러면 당연히 '이데아에 대해 좀 알아두자, 정리해두자'라는 생각이 안 드시나요?

무라카미 전혀 안 들어요.

— 정말로요?

무라카미 네. 정말로 그런 생각은 안 해요. 전 그저 그것에 '이데아'라는 이름을 붙였을 뿐이고, 진짜 이데아, 플라톤의 이데아와는 관계없습니다. 그냥 이데아라는 말을 빌려온 거죠. 어감이 좋아서. 게다가 기사단장이 '나는 이데아다'라고 자기소개를 했을 뿐, 그가 진짜 이데아인지 아닌지는 아무도 몰라요.

— 이른바 플라톤에서 시작된 이데아 개념과 『기사단장 죽이기』의 이데아가 관계없다니, 누가 상상이나 할까요. 이데아 하면 보통 그 이데아를 떠올리잖아요. 전 예습까지 해왔는데……

무라카미 이런, 정말 고생 많았습니다.

— 정말 관계없는 것 맞나요?

무라카미 네, 거짓말 아니고요. 좀더 논리정연하게 이데아를 설명할 수 있다면 좋겠지만요.

— 그래도 소설 속의 이데아를, 가령 플라톤의 이데아라고 생각하고 읽어도 이상하지 않거든요.

무라카미 그렇군요.

— 네. 게다가 동굴도 등장하고요.

무라카미 그 말을 듣고 생각났는데, 좀전에 『젊은 독자를 위한 단편소설 안내』에서 제가 에고와 셀프라는 표현을 썼다고 했잖아요. 그때는 융의 저서를 전혀 읽지 않았어요. 지금도 거의 읽은 게 없지만. 융 연구로 유명한 가와이 선생에게 그 책을 보여줬더니 "호오, 재미난데요" 하시더군요. 하지만 생각해보면 전혀 다르거든요. 융이 생각하는 '에고'와 '셀프', 제가 생각하는 '에고'와 '셀프'. 어쩌다 용어가 일치했을 뿐 순전히 우연입니다.

— 저, 지금 무라카미 씨의 자유로움에 떨고 있어요.

무라카미 그러니까 제가 이데아라는 어감에서 떠올리는 개념과 플라톤이 말하는 이데아에는 상당한 차이가 있을 겁니다. 하지만 기사단장이 대체 무엇인지를 표현할 때 '이데아' 말고 다른 말이 잘 떠오르지 않았어요. 혼, 영령, 스피릿 등등 여러 가지가 있지만 이거다 싶은 게 없었죠. 그런데 마침 '이데아'가 딱 맞아떨어졌어요. '긴 얼굴'도 이름을 뭐라고 할지 이리저리 생각해봤는데, '메타포'라는 표현이 제일 적절했고요. 그것 말고는 맞는 게 없었죠. 그게 이미지 때문이든 어감 때문이든 상당히 막연한 건 사실이죠. 그러니 누가 세세한 정의를 물으면 아주 곤란해져요(웃음).

— 오히려 '정의 같은 건 없다'는 말인가요?

무라카미 네. 그래도 글자가 주는 이미지, 어감은 소설에서 매우 중요합니다. 때로는 다른 무엇보다 우선시되기도 해요. 사람 이름과 마찬가지로.

— 『기사단장 죽이기』는 이데아와 메타포의 집합적 무의식 쟁탈전으로도 읽을 수 있으니, 이데아의 정의를 이 자리에서 잠정적으로 대입해봐도 재미있겠네요. 플라톤의 이론을 간단히 설명하자면 지금 이 세계에 존재하는 것은 가짜 모습이고, 만물에는 진짜 모습, 즉 이데아가 있다는 거예요.

무라카미 호오, 그건 몰랐는데요.

— 정말일까…… 불안해지네요(웃음).

무라카미 전혀 몰랐어요. 플라톤을 읽을 일이 없는걸요.

— 불안을 감수하고 계속하자면, 우리가 사는 현실세계에는

예를 들어 이 커피잔, 혹은 무라카미 씨의 책이 있어요. 그 밖에도 여러 개념이 있죠. 그러나 전부 실물과 똑같은 모습일 뿐 실은 선한 천상세계에 그것들의 이데아가 있고, 그것이야말로 진실이라는 거예요. 천상에 광원이 있고, 우리는 이데아가 동굴 벽에 비추는 그림자를 보고 있을 뿐이다. 이게 동굴의 비유고요.

무라카미 엄청 이상한 생각이군요.

— 플라톤의 이데아론을 아주 대충 말하자면 그렇습니다. 우리가 지금 보는 것은 동굴에 비친 그림자에 지나지 않지만 실은 옛날에 우리도 선한 세계에 있었고, 사물과 개념의 진짜 모습, 이데아를 알고 있어요.

무라카미 흠.

— 하지만 때가 묻으며 이 그림자의 세계로 떨어졌다. 그래도 어떤 사물을 그것으로 인식하거나, 아름다운 것을 보고 아름답다고 느끼는 건—말인즉슨 언어를 지닌다는 뜻이기도 하지만—천상에서 접촉했던 이데아를 떠올리는 까닭이다. 사랑이나 아름다움을 직관할 수 있는 것은 한때 그걸 알고 있었기 때문이다. 상기론想起論이에요.

무라카미 그렇군요. 만물이 진짜의 환영에 지나지 않는다라. 그러고 보니 마빈 게이의 옛날 노래 중에 〈Ain't Nothing Like the Real Thing(진짜보다 나은 건 없어)〉이라는 게 있었는데.

— 이거 읽는 분들은 "가와카미도 참, 무라카미가 모른다고

하는 말을 그대로 믿고, 큭큭" 하시지 않을까…… 어쨌든 이것이 이른바 플라톤의 이데아론이에요. 그래서 평범하게 생각하면 '악'에도 이데아가 있겠거니 싶죠. 살인이나 피, 전쟁 등을 대입하면 전쟁에도 이데아가 있고 피에도 이데아가 있어야 할 텐데, 플라톤은 그런 건 없다고 단언했어요. 백 보 양보해서 '선한 상태가 없다'고 표현할 순 있어도 '나쁜 이데아'라는 말은 절대 있을 수 없다고요. 진실은 선하다. 그러니 나쁜 것은 존재하지 않아요. 잘 이해가 안 되는 논리지만(웃음). 아무튼 이런 이데아론을 대입해서 『기사단장 죽이기』를 읽어보면 여러모로 생각이 깊어집니다. 선을 죽인다는 건 무엇인가, 애초에 아마다 도모히코가 죽여야 할 대상으로 그렸던 '기사단장'이 이데아를 자칭하며 등장할 수 있는가 등등. 그래도 무라카미 씨는 그런 의식이 전혀 없었다는 말이죠?

무라카미 전혀 의식하지 않았어요. 그래도, 의식이란 것에 대해서는 꽤 자주 생각하는 편입니다. 인간의 의식이 등장한 건 인류 역사에서 훨씬 뒤의 일이에요. 그전에는 거의 무의식밖에 없었고, 그 무의식 중심의 세계에서 사람들은 개인이 아니라 집합적으로 판단을 내리며 살았죠. 그리고 도시가 생기고 보다 고도의 조직과 시스템이 완성됨에 따라 '무의식'으로 행하던 일들이 점차 '의식'의 영역으로 격상됩니다. 보다 논리적이 되고요. 그렇지 않으면 시스템을 효과적으로 유지할 수 없으니까요.

그것과 같은 얘기라고 봅니다. 옛날에는 대개 무의식 속에서 처리하던 일들을 의식을 기반으로 처리해야 한다. 그와 더불어 언어체계가 정비된다. 무의식의 세계에서 사람들이 무엇에 기대어 살아왔느냐 하면, 바로 예언이죠. 고대사회에는 무녀, 혹은 주술사 역할을 하는 왕이 있었어요. 그들은 무의식의 사회에서 더더욱 무의식을 갈고닦아, 벼락을 맞는 피뢰침처럼 여러 메시지를 받아서 사람들에게 전했습니다. 보통 사람들은 스스로의 의식을 가질 필요가 없었고 가진다 한들 쓸데도 없었으니 그저 예언에 따라 무의식의 세계에서 살아가면 그만이었죠. 그것이 편하기도 했고요. 더이상 메시지를 받을 수 없게 된 왕은 죽임을 당하고, 새로운 왕이 탄생했습니다. 그런데 사회가 '의식'화하면서 그런 무녀적인 존재는 점차 힘을 잃어가죠. 공기가 바뀌고 벼락을 잘 맞을 수 없게 됐어요. 이데아도 그와 비슷한지 모르겠군요. 정말로 순수한 것은 오로지 무의식에 존재하지만 우리는 이제 그것을 보지 못하고, 대신 의식에 투영된 것을 보는 수밖에 없다. 방금 플라톤 이야기를 듣다보니 떠오른 생각입니다.

— 그렇군요.

무라카미 기사단장은 고대의 무의식 세계에서 찾아오지 않았을까 하는 게 제 상상입니다. 의식이 등장하기 전의 세계에서. 그런 면에서 플라톤의 이야기와 통하는 부분은 있죠.

스피리추얼리스트와 소설가의 차이

— 무라카미 씨에게 소설, 특히 장편소설 집필은 오늘 몇 번이나 얘기했듯이 '지하 2층'으로 내려가는 일인데요. 다른 말로는 어떤 행위라고 표현할 수 있을까요?

무라카미 종전의 이야기에 빗대면, 벼락을 맞는 거라고 생각합니다.

— 벼락을 맞는다. 말하자면 무녀처럼요?

무라카미 무녀처럼요. 아니면 영매라고 할까. 아마 다른 사람들보다 전기를 받기 쉬운 체질이라서 많건 적건 그 메시지를 받아 사람들에게 전달하지 않나 싶어요. 말하자면, 일종의 피뢰침 같은 걸까요.

— 음, 말하자면요.

무라카미 그러니까 작가로서 재능이 있느냐고 한다면 그건 모르겠고, 또 제게는 큰 상관이 없습니다. 그보다는 메시지를 받는 능력 혹은 자격이 있느냐가 훨씬 중요해요. 예술적인 재능과는 조금 다른 것일 테죠.

— 이야기하는 힘이 클수록 많은 사람을 끌어들일 수 있으니 벼락 맞을 기회도 늘어나고……

무라카미 그래서 가끔 괴상한 것까지 받아버리기도 하죠. 계속 피뢰침 역할을 하려면 나름의 체력도 필요하고요.

— 접지 장치가 필요하고, 그렇게 받은 것을 '좋은 이야기'로서 독자에게 건네려면 문체와 '손해는 보지 않게 하는' 선한 마음이 필요하다.

무라카미 제게 그런 능력이 있을지도 모른다고 느낀 게 언제였더라. 모르긴 해도 아마……『세계의 끝과 하드보일드 원더랜드』를 쓸 때쯤 같군요. 「세계의 끝」 파트와 「하드보일드 원더랜드」 파트를 장별로 번갈아가며 썼는데, 이유는 몰라도 마지막에 가서 하나가 되리라는 확신이 있었습니다. 그런 확신을 가질 수 있었던 건 아마 '무언가를 받는 능력'이 있었기 때문이지 싶어요. 그때도 플랜 없이 쭉쭉 써나가서 마지막에 하나로 딱 맞아들어가는 쾌감이 있었죠.

— 엄두도 못 낼 이야기인데요(웃음).

무라카미 그때 내 글쓰기 방식이 보통 사람들과 좀 다르다는 걸 처음 느끼고, 왜 그럴까 생각했던 기억이 납니다.

— 예컨대 제 주위에는 스스로 스피리추얼리스트라는 사람도 있고, 그런 이들을 맹목적으로 믿는 사람도 있거든요. 그 사람들은 독자적인 이야기를 만들어요. 어떤 현상과 결과에는 의미가 있고 지금 당신이 겪는 곤란에는 이를테면 당신의 전생 혹은 그 전생의 전생에 이유가 있다, 하는 이야기를 내놓고 공유하려 한단 말이죠. 불안을 품은 사람들을 상대로 그런 말을 하고 돈을 받는 경우도 있고요. 그것 또한 이야기의 한 형식이겠죠.

무라카미 그렇죠. 하나의 이야기이기는 해요.

— 하지만 저는 아무래도 그런 이야기가 '선한 것'이라고 느껴지지 않아요. 그리고 개인적인 견해지만, 우리가 소설을 쓰는 일도 멀찍이 떨어져서 보면 썩 다르지 않은 것 같기도 해요. 그 사람들과.

무라카미 가장 큰 문제는 자발적인가 아닌가죠.

— 자발적이라 하면?

무라카미 점술가를 예로 들면, 그 사람들이 원래부터 어떤 특별한 능력을 지닌 건 아마 사실일 겁니다. 그래도 직업으로 삼는다면, 누가 상담하러 와서 답을 해줘야 할 때 메시지가 전혀 내려오지 않으면 장사가 안 되겠죠. 문제는 여기서 자발성이 사라지는 경우가 있다는 겁니다. 매번 적절하게 벼락이 떨어져주는 게 아니니까. 그래서 작은 속임수 같은 걸 쓰는 사이 나름의 '영업' 테크닉이 생겨요. 그래도 소설가는 마감만 없으면 자발적으로, 하고 싶은 대로 소설을 쓰고 말고 할 수 있어요. 그렇죠? '벼락 맞기'를 스스로 컨트롤할 수 있습니다. 그게 전문 점술가, 영능력자와 소설가의 근본적 차이가 아닐까 싶어요.

— 그렇군요. 어느 정도 거짓말을 하면서 진정한 영성을 벗어나게 돼버리는.

무라카미 본인도 모르지 않을까요. 미묘한 차이일 테니까.

— 스스로 구분 못하는 건 위험한 일이겠죠.

무라카미 매우 위험합니다. 의식과 무의식의 경계선이 점점 흐릿해지죠. 사람에 따라서는 소설가에게도 같은 일이 일어나는지 몰라요.

— 그럴 수 있겠군요.

무라카미 그래서 제가 늘 하는 말이 작가는 자발적이어야 한다는 겁니다. 젊을 때는 마감이 닥쳐오는데 머릿속은 텅 비고 아이디어 하나 없이 막막한 상황에서도 책상 앞에 앉아 막무가내로 쓰다보면 무언가 찾아오곤 해요. 찌릿찌릿하면서. 그렇게 어찌어찌 넘어갈 수 있어요.

— 그렇죠.

무라카미 그냥 그렇게 돼요, 젊을 때는. 하지만 언젠가는 마감이 코앞에 닥쳤는데 아무것도 찾아오지 않는 날이 오죠. 벼락이 저절로 떨어져주지 않아요. 그래도 마감이 있으니 어떻게든 이야기를 쥐어짜내 써버립니다. 이건 대단히 위험하고 불성실한 일이고, 계속 그러다가 망해가는 작가를 적잖이 봐왔어요. 다들 젊을 때야 '소설 따위 마감이 닥쳐서 쓰면 된다'고 말하죠. 그런데 어떤 시점부터 그게 잘 안 됩니다.

— 좀전의 이야기로 돌아가서, 점술가나 스피리추얼리스트도 기본적으로 피뢰침 같은 역할을 하며 일종의 영성을 지녔다. 사실 예술가 전반이 그렇다고 봐도 되겠죠. 마음먹고 손님을 이용하려 들거나 나쁜 짓임을 알고 하는 사람은 제쳐두고, 점술가나

예술가는 기본적으로 영리 목적이 아니라 '받는 힘'을 사용해 무언가를 만들어내려는 사이클 안에 있어요. 소설가도 원리적으로는 마찬가지니까, 사용하는 건 언어지만 역시 일종의 영성이나 스피리추얼한 것이 필요하다는 걸까요. 음……

무라카미 그렇게 말하면 너무 노골적이지만(웃음). 그래도 그런 능력이 없으면 소설을 쓰지 못한다는 말은 맞을 겁니다. 많건 적건, 어느 정도는요. 물론 벼락 맞는 빈도가 낮아도 다른 능력으로 보완할 수 있고 그 방법도 여러 가지겠지만, 그런 능력이 전혀 없는 사람에게 소설 쓰기는 불가능할 테죠. 아무리 좋은 문장을 쓰더라도 소설은 쓰지 못해요. 설령 쓴다 해도 읽어줄 사람이 없고요. 이것도 늘 하는 말인데, 머리가 너무 좋은 사람은 소설을 쓸 수 없어요.

— 소설이 아니라 진술이 되어버린다고 하셨죠.

무라카미 네, 맞아요. 머리가 너무 좋은 사람이 쓴 소설은 구조가 빤히 들여다보일 때가 많아요. 읽어도 솔직히 재미있지 않고. 이성이 우세하니 일방통행의 진술이 되어버리죠. 평론가야 칭찬하지만 독자가 생기지 않아요. 물론 너무 바보여도 쓸 수 없고.

— 바보여도 못 쓰고, 너무 똑똑해도 못 쓴다.

무라카미 균형 잡기가 참 어렵죠. 그런 면에서 저는 타고났는지도 모르겠어요(웃음).

긍정적 종결을 맺고 싶다

—『기사단장 죽이기』가 멘시키 씨를 중심으로 한 이야기처럼 느껴질 수도 있다고 아까 말씀하셨는데요.

무라카미 원래 그런 이야기를 만들 생각은 전혀 없었어요. 그저 골짜기 맞은편에 사는 조금 별난 부자였던 사람이 이야기가 나아갈수록 점점 영문 모를 힘을 지니게 되었죠. 그래서 마리에도 멘시키의 저택에 마음이 끌리는 거고. 물론 죽은 엄마가 멘시키의 옛 연인이고 멘시키가 친아버지일지 모른다는 가능성이 주위를 맴돌긴 하지만, 그와 별개로 멘시키라는 인물과 그 저택에 서서히 이끌리게 됩니다.

오랜 기간 이 이야기를 집필하며 몇 번이나 고쳤고, 그러는 사이 나름대로 점점 설득력 있는 등장인물이 그려졌다는 느낌이 들어요. 예전에 쓴 글에는 인물에 따라 다소 인위적인 구석이 있곤 했죠. 그에 비하면 조금씩 진짜 피와 살이 붙지 않았나 싶어요.

— 예전에 쓴 인물에서 그런 느낌을 받으시나요? 인위적이라는?

무라카미 지금 보면 어떤 인물은 건너편이 훤히 들여다보이는 것 같기도 해요. 아직 그런 것을 제대로 그려낼 힘이 없었기도 하고. 그리고 한 인물에 입체성, 즉 피와 살이 붙으려면 별것 아닌 동작이나 말, 그런 작은 묘사들이 모여서……

— 인상을 만들어나가죠. 모양을 잡아가고.

무라카미 그렇습니다. 그건 몇 번이고 고쳐 쓰면서 차차 결정되는 것이고, 그 단계까지 가려면 작가로서의 경험이 필요해요. 경험을 쌓으면서 조금 나아지죠. 경험 없이는 잘 안 되는 것들이 있어요.

— 이번 소설에서 재미있는 게, 주요 장면에서 등장인물들이 〈기사단장 죽이기〉 그림을 재현한다는 점이에요. 천장 위에서 그림을 발견하는 장면은 〈기사단장 죽이기〉에서 '긴 얼굴'이 구멍 밖으로 얼굴을 내미는 구도고, 아마다 도모히코의 요양 시설 방에서도 같은 일이 재현되죠. 포개지는 찬합처럼. 나아가 이 이야기 자체가 아마다 도모히코의 생애를 다시 산다고 할까, 일종의 염원을, 그가 함구해온 체험을 등장인물 모두가 '다시 사는' 느낌이 듭니다. 어쩌면 이것이 무라카미 씨가 말한, '무언지 모르겠지만 독자 안에서 기능하는' 요소라고 생각해요. 제 안에서도 기능하고요. 아마다 도모히코가 죽기 위해서, 한 인간이 죽기 위해서 이토록 많은 사람과 사물이 소환되어야 했구나라는 생각이 읽는 중에 들었어요. 그리고 저는 아마다 도모히코의 아들 마사히코가 좋더라고요.

무라카미 음, 좋은 사람이죠. 이 사람이 나오면 저도 좀 마음이 놓여요. 나쓰메 소세키의 소설에 조연으로 나올 듯한 느낌도 있고. 그런 인물은 꽤 중요하죠.

— 사람이 참 괜찮단 말이에요. 힘든 일도 많았을 텐데. 그리고 '나'가 그런 부분을 깊이 이해해주는 점도 뭉클합니다. 후반에 마사히코가 "한 사람이 죽는다는 건 꽤 큰일"이라고 말하는 장면이 인상 깊었어요. 쉬지 않고 셀 수 없는 사람이 죽어가지만 사실 죽음은 엄청난 일이고, 그 내부에서 무슨 일이 일어나는지는 아무도 겪어본 적 없잖아요. 죽은 사람은 알려주지 않으니까. 어쩌면 하나하나의 죽음에 이토록 많은 사람과 사물이 소환되어도 이상할 것 없겠구나. 보이지 않고 알지 못할 뿐이지, 한 사람이 죽는다는 것은 어쩌면 이토록 많은 사건을 동반하는 일인지도 모른다. 나 또한 그렇게 소환되고 있지 않을까. 그렇게 생각했을 때 이 이야기가 제 안에서 현실미를 지니기 시작했어요. 저는 그런 의미로 『기사단장 죽이기』라는 소설을 읽었습니다.

마지막에 도모히코가 미소를 짓잖아요. 빈에서 정말로 무슨 일이 있었는지는 끝내 명확하게 드러나지 않고, 말로 설명할 수도 없을 테지만, 마지막 순간 그는 무언가를 지켜봅니다. 기사단장이 살해당하는 광경을, 과거에 마땅히 그랬어야 할 장면을 지켜보며 미소를 짓죠. 그리고 하나의 구원이 그려집니다. 『태엽 감는 새』에서도 무라카미 씨는 주인공 오카다 도루를 익사시킬 생각으로 쓰다가, 마지막 순간에 '살려야겠다'고 생각했다고 하셨죠. 그 마음도 아주 잘 이해됩니다. 그런데 이야기란 어째서 마지막에 구원을 필요로 할까요? 무라카미 씨는 왜 그렇다고 생각하세요?

무라카미 제 기억에 『태엽 감는 새』를 쓰기 전에 잭 런던의 『마틴 이든』이라는 긴 소설을 읽었는데, 마지막에 주인공이 익사하거든요.

— 그런 말씀도 하셨죠.

무라카미 저도 그런 이미지를 그리고 싶었어요. 그래서 마지막에 주인공이 죽을 거라고 (저로서는 드문 일이지만) 쓰기 시작하면서부터 막연히 예정해뒀어요. 그래도 마지막 순간이 되자 역시 '죽이면 안 된다'는 생각이 들었어요. 그래서 죽이지 않았죠. 올바른 판단이었다고 지금도 생각합니다.

— 그건 이야기가 선을 지니기 위해 필요한 걸까요?

무라카미 장편소설은 최종적으로는 긍정적인 것을 남겨야 한다고 그때 생각했어요. 설령 비극적 엔딩일지라도 다음 단계로 탄탄하게 연결되어야 합니다. 여기서 주인공이 죽는다면 『태엽 감는 새』는 긍정적인 이야기가 되지 못할 거라고 느꼈죠. 아마 그래서 살렸을 겁니다.

— 왜 결말이 긍정적이어야 한다고 생각하죠?

무라카미 장편소설은 쓰는 일은 물론이거니와 읽는 일도 엄청난 작업이잖아요. 그 엄청난 작업을 해낸 사람을 위한 일종의 보상이라고 할까, 그런 것이 아무래도 필요합니다.

— 네.

무라카미 음, 어느 정도 그런 게 있어야 해요. 만약 『태엽 감는 새』의 주인공이 그렇게 죽어버리면 그 결과 주위 여러 사람이 상처받았을 겁니다. 그건 긍정적인 종결이 아니에요. 말하자면, 도덕적인 의미에서.

— 무라카미 씨에게는 이미 하나의 지침 같은 건가요? 희망적인 요소가.

무라카미 글쎄요. 꼭 해피엔드여야 한다는 말도 아닙니다. 오히려 제 소설에는 해피엔드가 별로 없지 않나요. 『양을 쫓는 모험』도 왠지 쓸쓸하게 끝나고, 『세계의 끝과 하드보일드 원더랜드』의 주인공은 결국 그 세계에 남잖아요, 그림자와 헤어져서 혼자. 결코 해피하게 끝나지 않죠. 그래도 역시, 사람들이 이 세계에서 계속 살아가리라는 일종의 신뢰감 같은 것이 독자의 마음속에 생겨납니다. 살아남는 것, 혹은 살아남은 사람들에게 희망을 주는 것, 그건 이야기의 아주 중요한 요소죠. 적어도 어느 정도 길이가 있는 픽션에는.

이를테면 조지프 콘래드의 『로드 짐』에서는 마지막에 짐이 죽습니다. 물론 비극적인 엔딩이지만 짐의 죽음은 그의 생보다 오히려 독자에게 구원의 감각을 안겨주죠. 그게 중요해요.

『기사단장 죽이기』 후반부에서 마리에가 멘시키에 대한 경계심을 점점 풀고 어쩌면 같이 살게 될 수도 있다는 말을 하니까 읽은 사람들—그때는 아직 읽은 사람이 몇 안 됐지만—사이에서 마리에답지 않다는 의견이 나오기도 했어요. 그래도 저는 그런 가능성이 있어도 괜찮지 않을까 싶어요.

— 아뇨, 저도 무척 좋게 봤습니다. 마리에가 "옛날 일이라 잘 모르겠다"는 말을 하잖아요? 불과 몇 년 전을 옛날이라고 하다니 훌륭하다고 생각했어요. 그곳에서 그 아이의 시간이 흐르고 있다는 사실이 생생하게 느껴졌고요. 삼사십대 어른과 십대 아이는 시간의 흐름을 전혀 다르게 받아들이잖아요.

무라카미 십대 소녀는 눈 깜짝할 새 변하곤 하죠.

— 그런 당당한 느낌이 잘 드러난 대사였어요.

무라카미 그러니까 저는 그런 것, 눈 깜짝할 새 변해버리는 것도 구원의 어떤 가능성 같은 게 아닐까 생각합니다.

— 형태를 바꿔가는 것 말이죠.

무라카미 멘시키 씨가 앞으로 어떻게 될지는 알 수 없어요. 작가인 저도 모릅니다. 그저 상상하는 수밖에 없죠. 주인공에게도 그건 이미 지난 세상에서의 일입니다. 더는 '나'의 이야기에 들어오지 않아요. 멘시키 씨와 쇼코와 마리에가 어떻게 되는지는 또다른 이야기죠.

— 소설 말미에 "기사단장은 정말로 있었어. 믿는 게 좋아"라는 말이 나오는데, 이건 도저히 사람들이 믿어주지 않을 체험을 한 '나'와 마리에가 그래도 우린 그때 분명히 기사단장을 보았다, 그 사실은 틀림없다고 확인하는 말이고, '나'는 기사단장을

어떤 '선한 것'의 전조로 보는 듯합니다. 결과적으로 도움을 받기도 했고. 그래서 스스로를 믿듯이 기사단장을 믿고, 그 결과물로 '무로'라는 딸이 태어나요.

무라카미 맞아요. 그런 흐름이죠.

— 생물학적 인과관계를 뛰어넘어, 이 존재는 나에게 매우 중요하고 모든 상식을 초월해서 믿을 수 있다는, 거의 무리수에 가까운 강한 의지가 마지막에 드러나잖아요. 이것 역시 해피엔드는 아니지만 우리에게는 믿음이라는 커다란 힘이 있다……는 뜻일까요……라고 묻는 것도 좀 이상하죠?(웃음) 어쨌든 마지막에는 그렇게 그려지는데요.

무라카미 네. 저는 이번 소설의 결말이 비교적 마음에 드는데, 읽은 사람 중에는 '뭐야, 이게 끝이야?'라고 느끼는 경우도 있는 모양입니다.

— 구체적으로는 '더 이어져야 하는 것 아닌가'라는 거죠?

무라카미 '이렇게 끝나버린다고?' '그래서 어떻게 된다는 거야?' 하면서(웃음). 끝맺기는 어려운 부분이죠. 제 소설은 거의 그런 식으로 끝나요. 그래도 장편소설을 쓰면서 '여기서 끝내야 한다'는 뚜렷한 감각은 늘 느낍니다. 그러니 고민할 일은 없죠.

— 이 소설은 한번 열리기 시작한 일을 다시 닫으려는 이야기이기도 합니다. 보지 않았으면 그냥 넘어갔을 세계가 어떤 계기로 시작되고, 그대로 둘 수는 없으니까, 재난에 가까운 일들이

일어날 테니까 기사단장의 도움을 받아 '나'와 마리에가 그 고리를 다시 닫는 이야기. 그리고 무라카미 씨의 그전 작품들에 비해 특이한 부분은, 도입부에 '결국 다시 합치게 되었다'고 '나'가 과거를 돌아보면서 시작한다는 거예요.

무라카미 맞아요.

— 그냥 아내가 집을 나갔다는 얘기로 시작해 마지막에 어떻게 될지, 결말을 궁금하게 만들며 끌어갈 수도 있었을 것 같거든요. 그러면 독자들도 카타르시스를 느낄 테고요. '다 끝난 일이기는 한데 실은 말이야' 하면서 이야기를 시작한다는 설정도 자연스럽게 떠오른 거겠죠?

무라카미 맞습니다. 그런 건 처음부터 보여줘야 해요. 도입부에 결론을 써두는 거죠. 스포일러는 아니고, 이런 이야기인데 읽어보세요 하는 일종의 개막사 같은 거죠. 작가의 선언. 혹은 독자를 향한 도전장. 그렇게 긴장감이 생겨납니다. 그 부분은 처음부터 정해뒀어요.

— 그럼 '얼굴 없는 남자'가 나오는 프롤로그는 쓰던 중에 추가한 부분인가요?

무라카미 맞아요. 원래는 프롤로그 자체가 없었는데, 나중에 그런 게 좀 필요하지 않을까 싶어서 앞에 덧붙였습니다. 사실 처음에 쓴 '그해 5월부터 이듬해 초까지……'라는 첫 문장은 이야기의 도입부로 너무 가라앉은 감이 있었거든요. 그 앞에 프롤로그를 넣으면 긴장감이 생겨날 것 같았죠. 이야기의 시작은 중요하니까요. 전2권 각 32장으로 정해두긴 했지만, 프롤로그 정도야 덧붙여도 괜찮겠지 싶었어요.

— 끝까지 읽고 프롤로그로 돌아가면 아직 끝나지 않았다고 말하는 듯한 불온함이 느껴집니다. '나'가 그림 그리는 일을 그만둘 수 없다는 뜻이기도 하고, 한번 열린 것이 그렇게 간단히 닫히지는 않는다는 의지 같기도 해요. 지금은 닫힌 것처럼 보이지만 언제든 다시 열릴 수 있다는.

무라카미 지하세계로 통하는 입구가 언젠가 다시 입을 열지도 모르죠.

— 완전히 닫지는 못했다. 어디까지나 미봉책이니 다시 대처해야 할 거라는 예감이 듭니다. 결국 펭귄 부적도 돌려받지 못했잖아요.

무라카미 '얼굴 없는 남자'의 초상을 그릴 수 있다면 펭귄 부적을 돌려받겠지만, 끝내 못 그릴지도 모르죠. 그건 그의 인생에서 큰 과제가 될 거예요. 그 과제가 그를 변화시킬 수도 있고. 이야기는 계속됩니다. 포스트히스토리가 있어요. 제가 그 이야기를 쓰고 안 쓰고는 관계없이.

한 가지 더 이번 소설에 대해 말하자면, 저는 지금까지 한 번도 유화를 그려본 적이 없습니다. 유화 작업의 디테일을 모르니 대개 상상으로 썼죠. 나중에 전문가의 조언을 받아 세세한 부분을 고쳤는데, 그래도 그다지 많이 틀리지는 않았더군요.

— 구체적인 순서 같은 거요?

무라카미 네, 그리고 도구 사용법이나. 그렇게 세세하고 구체적인 부분은 직접 그려본 적이 없으면 모르죠. 실은 직접 유화를 배워서 뭐라도 그려보면 좋았겠지만 그럴 시간까지는 내기 힘들어서…… 그래도 넓게 본다면, 소설가가 소설 쓰는 일을 화가가 그림 그리는 일에 그대로 대입하면 어느 정도는 상상력만으로 쓸 수 있어요.

— 원리는 같다?

무라카미 거의 같습니다. 기술적인 차원에서의 작업이 다를 뿐, 작품 구상부터 시작해 무엇을 보고 어디에 초점을 맞추며 어떤 식으로 이미지를 확립해 어떻게 전개할지, 그 순서와 기법과 창작 의식은 소설가가 소설을 쓰는 행위와 본질적으로 다르지 않아요. 그러니 주인공이 캔버스 앞에서 그림 그리는 장면을 묘사하는 건 예상보다 힘들지 않았죠.

— 멘시키 씨가 처음 그림 모델을 할 때 초상화를 그리는 일과 모델이 되는 일은 서로의 일부를 교환하는 일이라고 말하면서 그 두 사람이 섞여드는 느낌이 있어요. 서로 불안정하게 끌리기 시작하는데, 그것 역시 책을 읽고 책을 쓰는 행위에 대입할 수 있겠죠?

무라카미 네. '교환'한다는 면에서 보면 멘시키 씨와 '나'의 관계에는 왠지 모르게 호모섹슈얼한 요소가 엿보인다고도 할 수 있죠. 멘시키 씨의 성적 경향이 어떤지 저는 모르지만, 그런 '요구' 비슷한 것이 잠재적으로 떠다니는 느낌이 들어요. 어디까지나 작가로서가 아니라 개인적인 의견이지만(웃음).

— 마사히코와 대화할 때와는 다르니까요.

무라카미 왠지 요염한 구석이 있어요. 멘시키 씨는 분명 주인공에게 무언가를 요구하고 있죠. 아마 자신에게는 없을 무언가를. 특히 자기를 구덩이 바닥에 두고 가라고 하는 대목에서 그런 분위기가 느껴집니다.

글쓰기를 통해 작가 자신은 변화하는가?

— 그럼 이 질문으로 오늘 인터뷰를 마치겠습니다. 무라카미 씨 소설에는 되풀이해서 등장하는 모티프가 있습니다. 예컨대 우물 같은. 그런 건 그냥 자연스럽게 나오니 어쩔 수 없다고 하셨는데, 그와 별개로 소설의 전체적인 구조를 보면 '잃어버린 것을 또다른 세계에서 되찾는다'는 움직임, 운동 같은 것이 항상 나타납니다. 첫 작품부터 꾸준히, 작품별로 디테일과 모티프, 인간관계를 바꿔가면서 매번 그런 요소를 다루고 있어요. 그렇게 삼십팔 년을 써오면서 어떤 변화 같은 걸 느끼지는 않나요?

무라카미 그냥, 그렇게 의식해본 적 자체가 없어요.

— 네……? 남들은 내가 '잃어버린 것을 되찾고' 있다는데, 실은 처음부터 의식한 적도 없다, 라는 말씀인가요?

무라카미 없어요. 전혀 없습니다.

— 그, 그럼…… 하지만 다들 지적하는 부분이잖아요? 인터뷰에서든 어디서든.

무라카미 음, 글쎄요. 옛날에는, 『양을 쫓는 모험』이나 『세계의 끝과 하드보일드 원더랜드』 무렵에는 그런 의식이 조금 있었는지 모르겠지만, 아무튼 지금은 없어요.

그래도 그런 말을 듣고 보니…… (잠시 침묵) 그런가, 하긴 이번 소설은 동생 고미와의 관계를 되찾으려 노력하는 이야기일 수도 있겠군요. '나'와 동생은 한때 지극히 완전한 관계였습니다. 거의 무의식 상태, 무구한 낙원과도 같은 상태에서. 그것이 동생의 죽음으로 소멸된 후, 그것과 대등하진 않아도 유기적으로 연결될 무언가를 그는 계속 찾고 있죠. 지금 생각하다가 깨달았어요.

— 헛, 지금 처음으로 깨달았다……?

무라카미 그 무언가를 아내 유즈와의 관계에서 찾으려 했지만 결국 잘되지 않았고, 아내는 다른 남자와 연인관계가 되죠. 그래서 혼자 산 위에 틀어박히고 나서도 그에 필적할 만한 것을 좀처럼 발견하지 못해요.

— 마지막에 땅속 세계로 가서, 고미를 잃었다는 사실을 다시금 직시함으로써 좁은 동굴을 통과해 석실로 나오죠. 구덩이 위로 올라왔을 때는 그의 안에 있던 유즈에 대한 필터 같은 것이 한 겹 걷혀 있어요. 그래서 다시 한번, 진정한 의미에서 유즈를 마주할 수 있게 되고……

무라카미 그리고 '무로'라는 새로운 가능성이 배어난다. 아닌 게 아니라 듣고 보니 그렇다 싶군요. 아까 그 질문을 받을 때까지는 생각도 못했는데(웃음).

— 저는 대체 어떻게 반응해야 할까요(웃음). 이야기 속에 어떤 필연적인 라인이 있고, 그것인즉 주인공이 '긴 얼굴'을 좇아 땅속 세계에 들어가서 몇 번이나 돌고 돌며 나아가다가 고미를 잃었던 동굴을 맞닥뜨리는 것이라고 봤는데. 아무리 생각해도 그런 라인이 보이지 않나요?

무라카미 네, 정말로 생각도 못했어요. 집필중에는 이야기의 흐름 자체에 정신이 쏠려 있고, 그 흐름을 따라가는 것만도 엄청난 중노동이라 다른 생각은 거의 할 수 없거든요. 원래 그렇습니다. 생각하다가는 글을 쓸 수 없어요.

— 참, 그랬죠. 되도록 의미를 보지 않아야 하고 의미 때문에 발을 멈추면 끝장이다……

무라카미 한번 완성하고 고쳐 쓸 때는 문장 하나하나를 다듬거나 각 사건들의 정합성을 높이는 일로 머릿속이 가득하니, 이야기의 구조적인 부분까지 일일이 생각할 여유가 없죠.

— 무라카미 씨는 이렇게 작품을 하나씩 쓸 때마다 몇 번이나 지하 2층으로 내려가시잖아요. 삼십팔 년 동안 지하실이 점점 늘어나는 이미지 같은 게 있나요? 아니면 지하 공간 자체를 넓혀가는 느낌일까요?

무라카미 아뇨, 넓어지거나 깊어지는 게 아니라, 그냥 그 세계는 늘 변하지 않아요. 넓이나 깊이, 방을 나누는 개념마저 없는 세계인지도 모르죠. 그러나 세계 자체는 변하지 않더라도 그곳에서 더 많은 것을 발견하고 포착할 수 있게 되는, 뭐 그런 느낌은 있습니다.

— 장소는 변하지 않지만 그곳에 있는 것들이 보다 잘 보인다, 그럴 수 있게 됐다는 뜻인가요?

무라카미 네, 그렇죠. 때에 따라 모양을 바꾸긴 하지만 결국은 똑같습니다. 예컨대 『세계의 끝과 하드보일드 원더랜드』에서는 지하철 구내, '야미쿠로'가 있는 곳이죠. 『양을 쫓는 모험』에서는 홋카이도의 산장, 양 사나이가 나오는 곳입니다. 그렇게 여러 형태로 나타나지만 세계 자체의 성분이나 질감은 변하지 않아요. 그런 세계가 주인공을 맞아들입니다. 혹은 끌어들입니다. 그리고 『태엽 감는 새』에서는 주인공이 우물을 통해 그 세계로 들어가죠. 즉 스스로의 의도로 직접 들어가게 된 거죠.

— 무라카미 씨는 피뢰침 같은 역할을 하면서 영적인 것들을

포함한 여러 가지를 받아들여 이야기를 쓴다고 하셨는데요. 무라카미 씨 자신이 글쓰기를 통해 변화하기도 할까요?

무라카미 아마 변하지 않을걸요(웃음).

— 그런가요? 스스로를 더 깊이 알게 됐다든가.

무라카미 그렇지는 않은 것 같아요.

— 그렇지 않다라. '자신을 알기 위해 소설을 쓴다'는 말을 자주 하시는데 그건 어디까지나 비유인가요? 글을 쓴다는 건 지하 깊숙이 내려가는 일이기도 하지만, 글쓰기를 통해 자기 자신이…… 아주 투박한 예를 들자면, 자신의 선연한 체험을 바탕으로 글을 쓰는 경우가 있잖아요? 어머니와 자신의 관계에 대해 소설을 쓴다거나. 혹은 아버지일 수도 있고. 그것이 작가 자신에게는 그 관계를 극복하는 행위가 되기도 하고요.

무라카미 그래요?

— 예를 들어 그렇다는 말입니다. 그렇게 놀라셨어요? 방금 얘기.

무라카미 꽤 놀랐는데요(웃음).

— 아, 그게 요점인가보군요. 차이를 낳는.

무라카미 그런 생각은 전혀 해본 적이 없어요.

— 무라카미 씨의 데뷔작은, 물론 무라카미 씨가 느낀 바와 완전히 똑같지는 않겠지만, 일종의 '치유'처럼 논해지지 않았나요? 글쓰기와 치유 행위.

무라카미 그랬던가요. 치유라.

— 그 치유를 무엇으로 볼지 확대해서 해석하면, 예를 들어 자신의 트라우마를 소설로 쓰면 객관적으로 볼 수 있죠. 그러면 스스로 느끼는 문제가 달라지고, 딴사람이 된다고까지는 할 수 없어도 쓰는 사람에게는 어떤 변화가 일어난다고 할까요. 글쓰기에는 그런 치유 행위 같은 것이 많건 적건 포함된다고 생각하거든요. 무라카미 씨는 그런 일이 별로 없나요?

무라카미 만일 치유라 할 만한 게 있다면 이런 것 아닐까요. 아까 가설로서의 '나'가 제 소설의 주인공인지도 모른다고 했죠? 진짜 내가 아니라, 이랬을지도 모른다는 가정 속의 '나'. 인간은 여러 선택지에서 하나를 골라오며 지금의 모습이 되지만, 혹시 어떤 시점에서 다른 선택지를 골랐더라면 지금 같은 모습이 아닐 수도 있죠. 현실생활에서는 그런 '또 한 사람의 다른 나'가 될 수 있는 기회가 없습니다. 그러나 소설 속에서는 이런 사람이 되고 싶다고 생각하면 될 수 있어요. 지금의 내가 아닌 누군가, 얼터너티브 셀프가 될 수 있다. 그것도 일종의 치유 행위에 해당하지 않을까 생각합니다.

— 그때 치유하는 대상은 무엇일까요?

무라카미 이 길을 선택함으로써 제 안에 일어난 변화, 뒤틀림 같은 것을 바로잡는 일이죠. 또다른 길을 선택한 제 몸속에 들어감으로써. 요컨대 동화와 이화의 교환이랄까요.

— 앞선 선택에 대한 후회 같은 것도 영향을 줄까요?

무라카미 후회는 별로 없습니다. 그냥 물리적인 변경이죠. 살짝 비뚤어진 부분을 바로잡는 것. 또다른 가능성을 겪어봄으로써. 그건 소설가로서 제게 상당히 중요한 일이고, 제가 말하는 치유란 아마 그런 것이 아닐까 생각합니다. 요즘에는 치유나 치료 같은 표현을 거의 쓰지 않지만요. 어쨌거나 트라우마를 소설 속에 가져와 고쳐봤더니 응어리가 가셨다, 뭐 그런 일은 전혀 없어요. 별로 하고 싶지 않고요, 솔직히.

— 그건 자아, 즉 지하 1층의 이야기니까요.

무라카미 그렇죠. 그러면 이야기가 확 시시해집니다. 독자들은 생각보다 민감하게 알아차려요. 아, 이건 자기 경험을 어떻게든 객관화해보려고 쓴 거구나, 라고. 그러면 이야기가 얄팍해지고, 개인적으로도 좋아하지 않습니다.

'자신을 알기 위해 소설을 쓴다'는 말을 제가 했던가요? 했을지도 모르지만 기억이 잘 안 나네요. 사실 최근에는 딱히 스스로를 알고 싶다는 마음도 없어진 것 같아요. 이제 와서 알아봤자 별수없잖아 싶은 거죠. 정말로.

(2017년 1월 11일, 신초샤 클럽에서)

3장

잠 못 이루는 밤은 뚱뚱한 우편배달부만큼 드물다

『기사단장 죽이기』는 그림에 얽힌 작품이기도 하니까 그림과 관계있는 장소도 괜찮겠다는 뜻에서, 화가 미기시 고타로 씨의 아틀리에에서 만났다. 몹시 추운 날이라 스토브를 세 대나 둘러 놓았다. 2층까지 트인 높은 천장 가까이 벽 윗부분에 도저히 사람이 드나들 수 없을 듯한 구멍 같은 문이 있어서 "'긴 얼굴'이 나올 것 같네요" 하며 들떴다. 동화에 나올 법한 난로가 있는 식탁, 소파, 의자 등 아틀리에 안에서 자리를 옮겨가며 인터뷰와 사진촬영을 했다. 건물 뒤쪽으로 잘 관리된 영국식 장미정원이 있었는데, 작고 하얀 장미 한 송이가 무슨 생각엔가 잠긴 것처럼 홀로 피어 있었다.

문장만 계속 변화하면 무서울 것이 없다

— 『기사단장 죽이기』는 목적 없이 써둔 문장에서 시작되었습니다. 이번에 1인칭 '나(와타시)'를 사용한 데는 당시 번역하던 챈들러 작품의 영향이 있었는지도 모르겠다는 말씀을 듣고 그도 그렇겠다, 무슨 분위기인지 알겠다고 생각했는데, 그래도 제일 먼저 떠오르는 건 『위대한 개츠비』입니다.

오늘은 우선 『위대한 개츠비』와의 관계부터 얘기할까 합니다. 지형과 집의 묘사, 멘시키라는 인물의 조형, 그리고 '나'와의 거리, 관계성…… 등은 닉 캐러웨이와 제이 개츠비의 관계를 떠올리게 합니다. 그건 당연히 의식하셨죠?

무라카미 물론, 처음부터 의식했습니다.

— 그 이야기를 좀더 자세히 해주시겠어요?

무라카미 골짜기 너머 건너편을 바라보는 구도는 두말할 것 없이 『위대한 개츠비』에서 거의 그대로 차용한 것이고, 멘시키 씨의 조형에도 제이 개츠비의 캐릭터가 얼마간 들어갔습니다. 유복하고 비밀스러운 이웃 개츠비는 매일 밤 후미 건너편의 초록 불빛을 바라봅니다. 누구나 아는 유명한 장면이죠. 멘시키 씨 역시 밤마다 골짜기 건너편 집의 불빛을 바라봅니다. 홀로 고독하게. 이 부분은 말하자면 혼카도리*처럼, 피츠제럴드에 대한 개인적인 트리뷰트 같은 거예요. 그러니 '나'라는 1인칭 화자가 어느 정도 『위대한 개츠비』의 화자인 닉 캐러웨이와 비슷한 포지션이 되리라는 점은 당연히 의식했습니다.

— 처음부터 그런 이미지가 있었나요?

무라카미 집필을 시작하고 골짜기 건너편에 사는 인물을 설정했을 때 '아, 이건 개츠비구나'라고 생각했습니다. 처음부터 그럴 생각이었던 건 아니지만요.

— 나중에 깨달은 거군요.

무라카미 네. 집의 위치를 만들고 골짜기를 만들고 그 건너편에 커다란 저택이 있다는 설정까지 나온 뒤 '아, 그런가. 이건 개츠비구나'라고 문득 깨달았어요.

— 무라카미 씨의 문화적 캐비닛 속에는 워낙 다양한 요소가 들어 있으니 지금까지 작품을 쓰면서도 생각지 못한 것이 나오곤 했을 테지만, 이번에는 그중에서도 『위대한 개츠비』였군요. 무라카미 씨에게 무척 특별한 소설인데요.

무라카미 제가 『위대한 개츠비』를 번역한 건 예순이 되기 조금 전이고, 챈들러의 『기나긴 이별』도 비슷한 시기였는데, 더 나중이었던가?

— 챈들러가 나중이었어요.

---

* 本歌取り. 와카(和歌) 작법의 하나. 유명한 옛 노래의 한두 구절을 작품에 의도적으로 삽입해 복합적인 표현 효과를 얻는 방법.

무라카미 그랬죠? 『위대한 개츠비』를 제 손으로 직접 한 줄 한 줄 공들여 일본어로 옮기는 작업은 그냥 읽는 일과 전혀 달랐어요. 몸속에 쌓이는 과정이 달라요. 소설의 세부가 앙금처럼 단단히 제 안에 쌓여가고, 그 침전이 구체적인 영감을 주었습니다. 자연스럽게 자극해서 앞으로 나아가게 하죠. 『위대한 개츠비』와 『기나긴 이별』을 번역한 건 제가 생각했던 것 이상으로 의미 있는 일이 아니었나 싶습니다.

— 자신에게 특별한 작품을 그런 형태로 다시 한번 만나는 건 작가로서 기쁜 일이죠.

무라카미 네. 『위대한 개츠비』라는 소설은 그야말로 제 골격의 일부나 다름없습니다. 그것을 나름대로 환골탈태할 수 있다는 건 무척 익사이팅한 일이죠. 거꾸로 말해, '재사용'이라는 표현은 좀 그렇지만, 작품의 구조와 장치의 이행, 전용이 가능하다는 것도 문학 명작의 중요한 조건 중 하나 같습니다. 그것이 가능하기 때문에 클래식이라 부를 수 있는 거죠.

— 지난 주말에 『위대한 개츠비』를 다시 읽어봤는데, '데이지를 오후에 집으로 초청하고 자기도 불러줄 수 있겠느냐'는 대목이 상당히 겹치더군요.

무라카미 그렇죠. 그 부분은 물론 저도 의식했습니다. 속으로 슬쩍 웃으면서 썼죠(웃음).

— 좋은데요. 이전 작품에서도 본인에게 특별한 작품을, 아는

사람만 알아볼 수 있게 등장시키곤 했죠.

무라카미 몇몇 작품에서 그런 적이 있어요. 유희이기도 하고, 말하자면 트리뷰트처럼. 제 생각에, 한 사람이 인생에서 정말 진심으로 신뢰할 수 있는, 혹은 감명받을 수 있는 소설은 몇 편 되지 않습니다. 많은 사람은 그걸 몇 번이고 읽으며 찬찬히 곱씹죠. 소설을 쓰는 사람이건 쓰지 않는 사람이건, 자신에게 정말로 중요한 의미를 지니는 소설은 평생 대여섯 권 정도 만나지 않을까요. 많아야 열 권 남짓일까. 그리고 결국 그 몇 안 되는 책이 우리 정신의 대들보가 되어줍니다. 소설가의 경우는 그 스트럭처를 몇 번이고 반복하고, 바꿔 말하고 풀어 말하면서, 의식적 혹은 무의식적으로 자기 소설에 편입해갑니다. 우리 소설가들이 하는 일이란 결국 그런 게 아닐까요.

호르헤 보르헤스라고 있죠. 그가 어느 날 시를 써서 친구 앞에서 읽어줬더니 "자네, 오 년 전에도 완전히 똑같은 시를 썼어"라는 지적을 받습니다. 보르헤스는 전에 그런 시를 썼다는 사실을 까맣게 잊어버린 거죠. 이에 대해 보르헤스는 말합니다. "시인이 쓰고 싶어하는 이야기는 평생 대여섯 가지밖에 없어. 우린 그걸 다른 형태로 반복할 뿐이지." 듣고 보면 정말 그렇다 싶어요. 결국 우리는 대여섯 가지 패턴을 죽을 때까지 반복하는 것뿐일지도 모른다고. 다만 몇 년 단위로 반복하는 사이 형태나 질은 점점 변해가죠. 넓이와 깊이도 달라지고요.

— 그때 작가가 두려워하는 건 아마 자기모방의 가능성이겠죠. 후퇴하지는 않았나, 똑같은 말을 되풀이하고 있지는 않나 하는 걱정. 같은 대여섯 가지의 패턴을 되풀이하면서도 발전을 느낄 수 있다면 그건 어떤 부분일까요?

무라카미 문장입니다.

— 문장?

무라카미 네, 문장. 제게는 문장이 전부입니다. 물론 소설에는 이야기적 장치, 등장인물, 구조 등 여러 요소가 있지만 결국에는 모두 문장으로 귀결합니다. 문장이 바뀌면, 새로워지면, 혹은 진화하면 설령 똑같은 내용을 몇 번씩 되풀이해도 새로운 이야기가 됩니다. 문장만 계속 변화하면 작가는 아무것도 두려울 게 없습니다.

— 문장만 계속 변화하면 무서울 것이 없다.

무라카미 네, 전혀 무서울 게 없어요. 문장이 정체하면 그저 똑같은 돌림노래겠지만, 문장이 업데이트된다면, 피와 살을 지니고 계속 움직일 수 있다면 모든 것이 달라집니다.

— 무라카미 씨는 문장에서 가장 중요한 부분이 리듬이라고 하셨는데, 문장을 변화시키는 것이란 즉 리듬을 연마하는 일이기도 하겠군요.

무라카미 그렇죠. 울림, 리듬, 그런 것들이 전과 달라졌다는 확신이 없다면 역시 스스로 무서워지지 않을까요. 문장이 달라지면 같은 이야기여도 나아가는 방향성이 달라집니다. 작가는 그렇게 전진하는 수밖에 없어요.

—『스푸트니크의 연인』이 나왔을 당시 『광고비평』 인터뷰에서 이 작품은 의식적으로 비유를 많이 사용했다고 하셨죠. 그때까지 선호하던 문체를 총결산하고 '이런 문체의 소설은 이제 그만 쓰자'는 생각으로 임했다고요.

무라카미 네, 그때는 문장 스타일을 한번 완전히 바꿔보고 싶은 마음이 있었어요.

— 그전까지의, 이른바 무라카미 씨다운 문체를 모조리 써버리는 극단까지 갔다는 말이군요. 『스푸트니크의 연인』 전까지는 문장이 전진하는 과도기였다고도 볼 수 있을까요?

무라카미 네, 그렇죠. 아무튼 나다운 문장, 혹은 그전까지 '무라카미 하루키다운 문장'이라 여겨졌던 것, 즉 비유를 많이 사용한 경쾌한 문장을 쓸 수 있는 만큼 써버리고, '이건 이제 됐다' 하고 그뒤로 다른 문체가 나올 수 있으면 좋겠다고 생각했어요. 그리고 『해변의 카프카』로 갔죠. 이 『해변의 카프카』라는 소설은 그전까지의 문장으로는 쓸 수 없는 이야기였습니다. 다른 문체를 끌어와야 했어요. 그래서 조금 색다른 문체를 쓰다보니 호시노 군이나 나카타 노인 같은, 지금까지 그려본 적 없던 캐릭터가 자연히 등장한 겁니다. 그래도 그 단계까지 가려면 일단 일종의 총결산 같은 것을 해둬야 하죠.

『노르웨이의 숲』의 사라진 시나리오

— 데뷔작과 그다음 작품 때는 아직 소설을 잘 몰라서 자신의 스타일을 익히는 데 시간이 걸렸다고 했습니다. 그뒤로 『스푸트니크의 연인』에 이르기까지 긴 시간을 들여, 좀전에 무라카미 씨가 말씀하신 '나다운 문체'를 만들어갔고요. 그것을 일단 총결산하고 다음 문체로 넘어갈 때 작가가 할 수 있는 일에는 구체적으로는 어떤 것이 있을까요?

무라카미 물론 문체를 총결산하고 새로 만들어낸다는 게 그리 간단한 일은 아닙니다. 지금까지 써보지 않은 근육을 갑자기 쓸 수는 없으니까요. 그저 새로운 방향으로 문체를 전환하자는 마음가짐인 거죠. 새로운 문체가 새로운 이야기를 낳고, 새로운 이야기가 또 새로운 문체를 보강해갑니다. 그런 순환이 이뤄지면 제일 좋아요.

— 작가에 따라 다르겠지만, 자신의 문체가 무엇인지 아는 것, 자신만의 시그니처가 들어간 문체를 획득하는 것은 역시 쉽지 않은 일입니다. 그것이 좋은 문체인지 치밀하게 관찰할 필요도 있고요. 누가 봐도 무라카미 씨의 것임을 알 수 있는 문장을 쓰면서 그다음 단계로 나아가는 것, 나아가 그것을 독자와 공유하기란 녹록지 않을 텐데요.

무라카미 어쨌거나, 저는 문장을 쓰는 게 좋습니다. 늘 문장을 생각하고, 늘 어떤 문장을 쓰고 있고, 늘 여러 가지를 조금씩 시험해봐요. 문장이라는 도구가 제 손에 있는 것만으로 무척 행복하고, 그 도구의 여러 가능성을 시험해보고 싶어요. 애써 손에 넣은 것이니까.

— 무라카미 씨는 절대 발을 멈추지 않죠. 정체하지 않고 계속 움직이니까 가까이서도 그 변화를 알 수 있지만, 조금 물러서서 보면, 몇 년쯤 지나서 보면 유기적으로 뚜렷한 그러데이션이 드러나 있어요.

무라카미 지난번에도 말했듯이 『노르웨이의 숲』에서 끝까지 리얼리즘으로 소설을 쓰는 실험을 했습니다. 『스푸트니크의 연인』은 그전까지의 문체를 총결산할 생각으로 쓰기 시작했고요. 그뒤에 『애프터 다크』는 거의 영상 시나리오와 비슷한 방식으로 써봤죠. 그렇듯이 '조금 짧은 장편'에서는 늘 저 나름의 실험을 합니다. 이번에는 이런 걸 해보자 하고 도전하죠. 『색채가 없는 다자키 쓰쿠루와 그가 순례를 떠난 해』도 제게는 다소 실험적인, 그룹을 묘사한 소설입니다. 그전에는 그렇게 써본 적이 없었어요. 쓰는 입장에서는 그 정도 길이의 소설이 제일 실험하기 좋죠.

단편이라면 어느 정도 통합성이 필요하고, 긴 장편에서도 선불리 시도할 수 없어요. 어설프게 실험적인 요소를 넣으면 수습이 힘들어지니까. 그래도 『스푸트니크의 연인』과 『국경의 남쪽, 태양의 서쪽』, 또 『애프터 다크』 『색채가 없는 다자키 쓰쿠루와 그가 순례를 떠난 해』 정도의 경장편에서는 비교적 깊이 있는 실험을 할 수 있습니다. 마음껏 감각을 해방하고 새로운 설정을 시도해볼 수 있어요. 제게는 아주 중요한 그릇이라 할 수 있죠. 그런데 그 정도 사이즈의 소설은 대개 독자 평판이 좋지 않단 말이죠.

— 뭐 짚이는 게 있으세요?(웃음)

무라카미 모르겠군요. 무엇 때문일까(웃음). 단편은 단편대로 어느 정도 인정받고 긴 장편도 장편으로 인정받지만, 그 사이즈의 소설은 적어도 출간 당시에는 왠지 혹평이 많은 느낌이에요. 대충 썼다, 지금까지와 똑같다. 아니면 반대로 새로운 시도에 실패했다 등등.

— 아무래도 단편과 장편의 중간에 속하다보니, 좀더 스케일이 큰 이야기를 기대하던 독자들이 어중간하다는 느낌을 받는 걸까요.

무라카미 모르겠어요. 저 개인적으로는 그런 작품 하나하나에 애착이 있고, 외국에서는 신기할 정도로 평판이 좋은데 말이죠.

— 단편소설을 읽은 뒤의 날카롭고 상쾌한 느낌과 긴 장편소설의 다이너미즘에 흠뻑 취하는 독서체험. 무라카미 씨의 독자는 그 양쪽을 다 알지만 다소 짧은 장편의 경우에는 어떤 식으로 대해야 할지 좀 망설여지는지도 모르겠네요.

무라카미 독자 카드에 너무 비판적인 의견만 나와서 담당 편집자가 무척 침울해했어요. 보기 딱할 정도로(웃음). 그래도 저는 별로 신경쓰지 않았어요. 어느 정도 시간이 흐르면 희한하게 재평가의 목소리가 나오거든요. "사실은 좋았습니다" 커밍아웃하는 사람도 있어요. 나중이 될수록 점점 평가가 좋아져요.

— "사실은 좋았습니다"라니, 왜 눈치를 보는 걸까요(웃음). 처음부터 말하면 될 걸.

무라카미 아니면 읽는 이의 마음을 불편하게 자극하는 부분이 있는지도 모르죠. 그래서 반발을 사는 걸까요? 그래도 그런 분량의 장편소설에서만 가능한 것이 분명히 있고, 제게도 나름의 성과가 확실히 남기 때문에, 평판이 좋지 않아도 딱히 걱정하진 않습니다. 머릿속에는 '자, 다음으로 가자'는 생각뿐이죠.

— 그래도 무라카미 하루키라는 작가의 어떤 부분을 포착할 때는 미들클래스, 400자 원고지 사오백 매 내외의 작품 속에 커다란 실마리, 중요한 것이 있다고 할 수 있죠.

무라카미 네, 그럴 거예요. 그 정도 분량의 소설이 고비가 되어, 다음 장편으로 그 성과가 이어지는 면이 확실히 있습니다. 저는 곧잘 함대에 비유하는데, 거대한 전함이 있고, 그다음에 순양함이 있고, 구축함이 있고, 뒤이어 더 작은 배나 잠수함이 함대를 이루죠. 제일 큰 전함이 제게는 긴 장편에 해당하는데, 대신 그만큼 움직임은 부자유스러워요. 작은 배가 단편이고, 좁은 데서도 꽤 자유롭게 움직이지만 화력이 아무래도 모자라죠. 그런 때

마침 중간 사이즈의 배가 있으면 굉장히 고마워져요.

— 그런데 단편도 점점 분량이 늘어나는 추세예요. 2014년의 『여자 없는 남자들』의 수록작도 각각 팔십 매 전후잖아요. 물론 단편의 범주에 들긴 하지만 조금 긴 편이랄까요. 아주 짧은 작품은 요즘 들어 잘 없어요. 예전에는 많았는데.

무라카미 그렇네요. 점점 길어지는지도 모르겠어요. 언젠가 또 짧은 것도 쓰겠죠.

—『여자 없는 남자들』 때는 어땠나요?

무라카미 음, 그때는 좀 긴 걸 쓰고 싶은 시기였어요. 쓰다보니 점점 이미지가 부풀어서. 쓰고 싶은 게 많았고, 그동안 길고 촘촘하게 쓸 수 있는 능력이 생기기도 했죠. 그런 게 재미있었어요.

—「세 가지의 독일 환상」처럼 짧고 시적인 세 개의 이야기로 구성된 것도 있었죠. 무라카미 씨 작품 중에서도 실험적인 단편이었어요.

무라카미 옛날 작품이죠. 그렇게 감각적인 글을 쓰는 것을 좋아하던 시기도 있었습니다. 잡지에서 짧은 글을 원한 이유도 있지만. 지금은 잡지 청탁을 받아서 쓰는 일이 없으니까 보통은 쓰고 싶은 만큼 쓰죠. 그래서 자꾸 길어지는지도 모르겠어요. 그래도 때가 되면 또 짧은 이야기를 쓰리라 생각합니다.

— 이번 『기사단장 죽이기』는 분량도 많지만 디테일 면에서도, 특히 1부는 매우 치밀하게 쓰였습니다. 패러프레이즈가 자유

자재이고 마치 '문장으로 묘사할 수 없는 것은 없다'는 의지까지 느껴지는 밀도예요. 하나의 대상을 아주 끈질기게 묘사하고요. 지금까지도 그랬지만 이번에는 그 시점이 또 조금 변한 인상이었습니다.

무라카미 저는 원래 풍경 묘사 같은 데 서툰 편이었어요.

— 초기에요?

무라카미 아주 초기에. 대화나 행동 묘사는 그럭저럭 매끄럽게 나오는데, 움직임을 억제하고 구석구석 세세하게 묘사하기로 마음먹으면 아무래도 잘 안 되더군요. 그러다가 차츰 써지니까 좋아서 자꾸 써넣은 면이 있을지도 모르겠네요(웃음).

— 하긴 초기에는 그런 묘사보다 미니멀한 날카로움, 아포리즘의 이미지가 강했죠. 서툴렀다고 하셨는데, 그래도 세번째 작품인 『양을 쫓는 모험』에서는 근사한 풍경 묘사가 나오잖아요.

무라카미 그런가요. 특별히 생각하지 않았는데.

— 산속 오두막으로 가면서 드넓은 초원을 걷는 장면이라든지. 꼭 자작나무 같은 걸 눈앞에 보는 기분이었는데요. 풍경이나 정경 묘사는 언제부터 만족스럽게 쓸 수 있게 됐다고 느끼세요?

무라카미 언제일까요. 아주 최근처럼 느껴지는데. 풍경 묘사는 정말 옛날부터 잘 못했어요. 심리묘사는 더 못했지만(웃음).

— 그런 때는 '여기 풍경 묘사를 좀 넣는 편이 좋겠는데 쓰기 싫다'는 느낌인가요?

무라카미 그렇죠. 소설에는 본래 밸런스라는 것이 있으니까 '쓰기 싫지만, 귀찮지만, 여기서는 써야 한다' 싶죠.

— 소설이 그런 묘사를 원한다는 거죠?

무라카미 네. 맞아요. 『애프터 다크』를 쓸 때 가장 뚜렷하게 느꼈는데, 처음에는 대화만 슥슥 쓰고, 사이사이 간단한 지문을 메모해뒀어요. 그리고 마지막까지 다 쓴 뒤 지문 부분을 '영차, 영차' 하면서 정교한 문장을 만들어 써넣었죠. 그런 식으로 써보는 것도 제게는 좋은 공부가 됐어요.

— 대화만 써보니 어땠나요? 즐겁던가요?

무라카미 즐거웠죠. 그러면 굉장히 빨리 쓸 수 있거든요. 저는 풍경 묘사 같은 건 상당히 면밀하게 마음먹고 고쳐 쓰지만 대화는 거의 고치지 않습니다. 거의 아무 생각이 없다 해도 좋을 만큼. 대개 한 번에 정해져요.

— 대화만 있는 상태에서는 원고지 몇 매쯤 됐을까요. 대화만으로 이 정도 길이다 했을 때, 서술을 넣으면 몇 퍼센트쯤 늘어날까요?

무라카미 잊었는데, 풍경 묘사 같은 걸 넣으면 물론 길어지긴 하죠. 그런데 그렇다고 대부분 대화로 이뤄진 희곡이나 시나리오를 쓰고 싶은가 하면, 딱히 그런 생각은 없어요.

— 왜죠?

무라카미 역시 소설이 가장 좋으니까요. 대화가 있고, 정교한 묘사가 있고, 그 둘이 유기적으로 관계되어 하나의 세계가 만들어지는 것…… 그 과정이 좋습니다. 쓰기는 힘들지만 역시 제가 최종적으로 향하는 곳은 그게 아닐까 해요.

— 읽는 건 어떤가요? 희곡 같은 거.

무라카미 읽는 건 딱히 싫지 않아요. 대학교 때 연극영화과라서 희곡이나 시나리오를 많이 읽었으니까요. 한때는 거의 매일같이 와세다대학의 쓰보우치 쇼요 기념관 도서관에서 오래된 시나리오를 찾아 읽었어요. 영화는 보지 않고 시나리오만 읽는 것도 의외로 재미있어요. 잇따라 마음대로 영상을 상상할 수 있거든요. 그래도 직접 쓰지는 못해요. 서술이 없으면 못 견뎌요.

— 대사와 지문만으로 『애프터 다크』를 쓴 뒤 지문을 보면서 자, 이제부터 서술을 넣어볼까 할 때는 신나셨겠군요.

무라카미 네, 그랬죠. 대강 써놨던 지문이 점차 고유의 세계가 되어간다는 게 기뻤습니다. 나는 역시 소설가라고 새삼 실감했어요. 그러고 보니 트란 안 홍 감독이 『노르웨이의 숲』을 영화로 만들었을 때, 저도 몇 가지 에피소드를 시나리오로 써본 적 있습니다.

— 네? 무라카미 씨가요?

무라카미 처음 시나리오를 읽어보고 몇 군데 '여긴 이렇게 하는 게 좋지 않을까' 싶은 게 있어서 나름대로 그 장면을 고쳐 써봤는데, 트란 안 홍 씨는 역시 마음에 들지 않았던 모양이에요. 특유의

미학이 있고 워낙 완고한 사람이라서(웃음). 물론 저도 바로 물러났습니다. 소설은 제 것이지만 영화는 그의 것이니까요.

— 그런 일이 있었군요.

무라카미 영화는 종합예술입니다. 배우, 감독, 시나리오작가, 카메라, 예산 등 여러 사람의 힘이 모여 완성되는 예술이죠. 저는 아무래도 그런 데 맞지 않아요. 소설은 처음부터 끝까지 혼자서 할 수 있으니 이렇게 즐거운 일도 없죠.

— 그렇죠. 아주 조심스럽게 말해서, 최고죠(웃음).

무라카미 네. 어쨌거나 책상과 종이, 펜만 있으면 할 수 있으니 이렇게 편한 일도 없죠. 누가 불평할 일도 없고, 뭐든 마음대로 쓸 수 있고. 결과물을 두고 누가 비난하거나 칭찬하더라도 혼자 떠안으면 그만이에요. 깔끔해서 좋죠. 저는 그런 게 좋습니다.

— 무라카미 씨 성격에는 정말 잘 맞겠군요.

무라카미 네, 그야말로 천직입니다. 전 오랫동안 혼자 있어도 외롭다고 느낄 때가 거의 없으니까요.

정말로 원하는 대상은 남자가 아닐까

— 지난번 인터뷰 이후로 이 주쯤 시간이 있어서 『기사단장 죽이기』를 다시 읽어봤는데요. 그때 나눈 얘기 중 멘시키 씨를 구

덩이에 두고 가버리느냐 마느냐 하는 대화에서 섹슈얼리티, 요염함 같은 것을 희미하게 느끼셨다는 말이 인상적이었어요. 다 쓰고 읽었을 때 '그러고 보니 여기 좀 그런 분위기가 있군' 하고 생각하신 건가요, 아니면 쓰면서 그런 무드를 느끼시나요?

무라카미 쓸 때는 별로 느끼지 않는 것 같아요. 나중에 '그러고 보면 그렇다고 볼 수도 있겠다' 생각하는 경우가 많죠.

— 남자 등장인물끼리의 관계를 보자면 데뷔작의 '나'와 쥐를 비롯해서 기즈키, 나가사와, 고탄다 군, 닉 캐러웨이와 비슷한 위치의 화자 등 많은 예를 들 수 있는데요. 남자들끼리의 이른바 섹슈얼한 이미지를 구체적으로 나타낸 건 『색채가 없는 다자키 쓰쿠루와 그가 순례를 떠난 해』의 하이다 씨가 있죠.

무라카미 하이다 씨, 네, 그렇죠.

— 네, 하이다 씨가 처음이지 싶어요. 전에도 말했듯이 무라카미 씨 소설에서 섹스는 어떤 의식儀式적인, 정신적인 존재의 입구로 기능하는 경우가 많은데요. 그런 장면에 남자가, 드디어 남자가 등장했다는 놀라움을 느꼈습니다. 그것도 별로 의식하지 않고 쓴 건가요?

무라카미 전혀 의식하지 않았고 특별히 다른 점이 있다는 느낌도 못 받았는데. 뭔가 있었던가요?

— 있었어요. 쓰쿠루가 하이다 씨의 입안에 사정하잖아요.

무라카미 그런 장면이 있던가요? 꿈에서?

— 네. 꿈이라고 해야 하나, 하이다 씨가 쓰쿠루 집에서 하루 묵고 가잖아요. 잘생긴 얼굴의 하이다 씨가. 그날 밤 쓰쿠루가 꿈을 꾸고요.

무라카미 꿈에서 그랬다는 거죠.

— 네, 꿈을 꿔요. 시로와 구로라는 여자와 셋이서 섹스하는 꿈. 그리고 마지막에 사정하는 데가 이상하게 하이다 씨 입안이더라, 하는.

무라카미 전혀 기억 안 나는데요, 그런 장면은.

— 방금 무라카미 씨의 무의식을 어렴풋이 건드린 느낌인데요(웃음). 어쨌거나 그런 장면이 있어요. 그래서 독자는 지금까지는 여자 등장인물이 무의식의 영역에서 무언가를 이끌거나 입구 역할을 해왔는데, 이번에 처음으로 남자를 상대로, 어쩌면 자기 자신의 그림자 같은 존재를 향해 분출한 것이 아닐까 받아들이게 되죠.

무라카미 전혀 기억이 안 나는데. 그러니 아마 의식하지 않고 썼을 겁니다.

— 이 하이다라는 사람이 중성적인, 신비로운 존재감을 풍기거든요.

무라카미 그렇죠. 그는 그 소설에서 신비로운 역할입니다. 그보다 그 소설이 그를, 혹은 하이다 부자를 필요로 했다는 느낌이 제게는 지금도 생생해요. ('회색'을 뜻하는) 하이다라는 이름 자체가 말해주죠.

— 무라카미 씨 소설에서는 도입부에 아내가 사라진다거나, 고양이도 그렇고, 뭔가가 없어지는 것, 떠나버리는 여자가 하나의 모티프로 존재하는데요.

무라카미 네, 그런 부분이 있죠.

— 여자 등장인물이 결여되는 존재, 혹은 상실의 이미지라는 건 알겠습니다만, 그 문제에 대해 주인공도 반쯤 체념했다고 할지, 이미 그 세계의 전제로 두고 시작하는 느낌이 들어요. 그래서 주인공이 정말로 원하는 대상은 여자가 아니라 실은 남자가 아닐까 싶을 때가 있습니다. 친구라고 말해버리면 뉘앙스가 좀 다른데, 말하자면 진정한 자신과의 만남에 대한 메타포라고 할까…… 어쨌거나 남자끼리의 관계라는 것을, 직접적으로 나타내지는 않지만 굉장히 원하고 있는 것처럼 느껴지거든요. 주인공의 영혼이 찾고 있는 상대는 실은 남자가 아닐까. 따라서 주인공이 품는 상실감도 실은 늘 남자를 향해 있는 것이 아닐까. 오늘 이야기를 들어보니 마침 『위대한 개츠비』에서 그 원형을 찾을 수 있을 것 같고요.

무라카미 『기나긴 이별』에도 다소 그런 경향이 있죠. 그 사람, 이름이 뭐였더라, 필립 말로와 친구가 되는……

— 그, 김렛을 마시는 사람 말이죠. 테리 레녹스.

무라카미 맞아요, 테리 레녹스. 닉 캐러웨이든 필립 말로든, 여자보다는 오히려 남자에게서 중요한 무언가를 찾고 있는 것 같아요. 아마도 자신에게 없는 부분 같은 것을.

— 자신에게 없는 부분?

무라카미 전에 말한 것처럼, 실제로는 그렇지 못하지만 어쩌면 그랬을 수도 있는 자신의 모습. '잃어버린 가능성'이라 해도 좋겠죠. 그런 건 근본적으로 이성보다 동성의 모습일 때가 많은지도 모르겠어요.

— 무라카미 씨가 꼽는 인생 최고의 소설 3위 안에 드는 『위대한 개츠비』와 『기나긴 이별』은 모두 남자끼리의 이야기죠. 오늘 시작하면서도 말했지만 그런 요소가 무라카미 씨 안에 상당히 뿌리깊게 박혀 있고, 되풀이하는 패턴까지는 아니더라도 하나의 포맷으로 확고히 정착한 것으로 보입니다.

무라카미 그렇게 볼 수 있을 겁니다. 그런데 이건 남성원리 같은 것과는 성격이 좀 달라요. '남자 마음은 남자가 안다' 운운하는 미학과는 좀 달라요. 상대가 여자여도 전혀 이상할 것 없지만, 뭐라고 할까, 그 관계에서 보이는 일종의 스토이시즘이나 원칙 같은 것을 묘사하기에는 아무래도 동성끼리인 편이 쉬워요. 그레이스 페일리의 단편세계만 봐도 대부분 여자끼리의 우정으로 이야기가 전개되죠. 남자는 거의 이물질처럼 다뤄져요. 물론 저는 여자 등장인물을 그렇게 다루려고 하지 않지만, 역시나 남자 쪽을 더 잘 안다는 점은 부정할 수 없죠.

— 정보량부터 압도적으로 다르고요.

무라카미 그렇습니다. 가령 멘시키 씨라는 인물을 쓸 때 저는 멘시키 씨가 무슨 생각을 하는지 대체로 알 수 있어요. 지극히 비밀스러운 사람이긴 하지만, 그것이 왜 비밀인가 하는 부분까지 거의 알 수 있어요. 그런데 만약 여자면서 멘시키 씨와 비슷한 입장의 인물을 그린다면 아마 그렇게까지는 모를걸요. 물론 '모른다'는 것이 이야기에서 하나의 강점이 될 때도 있지만.

— 그렇다면 미스터리한 인물을 묘사할 때는 그 미스터리의 정체 같은 것을 어느 정도 파악해야 원활하게 써지는 편인가요?

무라카미 그에 앞서, 리얼하게 쓰지 않으면 미스터리해지지 않습니다. 미스터리하게 쓰려 한다고 미스터리해지는 게 아니니까. 최대한 리얼하게 써야지 하는데도 미스터리해진다면 결과적으로 미스터리한 인물이 만들어지는 것이죠.

— 우선 리얼하게 파악해야 한다.

무라카미 네. 어느 정도 실상을 파악하지 않으면 당연히 인물묘사가 불가능해요.

— 그래도 무라카미 씨가 멘시키 씨에 대해 알고 있는 점을 독자와 공유할 필요는 없다는 거고요.

무라카미 멘시키 씨에게는 나름의 프리히스토리가 있어요. 소설 속 멘시키 씨가 우리에게 보여주는 것은 기껏해야 일 년 남짓한 기간에 일어난 일들이지만, 그 일 년에 다다르기까지 거쳐온

프리히스토리와 뒤에 이어지는 포스트히스토리도 당연히 존재하죠. 쓰다보면 제 안에서 그런 부분이 점차 밝혀지고 그의 개인사가 대강 보입니다. 그러나 실제로 보이지 않는 부분은 거의 쓰지 않아요. 오늘 눈앞에서 움직이는 멘시키 씨만 쓰죠. 그 경계를 판단하는 것이 중요합니다.

피츠제럴드도 제이 개츠비라는 인물을 써나가면서 무척 즐거웠을 거예요. 이야기의 화자인 닉 캐러웨이는 명백히 피츠제럴드 스스로를 투영한, 그것도 상당히 솔직하고 실제적으로 투영한 인물이죠. 반면 제이 개츠비를 쓸 때면 작가 자신이 지닌 여러 내적인 요소를 의도적으로 부풀리거나 축소시키고, 변형하고 장식하면서 그 캐릭터에 붙여나갑니다. 그 양자의 비교, 혹은 조합이 재미있죠. 닉 캐러웨이라는 보다 실제적인 모델과 제이 개츠비라는 보다 소설적인 투영이 서로 얽힘으로써 소설은 매우 복잡하게, 매력적으로 움직입니다.

이번 소설 주인공인 '나'와 멘시키 씨도 어느 정도 비슷하게 볼 수 있지만, 저는 피츠제럴드만큼 멘시키 씨를 컬러풀하게 부풀리지 않았어요. 좀더 조심스럽게 접근했죠. 그리고 저를 투영하지도 않았고요. 개츠비와 달리 그는 이야기의 주인공이 아니니까요. 그래도 이 이야기에서 매우 중요한 캐릭터지만.

— 예전 작품에서 멘시키 씨 포지션에 해당하는 인물도 찾아보면 있긴 하죠. 중요도가 높은 인물들. 그래도 멘시키 씨는 역

시 좀 달라요.

무라카미 네, 꽤 다를 거라고 봅니다.

— 마음먹고 찾아보면 공통점이 보일지도 모르지만, 뭐라고 할까, 정점을 가지지 못하잖아요. 멘시키 씨 자신도 그렇고, 소설 안에서의 존재를 봐도.

무라카미 여태껏 등장한 남자 캐릭터 중 멘시키 씨 같은 인물이 별로 없었던 데는 어느 정도 제 나이 문제도 있을 거예요. 저는 지금 육십대고, 지금까지 주인공으로 삼아온 인물은 거의 항상 삼십대죠. 그러면서 제법 나이 있는 사람을 조연으로 등장시키게 된 건, 저 자신이 그 나이를 실제로 경험했기 때문입니다.

멘시키 씨는 쉰네 살이죠. 저는 쉰넷이라는 나이를 이미 경험했으니까 대략 어떤 느낌인지 알 수 있어요. 실감하죠. 제가 삼십대 무렵 오십대 인물을 그렸다면 진짜 알맹이는 좀처럼 몰랐을 거예요. 일정 부분은 완전히 상상으로 쓸 수밖에 없어요. 그러나 직접 경험해보면 수월하게 써지는 면이 있죠. 그 이유가 클 겁니다.

— 조금 전에 나왔던, 미스터리한 인물을 그릴 때 독자는 그가 어떤 인물인지 몰라도 쓰는 사람은 안다고 확신할 수 있다는 얘기와 마찬가지인가요?

무라카미 그렇죠. 그래서 예전에, 직접 경험하지 않고 쓴 부분을 다시 읽어보면 아무래도 무언가 중요한 게 빠졌다고 느끼곤

합니다.

— 그 인물에게 쉰 살이나 예순 살의 리얼리티가 있다 없다 하는 문제와도 다른 거죠? 예순 살 인물을 쓰기 위해 예순 살인 사람들의 정보를 모아보면 아마 써지긴 할 테지만, 그들의 진짜 모습을 그렸다고는 할 수 없다.

무라카미 리얼리티는 아주 사소한 것 하나로도 달라집니다. 어떤 상황을 직접 경험해보면, 인물을 조형하면서 '이렇게 작은 부분이 쓸모 있구나' 하는 실감이 들곤 해요. 그런 것이 있느냐 없느냐에 따라 아무래도 미묘한 차이가 생기죠.

— 그래도요, 무라카미 씨. 누구나 어린 시절을 경험했지만 모든 작가가 어린 시절 이야기를 잘 쓰는 건 아니잖아요.

무라카미 물론이죠.

— 그건 어떤 차이 때문일까요?

무라카미 전에도 말했지만 저는 『해변의 카프카』에서 열다섯 살 소년을 주인공으로 썼는데, 그때는 아무튼 어디까지 기억을 되살려낼 수 있는지가 관건이라고 느꼈어요. 기억이란 노력해서 억지로 끄집어내는 거죠. 질질 끌다시피. 구멍에서 작은 짐승을 꺼내듯이. 그런 노력조차 못하는 사람, 노력해도 잘되지 않는 사람, 혹은 그런 생물이 이미 지워지고 없는 사람들도 아마 있겠죠. 그래도 소설가는 상상하는 것이 일인 사람들이니까, 온 힘을 쏟아부어서 어떻게든 그곳에 있는 기억을 표면으로 끌어내야 합니다.

— 게다가 그 질감을 자신만이 알 수 있는 감각으로 붙들고, 나아가 그 개인적인 감각을 언어라는 공통의 것으로 바꿔내기란 상당히 힘든 일이죠.

무라카미 매우 어려운 일입니다.

— 그리고 읽는 사람의 이노센스와도 공명해야 하니까, 현재의 자신과 거리가 먼 캐릭터를 그리려면 꾸준한 노력이 필요하고요.

무라카미 그렇죠. 조형을 조금이라도 입체적으로 만들어나가야죠.

— 다만 예전에도 쉰네 살뿐 아니라 무라카미 씨가 통과해온 나이대의 등장인물을 그려왔지만 멘시키 씨라는 캐릭터가 이야기 속에서 젊어지는 이미지는 처음 보는 것이다 싶었어요.

무라카미 그렇죠. 그럴지도 몰라요.

— 이야기에서도 그가 어디 속해 있는지, 어떤 감정에 속해 있는지 알 수 없죠. 차라리 그의 존재는 그 구멍 자체에 가장 가깝지 않을까 싶고, 마치 소설 속에 멘시키 씨가 편재하는 느낌이 들어요.

무라카미 악의와 선의, 열의와 체념, 안을 향한 고독과 바깥을 향한 욕구, 풍부와 갈망, 그런 것들이 그의 안에서는 확실히 구별되지 않는 면이 있죠. 그래서 저도 멘시키 씨를 묘사하면서 무척 재미있었어요. 흥미로웠다고 할까. 대체 어떤 사람인지 저도 처음에는 도무지 짐작되지 않았거든요.

— 무슨 생각을 하고 어떤 일을 해왔는지 작가로서 프리히스토리와 포스트히스토리는 알지만, 그래도 어떤 사람인지는 모른다. 마리에가 붙박이장에 숨는 후반부 장면을 보면 멘시키 씨도 그 누구도 아닌 존재가 문 앞에 와서 멈추잖아요? 그것 또한 멘시키 씨의 일부일 테고요.

무라카미 네, 아마 그럴 테죠. 진짜 정체는 저도 모르지만.

— 만약 멘시키 씨의 존재가 선한 것이었다면, 마리에는 붙박이장에서 나올 수 있었겠죠?

무라카미 어쩌면 그랬을지도 모르죠.

— 음, 제 생각에는 그렇습니다. 그런데 마리에를 붙박이장에서 절대 나올 수 없게 만드는 어떤 이유가 멘시키 씨라는 존재에 있었던 거죠. 그렇다고 소설 속 전체적인 '악' 같은 것을 짊어진 느낌은 또 아니고요.

글을 씀으로써 자신을 아는 일

— 시작하며 말했듯이 이번 『기사단장 죽이기』는 지금까지 없었던 '악' 자체, 악한 장소 같은 것이 그려졌다는 인상입니다.

손에 잡히진 않지만, 무라카미 씨의 초기 작품부터 쭉 모티프로 등장했던 '악'의 존재가 지금까지와는 전혀 다른 형태로 바로 이곳에 존재하는 느낌이에요. 후반부에 묘사되는 동일본 대지진, 그 자연재해의 양상 역시 엄밀히 말해 '악'은 아니지만 '악'이라고 볼 수도 있는 거죠. 어떻게 받아들여야 할지 모를 현실감과 소설 전체에 떠다니는 불온함이 아주 잘 통합니다.

무라카미 흰색 스바루 포레스터의 남자도 그렇죠. 그가 어떤 사람인지는 저도 잘 모릅니다. 참고로 스바루 포레스터 하면 좀 묘한 이야기가 있는데……

— 어떤 이야기요?

무라카미 소설에 나오는 흰색 스바루 포레스터는 뒷문에 타이어 케이스가 달려 있고 'SUBARU FORESTER'라는 로고가 그려져 있어요. 미국에 살 때 그 로고가 들어간 타이어 케이스를 종종 본 기억이 있거든요. 스바루 포레스터는 미국에서 꽤 인기 있는 차종이라서. 그래서 그 기억대로 묘사했는데, 신초샤의 담당 편집자가 알아봤더니 스바루 포레스터에는 원래 순정 타이어 케이스가 없대요. 그런 옵션 장비가 아예 없는 모양이에요.

— 알고 보니 그랬군요.

무라카미 원래는 타이어 케이스 같은 게 달려 있지 않은 거죠.

— 흐음.

무라카미 다시 말해 타이어 케이스가 달린 스바루 포레스터는 존재하지 않는다는 겁니다. "아니, 내가 미국에서 봤는데" 하면서 더 자세히 알아봐달라고 했는데, 미국의 자동차 관계자한테 물어봐도 순정품은 존재하지 않는다는 거예요.

— 그럼 대체 뭘 보신 걸까요.

무라카미 제 머릿속에는 그 로고의 기억이 또렷하거든요. 그러니까 당연히 있다고 생각하고 썼는데, 사실은 없다니. 소설을 다 썼는데 이제 와서 없앨 수도 없고(웃음). 아무튼 제 소설 속에는 타이어 케이스가 달린 스바루 포레스터가 있지만, 현실세계에는 없는 셈이 되었죠.

— 재미있는 얘기인데요.

무라카미 네. 어차피 어디까지가 리얼인지 모를 세계를 그린 소설이니까, 뭐 괜찮겠지 하고 그냥 밀고 나갔어요(웃음). 그러니까 타이어 케이스가 달린 스바루 포레스터를 중고시장에서 찾거나 하진 마세요. 아마 없을 테니까요.

— 왠지 그 에피소드도 무언가를 등에 짊어진 느낌이에요.

무라카미 스바루 포레스터의 남자는 음악의 불길한 라이트모티프처럼 이야기 곳곳에 얼굴을 내밀죠.

— 네, 그렇죠.

무라카미 그가 어떤 존재인지는 저도 모릅니다. 소설적으로는 알아도 설명할 수 없어요. 마찬가지로 멘시키 씨로 추정되는 존재가 마리에가 숨은 붙박이장 앞에 가만히 서 있는 장면도 소설적으로는 이해되지만 의미를 설명할 수는 없어요. 저는 소설에는 그런 요소가 필수라고 생각합니다. 작가는 그것을 소설적으로, 이야기적으로는 설명할 수 있지만 의미를 설명할 수는 없다, 설명해버리면 더는 소설이라 할 수 없다고요. 많은 평론가는 그 부분을 의미를 따져가며 설명하려 합니다. 그래서 잘되는 경우도 있고 안 되는 경우도 있지만, 물론 그건 평론가들의 마음이고 자유이니 제가 뭐라고 할 수는 없어요. 좋다고도 나쁘다고도 할 수 없죠. 그러니 독자들도 각자 마음대로 생각하시면 됩니다. 제 역할은 텍스트를 제공하는 것뿐이니까요.

— 무라카미 씨는 한 인터뷰의 답변을 "쓰고 또 써도 아직도 쓸 것이 남은 듯하니, 나의 그 어둠은 나 자신도 알 수 없다"는 말로 끝맺은 적이 있는데요. 요컨대 좀전에 말한 '의미를 설명할 수는 없는 것'을 엔진 삼아, 스스로는 절대 의미를 알 수 없는 것이 자기 안에서 움직이기에 이야기를 쓰게 된다는 말이죠.

무라카미 자연스럽게 그렇게 됩니다.

— 그렇다면 글을 쓴 뒤 어느 시점에서 잠정적으로라도, 자신을 알게 되었다고 생각되는 순간이 찾아오는지요? '자신을 안다'는 건 어디서 어떤 식으로 이뤄질까요?

무라카미 아주 뚜렷합니다. 아까 말했듯이, 소설적으로는 이해하지만 의미를 설명할 수 없는 부분이란 게 있잖아요. 그래도 작가는 그런 부분을 소설적으로 완벽히 써내야 합니다. 이 문장은 넣는 게 좋을까, 빼는 게 좋을까, 여기까지만 쓰고 뒤는 쓰지 않는 게 좋겠다 하는 식으로 계속 선을 그어야 하죠. 그런 몇 가지 결단을 내리는 행위 자체가 자신을 아는 일이다—저는 그렇게 느낍니다. 문장은 날카롭고 까다로운 도구예요. 칼과 마찬가지로 상대에게 닿기 직전에 멈출 수도 있고, 슬쩍 찌를 수도 있고, 사용법이 여러 가지죠. 종이 한 장만큼의 거리감. 그걸 파악하는 것이 곧 자신을 아는 일이라고 봅니다. 이를테면 마리에가…… 마리에 맞나요?

— 마리에 맞아요, 아키가와 마리에(웃음).

무라카미 마리에가 붙박이장 안에 있고, 문 앞에 한 남자가 검은 그림자를 드리우고 한참 가만히 서 있죠. 그 장면을 어디까지 묘사하느냐는 기술적으로 상당히 어렵습니다. 그 대목에서 마리에가 무슨 생각을 하는지 어디까지 써도 되고 어디부터는 안 되는지 결정하는 건 매우 고민스럽죠. 작가는 그런 선을 하나하나 그어나가야 해요. 몇 번씩 되풀이해 읽고, 검증하고, 납득될 때까지 고쳐 쓰는 것. 그 선 긋기의 가감을 정확히 아는 것이 결국 본연의 자기 모습에 대한 이해로 연결되지 않을까요.

— 소설을 다시 읽으며, 이건 내 안의 어떤 부분이 드러난 것이다, 이 장면을 쓴 데는 이런 이유가 있었다 하면서 자신도 모르는 자신을 해석하는, 이른바 답 맞히기 같은 것이 아니라……

무라카미 아니죠.

— 무엇을 어디까지 쓰는가 하는 구체적인 작업에서 나타난다는 거군요.

무라카미 그런 작업의 정밀도 자체가 중요한 척도입니다. 그러니 스스로 납득될 때까지 고쳐 써야 해요.

— 자기 자신은 어디까지나 문장의 생성 속에 존재한다는 말인가요?

무라카미 최종적으로는 그냥 감입니다. 이건 쓰면 안 된다, 이건 써야 한다, 이건 슬쩍 흘리기만 해야 한다, 여기서는 정확히 발을 멈춰야 한다. 그런 감을 갈고닦으며 문장을 조탁해나가는 거죠. 장편소설에는 그렇듯 중요 장기 같은 부분이 몇 군데 있습니다. 그 부분을 쓰기가 가장 어렵죠. 물론 가장 재미있기도 하지만.

— 무척 흥미로운 얘기네요.

무라카미 아무리 고쳐 써도 충분하진 않지만, 어느 지점에 다다르면 더이상 움직일 수 없는 선이 생깁니다.

— 기술적으로 여기가 지금 나의 한계다, 라는 뜻이 아니라 여기까지면 됐다, 이렇게 가자 하는 거죠?

무라카미 물론 그때그때 한계도 있지만 이것도 거의 감이죠. 이제 충분하다는 감이 옵니다. 안 그러면 영원히 고쳐 쓰는 꼴이 될 수밖에 없는데, 그것도 그것대로 난처한 일이거든요.

— 글의 내용과 상관없이 그런 장면이 몇 군데씩 있다는 말인

가요?

무라카미 난관이 몇 군데 놓여 있는 거죠. 다른 장면을 예로 들자면, '얼굴 없는 남자'가 강을 건너게 해주잖아요? 그 부분도 간단하지 않았어요.

— 그렇군요.

무라카미 뱃사공이 주인공에게 무슨 이야기를 어디까지 할지, 어디부터는 말하지 않을지. 그가 어떤 태도로 나오고, 어떤 행동을 할지. 그렇게 선을 긋고 직전에 멈추기가 꽤 어려워요. 그런 고난도 블록을 잘 넘기고 구석구석까지 문장을 다듬는 작업이 중요하죠.

— 그 작업 속에서 점점 자기 자신이 보인다. 작업을 되풀이하고 서로 마주한다고 느끼는 것이 자아를 접하는 일이기도 하겠군요?

무라카미 그렇습니다. 모든 것을 잊어버리고 문장에 신경을 집중하다보면, 두툼한 구름 사이로 햇빛 한줄기가 흘러나오는 것처럼 자신의 의식을 한 폭의 정경처럼 내려다볼 수 있는 순간이 와요. 아주 짧은 순간이라 무언가를 기억하기도 불가능하지만, 그래도 내려다보는 그 느낌은 남죠.

— 그렇다면 그때 무라카미 씨가 만나는 자신을 설명하기도 불가능하겠네요?

무라카미 불가능하죠.

— 그 작업 속에, 문장의 생성 과정에만 존재한다.

무라카미 무엇보다도 문장이 중요합니다. 우리는 문장을 통해 세상을 보니까. 그 정밀도를 조금이라도 높이는 일은 일종의 윤리 같은 것이죠. 그러나 지난번 인터뷰에서 말한 것처럼 문장은 어디까지나 도구입니다. 그 자체가 최종 목적은 아니에요.

— 무라카미 씨가 그렇게 만난 자신, 혹은 자신을 아는 행위는 다른 어떤 형태로도 대체될 수 없는 것이고요.

무라카미 대체될 수 없죠.

— 소설을 쓰는 행위와 자아의 관계에 대해 지금까지 많은 이야기를 해오셨지만, 그것이 문장의 생성 과정에만 존재한다는 이야기는 처음 들었습니다.

무라카미 처음인가요? 늘 하던 이야기 같은데.

— 처음이에요. 예전부터 물어보고 싶었거든요. 무라카미 씨는 자신을 알기 위해 글을 쓴다고 하는데, 그 자신이란 무엇인가. 발견이란 무엇인가. 어떤 단계에서 그걸 발견하는가…… 그에 대해 어떤 말을 하실지 궁금했어요.

무라카미 말이 발견이지, '지금까지는 몰랐던 것을 이제 잘 알게 됐다'고 할 만큼 눈이 번쩍 뜨이는 깨달음 같은 건 전혀 없어요. 모르는 건 여전히 모르지만 그 오차를 조금씩 줄여나가는 것. 제가 해온 일은 요컨대 그런 거라고 생각합니다.

— 그리고 그건 무라카미 씨밖에 모르는 거고요. 거의 체험에

가까우니까.

무라카미 어떠려나요. 어쩌면 불과 몇분의 일 밀리미터를 좁혀 나가는 그런 작업은 다른 이들에게는 거의 의미가 없을지도 모르죠. 하지만 제게는 아주 큰 의미가 있어요. 그래서 저는 예전에 쓴 글을 별로 읽고 싶지 않아요. 정밀도가 거슬리니까요. 물론 소설은 문장의 정밀도만으로 성립하지는 않으니, 읽는 사람은 그렇게까지 신경쓸 필요가 없죠. 그러나 저 자신은 너무 거슬리기에 웬만해서는 다시 읽지 않아요. 젊은 시절로 돌아가기 싫은 마음과 마찬가지로.

— 스스로를 알기 위해 글을 쓴다고 하면 아무래도 '자아 찾기' 같은 진부한 표현으로 함몰되는 경우가 많은데, 그게 아니다. 소설가에게는 문장을 갈고닦는 행위 속의 한순간, 그 체험이 곧 자기 자신이다. 소설가가 자신을 알아간다는 것은 자신에 대해 글을 쓴다거나 하는 행위가 아니라, 문장을 갈고 다듬는 행위 자체다. 요약하면 이런 얘기가 되겠군요.

독자를 졸지 않게 만드는 딱 두 가지 요령

무라카미 그나저나, 제가 문장을 쓰는 기본 방침이 딱 두 가지라는 이야기는 했던가요?

— 아뇨, 알려주세요.

무라카미 말이죠, 문장을 어떻게 쓰는가 하는 규범은 제 생각에 기본적으로 두 가지뿐이에요. 하나는 고리키의 『밑바닥에서』에서 거지와 순례자의 대화. "내 말 듣고 있는 거야?" 하고 한 사람이 말하니까, 다른 사람이 "나 귀머거리 아니야"라고 답해요. 지금은 거지니 귀머거리니 하는 차별용어를 쓰면 안 되지만 그 시절에는 아니었어요. 전 이 책을 학창시절에 읽었는데, 보통 같으면 "내 말 듣고 있는 거야?" "듣고 있어"로 끝날 대화죠. 그런데 그러면 드라마가 안 되는 겁니다. "귀머거리 아니야"라고 대답하니까 주고받는 말 속에 역동감이 생겨요. 단순하지만 아주 중요한 기본입니다. 그런데 이것도 못하는 작가가 세상에는 많거든요. 저는 항상 그 사실을 의식합니다.

— (웃음)

무라카미 또하나는 비유. 챈들러가 쓴 비유 중에 "내가 잠 못 이루는 밤은 뚱뚱한 우편배달부만큼 드물다"라는 게 있어요. 예전에도 몇 번 예로 든 문장인데, 만약 "내가 잠 못 이루는 밤은 드물다"라고만 하면 독자는 아무것도 느끼지 못하죠. 예사롭게 휙 읽고 지나갑니다. 그런데 "내가 잠 못 이루는 밤은 뚱뚱한 우편배달부만큼 드물다" 하면 '호오!' 싶잖아요. 그러고 보니 뚱뚱한 우편배달부는 본 적 없는데, 하고. 그게 살아 있는 문장입니다. 이렇게 반응이 생겨나고, 움직임이 생겨나죠. "귀머거리 아니야"와 "뚱뚱한 우편배달부", 이 두 가지가 제 글쓰기 모델입니다. 그 요령만 알면 제법 좋은 문장을 쓸 수 있을 거예요. 아마도.

— 여러분도 꼭 시험해보세요, 라고 해야 할 것 같네요(웃음).

무라카미 아무튼 독자가 간단히 읽고 넘어갈 문장을 쓰면 안 된다는 거죠. 정신이 번쩍 들게 만드는 문장으로만 채울 필요는 없지만, 몇 페이지에 하나쯤은 넣어줘야 해요. 아니면 독자가 좀처럼 따라와주지 않아요.

— 이 두 가지 작법은 글을 쓰기 시작할 때부터 자각하셨던 건가요? 아니면 시간이 조금 지난 후에?

무라카미 시작할 때부터였어요. 뭐, 처음부터 잘됐던 건 아니지만. 이런 말 하면 좀 그런데, 요즘 출판사에서 제게 보내는 문예지를 쭉 훑어보면 이 두 가지 놀라움이 좀처럼 눈에 띄지 않아요. 제가 제대로 못 읽어서 그런지도 모르겠지만.

— 눈이 번쩍 뜨이는 비유와의 만남은 흔하지 않으니까요.

무라카미 그런 것을 의식하며 글을 쓰는 사람이 몇 안 되는 느낌이에요. 아니면 '순문학에서 그런 건 필요 없다'는 생각일까요? 그래도 문장은 무척 중요합니다.

— 중요하죠.

무라카미 소설적인 재미, 구축의 재미, 발상의 재미 등은 살아 있는 문장 없이는 잘 움직여주지 않아요. 살아 있는 문장이 있음으로써 비로소 그런 것이 움직이기 시작하죠. 그런데 많은 작가는 발상이나 장치를 앞세우고 그뒤에 문장을 가져와요. 의식이 먼저 있고 몸이 따라오는 식으로.

— 동시에 있어야 한다?

무라카미 아뇨, 제가 느끼기에는 동시에도 아니고 가장 먼저 문장이 있어야 합니다. 그게 여러 가지를 끌어나가니까요.

— 조금만 읽고 누가 쓴 글이라는 걸 알 수 있게 하는 것도 물론 중요하지만, 문장 자체에 매력이 없으면 소용없으니까요.

무라카미 소용없어요. 뱃머리가 배의 가장 앞쪽에 있어야 하는 것과 마찬가지예요. 물론 내용도 중요하지만, 어떤 인간이든 글로 쓰면 책 한 권이 될 만한 이야깃거리쯤은 갖고 있어요. 그걸 어떻게 끌어내느냐가 가장 큰 관건이죠.

— 문장의 매력에는 독자와의 궁합도 중요한 요소죠. 나는 하나도 재미없다, 완전히 글러먹었다고 생각한 글에 온몸을 떨며 감동하는 사람도 있으니까요. 문장의 이데아는 존재하지 않을지 모르지만 그래도 역시 좋은 문장이라는 건 있잖아요. 『무라카미 씨가 있는 곳』에 실린 독자 질문 중 '글을 잘 쓰고 싶은데 어떻게 하면 되나요?'라는 물음에 '그건 어느 정도 타고나는 건데, 뭐, 어쨌든 열심히 하세요'라고 대답하셨던 것이 몹시 인상적이었는데(웃음). 역시 글쓰기도 신체능력에 가까운 면이 있을까요?

무라카미 노래와 비슷하죠. 타고난 음치인 사람이 있잖아요.

— 있죠.

무라카미 실은 저도 노래를 못합니다.

— 네? 그래요?(웃음)

무라카미 음악을 듣는 면에서는 상당히 섬세한 편이라고 생각하는데, 막상 노래를 해보라면 전혀 못해요. 이러저러하게 불러야지 하는 생각은 명확한데 실제로 나오는 소리, 목소리는 도무지 딴판이죠(웃음). 어이없을 정도로요.

— 그럼 소설을 쓰고 싶은 사람이 있다, 그 사람이 무척 좋아하는 문장을 읽는다, 이런 식으로 써보고 싶다고 생각하지만 절대 흉내내지 못한다, 는 것일까요? 어느 정도 타고난 사람이 아니라면요.

무라카미 아마 그렇지 않을까요. 오슨 웰스의 영화 〈시민 케인〉에서 이탈리아에서 온 음악 선생이 가수 지망생인 케인의 부인을 가르치다 말고 이런 말을 해요. "세상에는 노래를 할 줄 아는 인간과 못하는 인간이 있습니다(Some people can sing, some can't)." 유명한 대사인데, 어쩌면 글쓰기에도 적용할 수 있는 말 같아요.

저도 처음에는 거의 글다운 글을 쓰지 못했어요. 그때부터 노력하며 조금씩 이런저런 것들을 쓸 수 있게 됐죠. 단계적으로 발전해온 거죠.

사는 법은 가르치기 어렵다, 쓰는 법도 마찬가지

— 무라카미 씨는 곧잘 '처음에는 잘 쓰지 못했다'고 하시는데요. 아까 했던 노래 이야기처럼 내가 쓰고 싶은 건 이런 거다, 하는 확고한 이미지는 있었는데 본인이 보기에 멀다고 느꼈다는 뜻인가요?

무라카미 한참 멀었죠. 당시 편집자에게 "제가 아직 문장력이 부족해서요" 했더니 "괜찮아요, 무라카미 씨. 다들 원고료 받아가면서 차차 좋아집니다" 하더군요. 하긴 맞는 말이었어요(웃음).

— 자꾸 처음에는 나도 잘 못 썼다, 못 썼다 하시는데, 저는 개인적으로 잘 모르겠습니다. 잘만 썼잖아 싶은데요(웃음).

무라카미 잘 쓸 수 있는 것만 썼고, 그것이 그것대로 잘 기능했다고 봐요. 그래도 제가 정말로 쓰고 싶었던 것과는 조금 달랐죠. 쓰고 싶은 이야기를 어느 정도 만족스럽게 쓸 수 있게 된 건 훨씬 나중이에요. 그럼에도 불구하고, 라고 해야 하나…… 저는 데뷔 무렵부터 꽤 주목받았던 모양이에요.

— 그야 그렇죠. 사실 그때 전 겨우 세 살이었지만……(웃음)

무라카미 세 살! 잘 못 느꼈는데, 그렇게 나이차가 나는군요.

— 데뷔 연도가 1979년이죠? 제가 76년생이니까, 세 살이었어요. 당연히 당시 상황은 모르지만, 저보다 한 열다섯 살 많은

사람들 이야기를 들어보면 처음부터 이미 히어로였던데요.

무라카미 뭐, 그 비슷했던 것 같아요.

— 당사자로서는 느끼지 못했나요?

무라카미 거의 못 느꼈어요. 처음에는 가게를 운영하며 글을 썼으니까 무척 바빴고, 저는 기본적으로 평범한 사람이고, 가게 일을 하면서는 늘 남에게 고개를 숙여야 했고요.

— 그랬군요.

무라카미 네. 그래서 실감하지 못했죠. 별로 대단한 걸 쓰지도 않았는데 왜 다들 이렇게 주목할까 하는 신기함을 먼저 느꼈을 정도니까요.

— 그래도 편집자가 어느 정도 반응을 전해주지 않나요? 이렇게 많이 팔린다든가. 이런 서평이 나왔다든가.

무라카미 으음, 글쎄요. 그때만 해도 저는 가게 일이 본업이라고 생각해서요.

— 어쨌거나 등장하자마자 젊은 독자들이 흥분했다는 이야기는 자주 들어요. "왔구나, 우리의 시대가 왔어" 하고 피부로 실감했다는 사람이 지금의 오십대 중반쯤에 많아요.

무라카미 저 자신은 별로 극적인 느낌이 없었고, 이런 걸 써도 되나 하는 생각 정도만 했는데요.

— 그 감각은 어디서 온 걸까요?

무라카미 아무튼 그 무렵에는 나카가미 겐지와 무라카미 류 같은 메인스트림의 힘이 문단의 중심에 작용했고, 저는 굳이 나누자면 지류 내지 사이드쇼 같은 존재라, 비교적 '하고 싶은 대로 하라'는 분위기였어요. 어느 정도 주목받았을지 모르지만 그만큼 반발도 강했고. 별로 그런 자질구레한 문제에 엮이기 싫어서 되도록 주위를 보지 않으려고 했어요. 그때부터 문단 관련 자리에는 나가지 않았으니까요. 가게 일만으로도 벅찼고.

— 신인상 수상을 넘어 큰 화제가 되었는데도, 당사자인 무라카미 씨는 그런 느낌이었군요?

무라카미 제 생각에 일본 문단은 문체를 별로 생각하지 않는다고 할까, 높이 사주지 않는 것 같아요.

— 어떨까요. 이른바 문예지의 평가 기준이라는 것이 있다면, 그것이 논하는 문체와 무라카미 씨가 상정하는 문체는 약간 차이가 있는 것 같아요. 무라카미 씨가 문예지를 슥 훑어보고 재미없다, 고 할 때는 그 문장의 얼굴을 보고 생각하는 거잖아요?

무라카미 몇 쪽만 읽어보면 아니까요. 가끔, 정말 가끔 '아, 이건 나쁘지 않은데' 싶은 글도 있지만요.

— 뭐라고 할까…… 일명 '순문학다운 얼굴'의 문체를 높이 사주는 경향이 있긴 하죠.

무라카미 문체를 정면으로 다루는 사람이 별로 없는 느낌입니다. 희한하게도.

— 일본에는 번역문학이 많으니까 이른바 번역체 같은 것, 일

본문학의 습도가 느껴지지 않는 문장을 접할 기회가 늘어나고 그런 문체로 쓰는 젊은 작가도 나오는 것 같습니다. 그런 경우는 가볍다, 인간을 묘사하지 못했다는 평을 듣기도 하고요.

무라카미 인간을 묘사하기란 상당히 어려운 일인데요(웃음).

— 2015년 후쿠시마에서 열린 문학 워크숍에서 무라카미 씨가 제 창작 클래스에 잠깐 참석해주셨죠. 그때 수상자들에게 딱 한 가지 지적하셨는데, 귀로 들어서 알 수 없는 말은 쓸 때도 신중해야 한다는 것이었어요. 그런데 신인상 응모작 원고를 읽다 보면 다들 비교적 어려운 말을 자각 없이 쓰는 경향이 아직 엿보이거든요. 문자로나 소리로나 아무것도 남지 않는 말을요.

무라카미 네, 말의 울림은 중요합니다. 구체적이고 피지컬한 울림. 설령 소리내지 않고 눈으로만 보더라도 울림이 있어야 해요.

— 주제나 내용은 어찌됐건 일단 문장 단위에서 리듬이 좋고 술술 읽히는 글도 생각해보면 거의 없는 것 같아요. 그것도 일종의 궁합일 테지만요.

무라카미 작가는 눈으로 울림을 들어야 합니다. 글을 쓰고, 다시 읽어보고, 소리내는 대신 눈으로 울림을 느낀다, 이게 굉장히 중요해요. 저는 항상 '음악에서 글쓰는 법을 배운다'고 하는데, 정말 그렇습니다. 눈으로 보고, 울림을 느끼고, 그 울림이 더 아름답게 울리게끔 바로잡아가는 작업을 중요시해요. 마침표, 쉼표도 리듬이잖아요. 그런 게 무척 중요해요.

— 그런 때 발휘하는 감각도 어쩌면 타고난 능력과 관계되는지도 모르겠네요.

무라카미 저는 다른 사람의 문장은 절대 손대지 못해요(웃음).

— 무슨 뜻인가요?

무라카미 남이 쓴 문장을 읽고 손질해달라면 전혀 고치지 못합니다. 그도 그럴 것이 제 문장은 너무나 제 고유의 것으로 완성됐기 때문에 그걸 척도로 다른 사람의 문장을 간단히 손댈 수는 없으니까요. 하나 손대면 전부 손대는 꼴이 되기 십상이에요.

— 그렇다면 '여기서 이걸 좀더 덧붙이는 편이 좋겠다, 여기는 좀더 자세히 쓰는 게 좋지 않을까' 하는 식의 충고는 가능한가요?

무라카미 전체적인 구성 차원에서 이 부분은 좀더 줄이면 어떨까, 저 부분은 좀더 부풀리면 어떨까 하는 말은 할 수 있겠죠. 그러나 세세한 문장 하나하나는 아마 지적하지 못할 거예요. 하나를 손대면 정말로 죄다 뜯어고쳐야 할지 모르니까. 물론 상대에 따라 다르겠죠. 상대가 프로인가 아마추어인가에 따라서도 달라질 테고.

— 훌륭한 야구선수는 남에게 타격법을 가르치지 못한다, 이치로*가 코치는 못 될 수도 있다는 말과 같네요. 남을 가르치는

---

* 메이저리그에서 활약하는 일본의 전설적인 야구선수.

건 다른 문제라는.

무라카미 예를 들어 남의 소설을 읽다가 어느 등장인물의 설정이 도저히 이해되지 않는다 해도, 그건 나에게나 그렇지 작가 혹은 어느 부류의 독자한테는 의미 있을지 모른다고 생각하기 시작하면 아무 말도 할 수 없게 되죠. 그래서 충고 같은 건 잘 못해요. 물론 의견을 말할 수는 있지만 구체적으로 충고하기는 어렵습니다. 사는 법을 가르칠 수 없는 것처럼, 글쓰는 법을 가르치기도 어려워요.

— 이건 무라카미 씨의 미덕 중 하나라고 보는데, 어떤 작가의 어떤 텍스트가 됐든 글에 대해서는 기본적으로 경의를 표하는 느낌이 들어요.

무라카미 표할 수 없는 것도 더러 있지만(웃음).

— 있겠지만요(웃음). 그래도 어떤 인연으로 세상에 태어난 문장에는 상대적으로나마 가치가 있다는 생각을 갖고 계시지 않나요? 문학상 심사를 절대 맡지 않는 데도 그런 이유가 있지 않을까 싶습니다만.

무라카미 으음, 그렇죠. 저는 남의 작업을 판단할 수 없습니다. 아까 말했듯이 문예지를 넘겨보고 계속 읽을지 말지 생각할 수는 있지만, 그게 좋은지 나쁜지는 판단할 수 없어요. 소설로서 훌륭한지 아닌지도 대부분의 경우 잘 모릅니다. 지금까지 고전으로 통하는, 다들 훌륭하다고 말하는 소설 중에서 전혀 재미를 느끼지 못하는 것도 얼마든지 있고요. 이를테면 명작으로 손꼽히는 소세키의 『마음』은 제가 읽기에 조금도 재미가 없거든요.

하지만 그렇다고 그 작품에 의미가 없다, 가치가 없다고 말할 수는 없죠. 그건 그저 개인적인 느낌일 뿐이니까. 자기 문장을 놓고는 좋다 나쁘다 말할 수 있지만, 다른 사람이 쓴 글은 솔직히, 뭐라고 단언할 수 없어요.

— 어쩌면 다들 느끼는 부분일 텐데, 신인을 배출하기 위해 누군가가 심사위원을 맡아야 하는 것도 그래요. 누군가의 작품을 '판단'하기란 그것만으로도 몹시 어려운 일인데, 동시에 자신도 판단의 대상이 되니까 엄청나게 힘들거든요. 그러기를 되풀이하노라면 자기 작품에 대한 객관적인 시선은 어떤 식으로 정립되는지 신기하기도 합니다. 이건 반성의 말이기도 한데, 남의 작품을 지적하는 것만큼이나 자기 작품을 냉정하게 판단할 수 있는 사람은 사실 그리 많지 않은 것 같아요.

무라카미 음…… 그래도 저는 누구나 시간을 들여 읽으면 자기 작품도 어느 정도 정확하게 판단할 수 있을 거라고 봐요. 충분히 시간을 들인다면 말이죠. 다만 대부분은 마감일을 두고 등을 떠밀리다시피 하며 쓰니까, 찬찬히 시간을 들여 자기 작품을 읽거나 검증하기가 거의 힘들지 않나요. 잘은 모르겠지만.

— 그래서 글쓰기에 충분한 시간을 들이는 일이 작가에게 얼마나 중요한지 거듭 강조하시는 거고요.

문체는 마음의 창이다

무라카미 전에도 말했듯이 소설 쓰는 일은 일종의 신용거래고, 한번 잃어버린 신용을 되찾기는 매우 어려워요. 시간을 들여 '이 사람이 쓴 거니 돈 내고 사서 읽어보자'라는 신용을 쌓아나가고 유지해야 합니다. 그러려면 문장을 정성껏 갈고닦는 일이 중요해요. 구두를 닦거나, 셔츠 다림질을 하거나, 칼날을 가는 것처럼.

— 네.

무라카미 저는 문체가 거의 제일 중요하다고 생각하는데 일본의 이른바 '순문학'계에서 문체는 3순위나 4순위쯤 되는 듯합니다. 대개는 테마 제일주의로, 일단 테마 운운을 주목한 뒤에야 다른 여러 가지, 이를테면 심리묘사나 인물 설정 같은 관념적인 부분을 평가하고, 문체는 한참 뒷전이죠. 그러나 그게 아니다, 문체가 마음껏 활동하지 않으면 아무것도 나오지 않는다는 것이 제 생각입니다.

— 만약 문체의 '좋음'이란 것을 평가한다면 그 '좋음'을 모든 이와 공유할 수 있어야 하잖아요. 전체적인 구조나 주제를 놓고는 상대를 설득할 수 있지만 문체의 좋고 나쁨은 아무래도 감각에 따른 부분이 크니까 그것만으로 기준을 삼기는 힘든 면이 있습니다. 물론 문체 자체에도 구조가 있기 마련이지만 그런 부분

까지 논쟁이 진행될 기회는 별로 없죠.

무라카미 그래도 그렇다고 해서 명백한 '악문'을 일부러 높이 평가해줄 필요는 없겠죠(웃음).

문체의 평가라는 면에서 말하면, 일본 근대문학사에서는 역시 나쓰메 소세키가 하나의 큰 축을 이룬다고 생각해요. 모든 작품이 높은 평가를 받지는 않았지만 소세키가 확립한 문체는 그뒤로 오랫동안 그리 크게 흔들리지 않았어요. 시가 나오야, 다니자키 준이치로, 가와바타 야스나리 등 새로운 문학적 제안이 어느 정도 등장했고 물론 이단자 같은 사람도 몇 명 나왔지만, 나쓰메 소세키의 문체를 뒤흔들 만큼 돌출한 존재는 찾아볼 수 없었어요. 그게 하나의 문제가 아니었나 생각합니다. 아무래도 관념적인 것, 사상적인 것이 주목받고 문체는 늘 아래 순위로 처진 인상이에요. 아니면 '순문학'이라는 프레임 안에서 계속 이상한 편견을 받아왔거나.

— 그런 흐름으로 보면, 여성 작가가 등장했을 때는 반대로 문체를 지적당하는 경우가 많죠.

무라카미 흐음, 그렇군요. 미처 몰랐습니다.

— 제 경우도 마찬가지였고요. 『젖과 알』이라는 소설은 문체 얘기밖에 들은 게 없을 지경이었어요.

무라카미 그 작품은, 문체밖에 할 얘기가 없잖아요.

— (웃음)

무라카미 물론 좋은 뜻으로 하는 말입니다. 『젖과 알』은 단언컨대 문체가 전부인 소설이라고 저는 생각해요. 그리고 그건 훌륭한 성취라고 봅니다. 보통 사람은 절대 할 수 없는 일이니까요. 그러나 그런 말이 본인에게는 별로 칭찬으로 받아들여지지 않는 거죠?

— 글쎄요, 이런 문체를 채용한 의의나 문장구조 등에 대한 비평을 접하면 아, 내 작품을 이렇게 열심히 읽어줬구나 싶어서 기쁘기는 하지만, 은연중에 신체적 특질에 주목하는 듯한 느낌이 적지 않거든요. 이른바 여성의 신체 말이에요. 좀 복잡한 문제인데, '우리 남자들과는 관계없는 영역의 이야기니까 점수를 줄 만하다'라는 속뜻이 느껴지곤 합니다.

무라카미 그렇군요. 저는 그렇게 생각하지 않는데. 문체의 질에는 남자고 여자고 없으니까요. 잘 쓰고 못 쓰고의 문제일 뿐이죠. 그래도 가와카미 씨가 무슨 말을 하려는지는 잘 알겠습니다.

— '베면 피가 나온다'느니 '자궁으로 글을 쓴다'느니, 아무 의미 없고 희롱마저 섞인 비평의 표현이 바로 얼마 전까지 존재했고, 지금도 여전히 다른 형태로 남아 있습니다. 여자니까 이런 글을 쓸 수 있다고 말하는 거나 마찬가지인데, 이건 완전히 무시하는 태도죠. 글쓰기, 기술은 이성적인 것이잖아요. 그런데 아무래도 여자에게는 기본적으로 적용되지 않는 능력 같아요. '남자가 아니고는 할 수 없는'이라는 비평은 존재하지 않아요. 그래서

또 비슷한 칭찬을 받으면 안 되겠다고 생각하고 다음 작품에서는 문체를 바꿨죠.

무라카미 그랬군요. 저 같은 사람이야 그렇게까지 생각하지 않아도 될 텐데, 싶지만요.

— 여성 작가를 평가할 때는 중첩적인 편견이 두 개 세 개씩 들어갑니다. 저는 최근까지도 '얼굴 파는 여류작가'라는 야유를 받았는데, 가령 마찬가지로 뮤지션 출신인 남성 작가를 '얼굴 파는 남류작가'라고 말하는 사람은 결코 없어요. 말할 수도 없고요. 그렇게 무례한 말을 버젓이 할 수 있는 건 제가 여자라서죠. 애초에 여류라는 말도 그래요. 자신들은 자각할 필요도 없는 당연한 존재, 확고한 대지이고, 여자는 그 위를 졸졸 흐르는 시냇물쯤 된다는 의식이 아직까지 남아 있어요.

무라카미 그렇군요.

— 그와 별개로, 무라카미 씨가 말했듯이 이른바 왕도, 남성 중심적인 문학비평에서는 '문학이란 무릇 주제를 다뤄야 한다'라는 인식이 아직 남아 있죠. 얼마나 머리를 쓰면서 썼는가, 하나라도 상위의 메타에 설 수 있는가 하는 부분요. 그런 것에 얼마나 의식적인가를 따지면 역시 주제나 구조가 중요시되고요.

무라카미 하긴 그렇죠. 그건 일종의 남성원리인지도 몰라요.

— 머리를 쓰는 글쓰기는 대찬성이고, 비평성도 중요합니다. 그러나 남성 작가에 적용하는 기준은 여성 작가에게도 똑같이

적용해야 하고, 그 반대도 마찬가지라고 생각해요.

무라카미 그러고 보니 남성 작가 중에서 문체를 칭찬받는 사람은 별로 보이지 않는군요.

— 적지만 그런 분도 있긴 하고 좋은 평가를 받았지만, 그들의 소설 속 문체는 그다지 현대의 비평 대상이 되지 않아요. 연구자들 사이에서는 활발하게 논해지는지도 모르지만요.

그런 면에서 무라카미 씨는 압도적으로 비평되고 평론되는 작가죠. 구조를 의식함은 물론이고, 다들 일제히 수수께끼 풀기에 도전하고요(웃음). 그러고 보니 군조 신인상을 수상했을 때 요시유키 준노스케 씨와 마루야 사이이치 씨가 무라카미 씨의 문체를 칭찬했는데요. 새로운 문체를 지닌 작가가 등장했다는 평이었어요. 이렇게 문체와 분석을 버텨내는 구조 양쪽을 겸비하는 경우는 매우 드물다고 봅니다.

무라카미 그랬던가요. 하긴 요시유키 씨와 마루야 씨도 문단 주류에서 조금 거리를 둔 작품을 쓰고, 비교적 스타일(문체)을 중시하는 작가였으니까요. 그분들이 심사위원이 아니었다면 제가 신인상을 못 받았을지도 모르겠군요.

'Style is an index of the mind'라는 말이 있는데, 보통 '문체는 마음의 창이다'로 번역됩니다. index란 '지표'를 뜻하죠. 이런 표현이 있을 정도로, 적어도 영미권에서 스타일(문체)은 상당히 큰 의미를 지닙니다.

— 문체는 마음의 창이다.

무라카미 문체 면에서 굉장하다 싶었던 작가는 뭐니뭐니해도 샐린저죠. 그는 『호밀밭의 파수꾼』에서 압도적인 문체의 힘을 보여줬습니다. 사람들, 특히 젊은이들을 말 그대로 녹아웃시켰어요. 그런데 그는 그 문체를 딱 한 번만 쓰고 묻어버려요. 마치 가와카미 씨가 『젖과 알』의 문체를 묻어버린 것처럼. 다시는 그런 식으로 쓰지 않았어요.

— 그건 정말이지 독보적인 문체였죠.

무라카미 네. 그다음이 『프래니와 주이』인데, 이건 『호밀밭의 파수꾼』과 전혀 다른 문체로 썼죠. 『프래니와 주이』가 엄청난 작품인 이유는 『호밀밭의 파수꾼』의 스타일을 모조리 버리고 이 소설을 위한 새로운 문체를 특별주문하다시피 해서 썼다는 점입니다. 과거의 문체는 거의 유용하지 않았죠. 그러려면 일단 경이적인 노동력이 필요했을 거예요.

— 네. 물론 공통된 에센스는 있지만, 번역본으로 읽어도 전혀 다르다고 느낄 수 있죠.

무라카미 「프래니」 부분은 도시적인 스케치 느낌, 그전까지 그가 보여줬던 『뉴요커』풍의 터치가 얼마간 남아 있지만, 후반부의 「주이」 장으로 넘어가면서는 완전히 새로운 문체로 바뀝니다. 어떻게 제로에서 이런 걸 만들어냈는지 소름이 돋을 정도예요. 『호밀밭의 파수꾼』을 연상시키는 부분이 전혀 없잖아요? 스타일,

문체를 봤을 때. 그런데 『뉴요커』 편집자에게는 그 문체가 통하지 않았고, 상당히 강한 반발을 받았습니다.

저도 고등학교 때였나 대학교 때였나, 번역본으로 「주이」를 읽었을 때는 그렇게 와닿지 않았는데, 직접 번역하면서 영문 텍스트를 몇 번씩 읽어보고는 '이거 굉장하다'고 감탄했어요. 이렇게 어마어마한 문체를 시동하기란 거의 불가능해요. 그만큼 문체를 엄청나게 의식한 거죠. 스타일 컨셔스.

— 샐린저의 마지막 작품은 『해프워스 16일, 1924년』이죠. 이건 거의, 어떻게 읽어야 할지 모를 정도인데요.

무라카미 네, 솔직히 말해 읽기 힘들죠. 어디선가 문체의 흐름이 이상한 방향으로 떠내려갔다고밖에 볼 수 없어요. 물론 저의 개인적 의견일 뿐입니다만.

— 정말, 예닐곱 살의 시모어가 화자라는 설정도 그렇지만 마치 작품을 쓰는 도중에 무언가가 파괴된 느낌이에요.

무라카미 샐린저는 그렇다 치고 『젖과 알』 이야기로 돌아가서, 그 문체를 이제 묻어버렸다니 좀 아까운 생각이 드는군요.

— 작품에 필요해지면 다시 쓸지도 모르겠어요. 아까 말씀드린 이유와는 별개로, 초기에는 여러 가지로 도전해보고 싶은 마음도 있어서…… 그다음이 『헤븐』이라는 소설이었는데요.

무라카미 네. 거기서 문체가 또 완전히 달라졌죠.

— 저의 세번째 소설인데, 이때 무라카미 씨의 세번째 작품

『양을 쫓는 모험』을 의식했어요. 내용이 아니라 자세 면에서. 무라카미 씨는 이 작품에 스트럭처를 도입하며 비약적으로 발전했죠. 저도 반드시 세번째 작품에서—물론 『양을 쫓는 모험』까지는 못 되더라도, 어떤 변화를 보여야 한다는 강박이 있었습니다. 데뷔한 나이가 무라카미 씨와 같기도 하고요.

무라카미 아, 데뷔했을 때 나이가.

— 네, 서른이었어요. 무라카미 씨는 그런 식으로 의식하는 대상이 없으신가요? '아, 이 사람은 몇 살 때 이런 일을 했었지' 하면서 따져보게 되는 사람.

무라카미 그런 대상은 잘 모르겠군요. 기억나는 건 피츠제럴드가 마흔넷에 죽었고, 도스토옙스키가 예순에 죽었다는 것 정도예요. 제가 도스토옙스키보다 오래 살면서 소설을 쓸 줄은 생각도 못했죠. 그 사람, 사진 보면 완전히 할아버지잖아요. 그보다 더 나이를 먹어버렸다니 놀랍습니다.

— 도스토옙스키보다 나이가 많다니 충격이긴 하네요. 그래도 시대가 다르니까요(웃음). 그나저나 아까 잠깐 스트럭처 이야기가 나왔는데, 무라카미 씨는 문체와 더불어 '스트럭처가 중요하다'고 말씀하시죠. 이 이야기를 좀더 자세히 해주시겠어요?

무라카미 스트럭처는, 글을 쓰기 시작할 때는 거의 의식하지 않아요. 그럴 필요도 없이 당연하고 자연스럽게, 자기 안에 이미 갖춰져 있어야 하니까요. 인간 한 사람 한 사람에게 고유의 골격이 있는 것과 마찬가지죠.

— 스트럭처 역시 일부러 만들어내는 것이 아니다?

무라카미 그 형태가 어디서 생겨나느냐 하면, 주로 지금껏 자신이 읽어온 소설, 그리고 써온 소설에 의해 만들어집니다. 이미 자기 안에 자명하게 존재하는 것이죠. 그러니까 새삼 생각할 일이 없어요. 대신 문체를 생각해야죠. 그리고 문체가 이끌어내는 이야기를.

— 스트럭처에 대해 말하거나 쓸 때는 주로 '구조'라고 번역되는데, 이 말의 의미는 문맥에 따라 제법 달라집니다. '이 텍스트는 이런 구조를 지닌다'는 식으로 쓰이기도 하고, '이야기의 구성'이라는 의미로 구조라는 말을 쓰는 사람도 있고요. 무라카미 씨는 구조라는 어휘를 어떤 식으로 쓰시나요? 구조 자체, 구조란 무엇이라고 생각하는지 알고 싶습니다.

무라카미 으음. 집필이 어느 정도 진행되어, 이를테면 초고가 완성된다고 합시다. 그때쯤부터 구조라는 것이 자연히 드러나기 시작해요. 눈에 보이지 않는 투명한 뼈대에 조금씩 살을 붙여나간 결과 골격이 드러나기 시작했다, 그런 느낌에 가깝죠. 그런 뒤 또 어느 시점에 다다르면 그 골격의 최종적인 모양새를 조정하는 작업이 필요해질 겁니다.

— 구조는 이미 내포되어 있고, 그 형태를 초고 이후에 잡아가는 식인가요? 묻혀 있는 구조라고 할까요.

무라카미 화가가 캔버스에 그림을 그리는 것과 똑같아요. 캔버스에는 끝이 있죠? 다들 그 안에 그림을 그립니다. 테두리 바깥에는 그릴 수 없어요. 그래도 화가는 별다른 불편을 느끼지 않죠. 끝없이 이어지는 광대한 캔버스 없이는 자유롭지 못하다는 생각은 하지 않아요. 어떤 사이즈의 캔버스를 머릿속에 설정하면 그 안에서 세계가 완성되어갑니다. 소설에서도 마찬가지로, 이쯤이 끝이겠다 싶은 부분이 대략적으로 보여요. 아니면 오천육백 매씩 쓰고도 아직 모자란다고 하겠죠. 즉 어느 정도 쓰는 사이 구조가 보이기 마련이에요. 위쪽 끝은 이쯤이고, 아래쪽 끝은 이쯤. 좌우 양쪽은 여기까지. 그러니 구조나 골격을 두고 그렇게까지 고민할 필요는 없어요. 자연히 결정되니까요.

— 지금까지 독서를 통해 쌓아온 것들에 구조의 재료가 모여 있고, 그게 자연히 나오면서 작품에 따라 확실한 형태를 잡아간다는 말이군요. 무라카미 씨가 꾸준히 번역작업을 하는 것과도 적잖이 관계되는 것 같습니다. 번역이란 전체 구조뿐 아니라 문장구조 그 자체에 줄기차게 부딪히는 작업이니까요.

손을 잡고 어딘가로 이끌어주는 존재

— 이번 소설에는 여러 명의 여성이 등장하죠. 그림교실의 학

생도 여자고요.

무라카미 유부녀 말이죠.

— 맞아요. 그 밖에 러브호텔에서 딱 한 번 관계를 가지는 여자도 있고, 아키가와 쇼코 씨도 있고, 제일 중요한 아키가와 마리에가 있는데요. 이야기를 듣다보니 무라카미 씨 소설의 등장인물은 이름의 이미지에서 소환되거나, 문장이 지닌 운동성에서 나온다는 점을 알았습니다.

그렇다면 여성 등장인물들도 이야기의 흐름상 이런 인물이 필요하다거나 전체적인 균형을 맞추려는 계산에서 등장시키는 게 아니라, 자연히 나온 건가요?

무라카미 자연히 나옵니다. 예를 들어 아키가와 쇼코라는 사람이 여기서 필요하겠다 싶어서 쓰기 시작하는데, 직접 써보기 전에는 저도 그녀가 어떤 사람인지 잘 모릅니다. 쓰는 사이 아, 이런 분위기구나 하는 게 조금씩 보이죠. 연파랑 원피스에 회색 카디건을 입었군. 그런 옷에 광택이 있는 검은색 핸드백을 든 것을 보면 고상한 사람이겠지. 그런 식으로 점차 구체적인 형태가 완성되니까, 처음에는 알 수 없죠.

— 예를 들어 '나'가 그림교실 학생이던 유부녀 두 사람과 관계를 맺는데, 한 사람일 수도 있고 세 사람일 수도 있는데 하필 두 사람으로 정해진 건 왜일까 싶은데요. 이것도 자연히 정해지나요?

무라카미 정해집니다. 한 사람은 아니야. 그렇다고 셋은 너무 많겠지(웃음). 세 사람을 묘사하려면 피곤하고 다소 늘어져요. 한 사람이면 존재가 너무 커지고. 수적으로는 두 사람 정도가 알맞죠. 현실적인 이유가 큽니다.

— 이번 소설에서 중요한 역할을 수행하는 인물은 뭐니뭐니 해도 마리에인데요. 무라카미 씨가 소녀, 여자아이 캐릭터를 메인으로 쓴 건 「태엽 감는 새와 화요일의 여자들」의 가사하라 메이가 처음입니다.

무라카미 『댄스 댄스 댄스』의 유키는요?

— 단편 「태엽 감는 새와 화요일의 여자들」이 먼저고, 장편소설에서 처음 나온 건 『댄스 댄스 댄스』의 유키였어요.

무라카미 아, 그런가. 단편 버전이 먼저 나왔죠.

— 네, 『태엽 감는 새』의 모티프가 된 단편 「태엽 감는 새와 화요일의 여자들」은 1986년에 발표됐으니 이게 먼저예요. 여자아이가 주요 등장인물로 나온 첫 작품이죠. 오늘 인터뷰 앞부분에서 무라카미 씨는 여성이라는 존재에게 거리감이 있다고 하셨는데, 더욱이 소녀라면 상당히 멀지 않나 싶은데요.

무라카미 그런 의미로는 꽤 멀죠.

— 먼 존재라. 가사하라 메이는 애매한 나이대이긴 하지만, 어쨌거나 처음 소녀 캐릭터를 쓰면서 어떤 느낌이었는지 기억나는 게 있으세요?

무라카미 존재는 멀지만 글로 쓰는 것이 특별히 어렵다고 생각하지는 않았어요. 성인 여자보다 오히려 간단했던 것 같기도 해요. 복잡한 자아를 묘사하지 않아도 되니까.

—「태엽 감는 새와 화요일의 여자들」에는 세 명의 여자가 나오죠. 아내, 가사하라 메이, 그리고 전화 속 여자. 예전에 말씀하시길, 이 작품은 골목을 쓰고 싶어서 시작했다고요.

무라카미 맞아요. 전 그 골목을 좋아합니다. 골목 이야기를 자잘한 부분까지 자세하게 써보고 싶었죠. 소설은 골목의 구체적인 묘사로 시작해요. 친구 부부가 살았던, 세타가야 구의 작은 단독주택이 모델이었죠. 아주 작은 정원이 있고, 나무 한 그루가 서 있고, 그 뒤로 골목이 있었어요. 막다른 골목이었는지, 그것까지는 모르겠지만.

— 그 골목의 묘사가 기억납니다. 비에 떨어진 꽃잎이 테이블에 말라붙어 있었죠. 그때 처음으로 소녀 캐릭터를 쓰신 셈인데, 그뒤에 어떤 성취감 같은 게 있었나요?.

무라카미 무척 자연스럽게 썼던 것 같아요. 별로 생각하지 않고 막힘없이 저절로 써졌죠. 사실 그 주인공과 소녀 사이에는 섹슈얼한 감정이 존재하지 않으니까요. 그래서 편했는지도 모르겠군요.

— 섹슈얼한 감정이 없는 쪽이 편하다고요?

무라카미 물론 섹슈얼한 감정은 없지만, 왠지 서로 끌어당기는 부분이 있죠. 뭐라고 말하면 좋을까, 애초에 유전자의 구성이 다르다는 직관적인 느낌. 그런 신선함이 제법 자연스럽게 제게 스며들었어요. 가사하라 메이가 몇 살이었죠?

— 가사하라 메이는 열여섯 살. 학교에 가지 않는 고등학교 1학년이죠. 그애가 무척 좋은 말을 하는데. 기억하세요?

무라카미 그 시기의 여자아이 중에는 굉장히 날카로운 감각을 지닌 사람이 있죠. 의식과 무의식의 경계가 아직 굳지 않았고요. 그래서 그 날카로움이 더 두드러집니다.

— 소년 캐릭터를 쓸 때와도 다른가요?

무라카미 전혀 달라요. 육체적으로나 정신적으로나, 특히 그 나이대의 남자와 여자는 결정적으로 다르죠.

— 가령 소년을 묘사할 때는 좀더, 뭐랄까, 현실적인 부분부터 그려야 한다는 생각이 드나요?

무라카미 네, 그렇죠. 아무래도 성장 과정에 대한 설명이 좀더 필요해지는 것 같습니다. 이렇게 말하면 좀 그렇지만, 남자는 기본적으로 바보거든요. 거의 아무 생각이 없어요. 저도 한때 남자아이였으니 잘 압니다. 머릿속에 어리석은 생각만 가득하죠(웃음). 지금도 대체로 비슷하지만요.

— 최근에 무라카미 씨는 카슨 매컬러스의 『결혼식의 멤버』처럼 여성 작가가 청소년기를 그린 작품을 번역했는데요. 그 작업에서도 소녀의 날카로움이나 일종의 허무함, 십대의 모라토리

엄 같은 것을……

무라카미 만약 여성 작가가 아키가와 마리에나 가사하라 메이를 묘사한다면 전혀 다른 방식이 나올 거라고 생각합니다. 그 생명력이 좀더 구체적으로, 전면에 드러나겠죠. 카슨 매컬러스의 소설을 번역하면서 절감했어요. 나는 도저히 소녀의 이야기를 이렇게 쓸 수 없다고요. 저 같은 남성 작가가 소녀를 묘사하면 적잖이 상징적이 되어버려요. 좋든 나쁘든. 좀 개인적인 이야기를 해도 될까요?

— 물론입니다.

무라카미 중학교 때였나 초등학교 때였나, 희한하게도 여자아이 손에 잡혀서 어딘가로 갔던 기억이 있어요. 갑자기 다가와서 제 손을 잡고 끌고 갔죠.

— 누구였는데요? 학교 친구?

무라카미 같은 반 여자애였어요.

— 사귀었다거나 좋아했다거나 한 사이도 아니고요?

무라카미 그런 건 아니고, 그냥 좀 예쁘다 싶었던 아이였어요. "무라카미, 잠깐만" 하면서 손을 잡고 저를 어디로 데려갔죠. 아마 무슨 볼일이 있었겠지만, 무슨 볼일이었는지는 잘 기억이 안 나요. 그런 적이 두세 번 있었나.

— 두세 번. 실제로 있었던 일인 거죠?

무라카미 희한하죠. 저는 특별히 여자에게서 호감을 사거나 불특정 다수에게 인기가 있었던 경험이 전혀 없어요. 자랑은 아니지만, 정말로요. 그런데 어떤 여자아이에게 손을 잡혀서 어딘가로 갔던 기억은 은근히 또렷하게 남아 있단 말이죠.

— 꽤 멋진 이야기군요.

무라카미 별로 멋질 건 없어요(웃음). 그냥 그게 다였으니까.

— 그래도 무라카미 씨 소설을 이해하는 데 중요한 일화고, 담긴 의미도 멋진데요. 전후는 거의 기억이 안 나고 여자아이에게 이끌려 어딘가로 갔던 기억만 남아 있다. 그건 기분좋은 기억인가요? 좋았다 나빴다로 따지면 어때요?

무라카미 제법 기분좋은 기억 같아요. 지금도 그 손의 감촉이 생각나니까. 그렇게 대단한 체험은 아니지만요.

— 아뇨, 중요한 체험인걸요. 무라카미 씨가 생각하는 여성이라는 존재의 원형에 어딘가로 이끌려갔던 체험이 있는 거잖아요. 즉 여성은 이해의 대상이기도 하지만, 글을 쓰는 입장에서는 기본적으로 그런 존재로 기억되는 거고요.

무라카미 그 말을 듣고 보니, 여자아이가 갑자기 나타나서 손을 잡고 어딘가로 데려갈 때의 느낌이 제 안에 남아 있는지도 모르겠군요. 원체험처럼, 이런 일이 있었다는 기억이.

여성이 성적인 역할을 지나치게 떠맡지는 않는가

— 마리에 이야기를 좀 하고 싶습니다. 그녀는 가슴 때문에 신체적인 정체성과 관련해 꽤 심각한 고민을 하고 있죠. 이전 소설에 등장한 여자아이, 예를 들어 유키나 메이에게서도 저는 각기 독특한 매력을 느꼈습니다.

가사하라 메이의 경우는 '죽음의 덩어리 같은 것'을 설명하는 장면이 그랬는데요. '소프트볼처럼 둔하고, 부드럽고……'라는 대목입니다. 주인공의 눈을 감기고 그 이야기를 하는데, 소녀가 느끼는—'남에게 상처를 주는 일과 자신이 상처를 받는 일' 혹은 '남이 죽어버리는 일과 자신이 죽어버리는 일'의 불명료함, 이쪽과 저쪽 사이에 무수히 그어질 수 있는 경계선의 불가역성이 무척 훌륭한 필치로 그려져 있죠. 그 문장 자체가 소녀라는 존재를 역력히 느끼게 해주어서 최고로 좋아하는 부분입니다. 그런데 유키나 메이는 가슴 같은 신체적인 화제를 꺼낸 적은 없어 보이거든요. 반면 이번의 마리에는……

무라카미 몹시 신경쓰죠. 꼭 무슨 강박관념처럼요.

— 네, 무척 신경쓰는데, 좀 심한 정도 아닌가요? '나'를 처음 만나고 둘만 남은 순간 "저, 가슴 작은 편이죠?"라는 소리를 했을 때 전 상당히 놀랐는데요. 마리에가 자기 가슴에 강박관념이 있다는 아이디어는 어디서 나왔나요?

무라카미 특별히 아이디어 같은 건 없었어요. 그냥 그런 여자아이가 어딘가에 있지 않을까 했죠.

— 아니면 '나'의 캐릭터와의 갭…… 여기서 마리에가 가슴 이야기를 하면 어떤 반응을 보일까, 하는 발상이었을까요?

무라카미 글쎄요. 거꾸로 말해 마리에가 '나'에게 가슴에 대한 고민을 꺼내는 건 그를 이성으로 인식하지 않아서일 겁니다. 성적인 대상으로 보지 않기에 둘의 커뮤니케이션에는 보다 내면적인, 사념적인 요소가 강해지죠. 마리에가 '나'에게 그런 사이를 원하는 면도 있고요. 어쩌면 그애는 그런 사이가 될 수 있는 상대를 예전부터 찾아온 게 아닐까요. 아무리 그래도 성적인 대상이 될 수도 있는 상대에게 가슴이 너무 납작하다느니, 젖꼭지가 작다느니 하는 말은 보통 하지 않잖아요.

— 흠, 그렇군요. 저는 반대의 가능성을 느꼈거든요. 다시 말해 상대에게 자신의 성을 보다 의식시키는 방향의 발화인가 했는데, 무라카미 씨는 그 관계에서 섹슈얼한 분위기를 배제하고 사념적인 요소를 강화하려는 의도였다는 거죠.

무라카미 네. 그렇기 때문에 '나'와 마리에의 커뮤니케이션은, 소설적으로 말하면, 이야기의 한 축으로 기능할 수 있습니다. 그들의 대화에 의해 이야기에 또다른 국면이 주어지죠.

— 그 대화의 묘사에서 '나'라는 인물—어떤 독자도 실제로 만나본 적이 없는 인물—의 성품이 전해지기도 하고요.

무라카미 그렇죠. 열두 살 안팎의 여자아이가 안심하고 가슴 이야기를 할 수 있는 상대예요. 그에게는 그런 면이 있죠.

— 그럼, 무라카미 씨 소설에 나오는 '여성'에 대해 말하고 싶은데요. 무라카미 씨 소설을 논할 때 꽤 화제가 되는 것이 여성을 그리는 방식, 여성의 역할에 대한 얘기입니다.

예를 들어 저는 동성 친구들에게서 "넌 무라카미 하루키 작품을 굉장히 좋아하던데, 그런 부분은 어떻게 받아들이니?"라는 질문을 곧잘 받습니다. 무라카미 씨 소설에 등장하는 여자들을 보면 좀 꺼려지는 부분이 있다는 건데요. 남녀 관계없이, 저항감을 느끼는 사람이 있어요.

무라카미 그래요? 어떤 식으로?

— 이건 '생생하고 현실적인 여성상을 그렸는가' 하는 의미만은 아닙니다. 예컨대 아까 나온 이야기 중에서 여성이 무녀적으로 취급되고 무녀적인 역할을 담당하는 데 대한……

무라카미 손을 잡고 어딘가로 데려간다는 이야기 말이죠.

— 네. 주인공이 이화되기 위한 입구 혹은 계기로 여성이 등장하는 경우가 많다는 건데요.

무라카미 음, 그런 요소는 있는 것 같습니다.

— 이화, 즉 비일상으로 통하는 회로로 섹스가 등장하고, 주인공이 이성애자라는 설정이라면, 여성이 섹스 대상이 되어버리는 건 어느 정도 감안해야 하는 부분이죠. 그런데 어떤 면에서는

여성 캐릭터가 항상 그런 식으로 '성적인 역할을 지나치게 떠맡는다'고 느끼는 독자가 제법 있습니다. 이 점에 대해 꼭 이야기해보고 싶었어요.

무라카미 잘 모르겠지만, 필요 이상의 역할이란 어떤 걸까요?

— 다시 말해 여성 캐릭터가 성적인 역할만을 완수하기 위해 존재하는 경우가 많다는 겁니다. 이야기, 남성, 우물 등을 그릴 때는 그렇게 아낌없이 발휘되던 상상력이 '여자와의 관계'에서는 발휘되지 않아요. 여자가 여자 자체로 존재하지 못하죠. 주인공이든 조역이든 이른바 주체성을 지니고 자아실현을 이루는 전개도 얼마든지 가능할 텐데, 늘 남자 주인공의 희생양처럼 되어버리는 경향이 있거든요. 무라카미 씨 소설에서 여성 캐릭터는 왜 그런 역할이 많은가 하는 거죠.

무라카미 그렇군요, 음.

— 그 점에 대해 어떻게 생각하세요?

무라카미 그런데, 이렇게 말하면 좀 그렇지만 저는 어떤 등장인물에 대해서든 그리 깊이 쓰지 않는 것 같습니다. 남성이건 여성이건 그 인물이 어떤 세계에 관계되었는가, 요컨대 그 인터페이스(접면)가 주된 문제지, 존재 자체의 의미나 무게, 방향성 등은 오히려 필요 이상으로 묘사하지 않으려 주의하는 편이에요. 앞서 말했듯이 자아에 대해서는 되도록 다루지 않으려 합니다. 남성이건 여성이건.

— 네.

무라카미 다만 『1Q84』는 지금까지의 제 소설에서 가장 정면으로 여성 등장인물과 마주한 이야기가 아닐까 싶습니다. 아오마메는 덴고에게 매우 중요한 존재고, 덴고 역시 아오마메에게 그렇죠. 그래도 두 사람은 좀처럼 얼굴을 마주하지 못해요. 그럼에도 서로를 향한 채 이야기가 진행되고, 두 사람이 한 쌍이 되어 주인공 역할을 합니다. 마지막에 가서야 가까스로 얼굴을 마주하고, 하나가 되죠. 성적인 관계는 거의 맨 마지막에 가서야 등장해요. 그런 면에서 아오마메와 덴고는 소설적으로 대등하게 바라보고, 대등하게 이야기를 만들어간다고 말할 수 있다고 봅니다.

— 장편소설에서 어떤 커다란 존재와 싸울 때, 이를테면 『태엽 감는 새』에서는 오카다 도루와 구미코가 와타야 노보루와 맞서고, 『1Q84』에서는 아오마메와 덴고가 거대 악과 맞서잖아요. 그 둘의 공통점이 남자 쪽은 무의식의 영역에서 싸운다는 점입니다.

무라카미 그 말을 듣고 보니 그렇군요. 음…… 일반적인 남녀 관계와는 역할이 역전된 셈일까요. 잘 모르겠는데, 페미니즘적 관점에서 보면 어떤가요?

— 자주 나오는 해석인데요, 남자는 무의식의 세계에서 싸우고 여자가 현실세계에서 싸우는 구도로 볼 수 있다는 거죠. 『태

엽 감는 새』에서 생명유지장치 플러그를 뽑아서 현실의 와타야 노보루를 죽이는 역할, 즉 직접 손을 쓰고 심판을 받는 건 구미코입니다. 『1Q84』에서도 실제로 리더를 죽이는 건 아오마메였고요. 물론 모든 소설을 페미니즘적으로 읽을 필요는 없고, 올바름을 추구하는 것이 소설의 목표도 아니지만, 그래도 굳이 페미니즘의 시각으로 읽자면 '흠, 이번에도 또 여자가 남자의 자아실현을 위해 피 흘리고 희생당했군' 하는 느낌이 든단 말이죠.

현실세계의 많은 여자는 여자라는 사실만으로, 살기 싫어질 정도로 불쾌한 경험을 합니다. 성범죄의 피해자가 되어도 너한테 틈이 있어서 그렇다는 비난을 받죠. 마치 여자가 여자의 몸을 갖고 있는 것 자체가 잘못되었다고 존재를 부정하는 거나 마찬가지예요. 물론 이런 생각을 해보지 않은 여자도 있겠지만, 그런 경우에도 사회시스템이 완전히 내면화된 탓에 알아차리지도 못했을 가능성을 배제할 수 없죠. 그러니까 소설에서마저 여자가 남자의 자아실현이나 욕구 충족을 위해 희생되는 구도를 접하면 좀 피곤해지는 면이 있어요.

무라카미 음…… 그런 구도는 우연이 아닐까요. 적어도 저는 그런 점을 특별히 의식하지 않아요. 지극히 무의식적으로, 어쩌다보니 그런 이야기가 되어버리는 것 같습니다. 그런데 변명은 아니지만, 제 소설에는 그렇게 뚜렷한 도식만 나오는 건 아니거든요. 『노르웨이의 숲』을 예로 들면 나오코와 미도리가 각기 의식하의 세계와 의식상의 세계에서 열심히 살아가려 하죠. 주인공 '나'는 그 둘에게 강한 끌림을 느끼고, 마치 분열할 듯한 상태가 됩니다. 나아가 『애프터 다크』는 거의 여자들의 의사에 따라 이야기가 진행되는 세계고요. 그러니까 절대 여성 캐릭터를 성적 레벨의 '안내자'로, 주변적 존재로만 설정한 건 아닙니다. 이야기 자체를 잊어버려도 그녀들은 여전히 제 안에 살아 있어요. 『노르웨이의 숲』의 레이코나 하쓰미는 지금 떠올려도 가슴이 조금 뜨거워지죠. 저는 그녀들을 소설적으로 이용하지만은 않았다고 생각합니다. 작품에 따라 상황이 바뀌죠. 이건 변명이 아니라 실감으로, 체감으로 생각하는 것입니다.

— 이해합니다. 저도 작가로서 그런 실감을 온전히 공유할 수 있어요. 동시에 독자가 그런 식으로 받아들이고 읽어버리는 것도 그 자체로는 이해가 되고요.

지금 이야기는 제게 무척 중요한데요. 무라카미 씨에게 여성이란 성적인 존재 이상으로, 혹은 그와 관계없이, 이야기 자체를 다른 어딘가로 이끌어가는 존재라는 거죠.

무라카미 네, 여성에게는 분명히 남성이 가진 것과 다른 기능이 있다고 저는 항상 느낍니다. 판에 박힌 표현이지만, 우리는 그걸 서로 보완하며 살고 있죠. 때로 역할이나 기능을 교환하기도 하고요. 그런 것을 자연스럽게 받아들일지 도식적으로 받아들일지, 공정하다고 볼지 불공정하다고 볼지, 대립적인 성차로 볼지

협조적 개별성으로 볼지는 사람에 따라, 경우에 따라 다를 겁니다. 서로 보완하는 게 아니라 지워버리는 부분도 있을 수 있죠. 그래도 저는 그런 것을 이야기로 받아들이는 수밖에 없어요. 포지티브도 아니고 네거티브도 아니고, 그런 예견을 제쳐두고서, 내 안에 있는 이야기를 그대로 따라갈 따름입니다. 저는 사상가도 아니고, 평론가도 아니고, 사회활동가도 아니고, 일개 소설가일 뿐이니까요. 그래서 그것이 어떤 '주의'의 관점으로 볼 때 이상하다, 생각이 모자라다는 말에는 '미안합니다'라고 순순히 사과하는 수밖에 없죠. 사과하는 건 전혀 어렵지 않고요(웃음).

지금까지 읽어본 적 없는 여성 캐릭터

— 챈들러의 하드보일드 소설에서도 여자가 초반에 무슨 의뢰를 하는 역할로 등장하곤 하죠. 무라카미 씨가 읽어온 소설에서 여성 캐릭터가 어떻게 쓰여왔는지, 그 축적물과도 깊은 연관이 있을 것 같습니다.

그래도 무라카미 씨 소설 속 여성으로 말하자면 저로서는 일단 「잠」의 주인공을 빼놓을 수 없는데요. 이제껏 여성 작가가 쓴 여자 이야기, 남성 작가가 쓴 여자 이야기도 많이 읽어왔지만, 「잠」의 주인공 같은 캐릭터는 한 번도 만나본 적이 없어요. 정말이지 경탄스럽습니다.

무라카미 그 소설이 『뉴요커』에 실렸는데, 당시 미국에서 저는 거의 무명이라 많은 사람이 '하루키 무라카미'가 여성 작가인 줄 알았던 모양이에요. 실제로 '정말 실감나게 썼다'는 여성 독자의 팬레터를 몇 통이나 받았죠(웃음). 좀 난처했어요(웃음).

— 무라카미 씨 작품에서 여성이 화자로 등장한 첫 작품이죠.

무라카미 그러고 보니 그렇군요.

— 어떤 이유로 여성 주인공을 써볼 생각을 하셨나요? 아니면 따로 의식하지 않았나요?

무라카미 그 무렵 저는 로마에 살고 있었는데, 노이로제라고 할 정도는 아니었지만, 『노르웨이의 숲』이 엄청난 베스트셀러가 되면서 생긴 주위 반응이 너무 싫어서 어디 다른 세계로 도망치고 싶은 심정이었어요. 그래서 일본을 벗어나 이탈리아로 갔는데 한동안 기분이 침체돼서 아무것도 쓰지 못했죠. 그러다가 문득 무언가 쓰고 싶은 마음이 생겨서 「TV 피플」과 「잠」 두 편을 몰아서 썼습니다. 초봄 무렵일 거예요.

— 어느 쪽을 먼저 완성하셨어요? 「TV 피플」인가요?

무라카미 아마 그럴 겁니다. MTV에서 루 리드의 뮤직비디오를 보고 영감을 받아 거의 단숨에 썼죠. 그뒤에 여성 주인공이 등장하는 「잠」을 썼는데, 아마도 당시 제 심리상태가 그 이야기와 맞았지 싶습니다. 자신에게서 조금이라도 거리를 두고 싶은 심정이었나봐요. 그래서 여성을 주인공으로 했는지도 모르죠. 그 이야기도 꽤 짧은 시간에 썼던 기억이 있습니다.

—「잠」은 실로 훌륭한 작품입니다. 잠들지 못한다는 건 요컨대 죽음이 존재하지 않는 인생을 사는 일이나 마찬가지잖아요. 그 불온함과 독특한 긴장감이 한순간도 느슨해지지 않고 한 인간의 존재에 빈틈없이 겹쳐져 있죠…… 무라카미 씨는 이런 작품도 며칠 만에 쓰시죠? 단편이니까.

무라카미 그래도 완성형이 나올 때까지는 일주일 정도 걸렸지 싶어요.

—「잠」을 며칠에 걸쳐 정독한 적이 있는데, 어쨌거나 그런 여성 캐릭터는 처음이었어요. 여성인 제가 텍스트에서 '새로운 여성'을 발견한 기쁨이 있었죠. 그게 남성 작가의 손에서 나왔다는 사실도 놀라웠고, 정말 멋진 체험이었습니다.

아까 이야기로 잠깐 돌아가서, 무라카미 씨 소설 속의 여성, 여성의 조형造形을 말하라면 저는 「잠」의 이 주인공을 꼽습니다. 페미니스트인 저의 관점으로 봐도 여기서 신용거래가, 그것도 상당히 큰 신용거래가 성립하거든요. 그리고 무엇보다 문장 자체에 신뢰가 가요…… 무라카미 씨는 그레이스 페일리라는 여성 작가의 단편을 많이 번역하는데, 여성 인물을 조형하는 데 그런 것도 조금은 관계가 있을까요?

무라카미 큰 관계는 없을 거예요. 그레이스 페일리는 그저 소설 작품으로 재미있으니까 번역할 뿐이고, 그 안의 여성원리 같은 건 거의 의식하지 않습니다. 「잠」의 경우도 그냥 생각나는 대로 써서, 이 정도면 괜찮을까 생각한 정도였어요. 어쩌다보니 주인공이 여자였던 거지 특별히 여성의 심리를 쓰려고 의식했던 건 아닙니다.

— 여자를 묘사하겠다는 마음으로 쓰면, 여자가 보든 남자가 보든, 이렇게 하면 여자다워 보이겠지 하는 고정관념이 드러나기 마련인데, 이 소설에는 그런 게 전혀 보이지 않아요.

무라카미 그래도 한밤중의 부두에서 자동차를 흔들어대는 마지막 장면은 주인공이 여자라는 점을 꽤 의식하고 썼어요. 캄캄한 가운데 남자 몇 명이 자동차를 포위하고 마구 흔들어대면 여자 입장에서 몹시 무섭겠다고 느꼈거든요.

— 남자라도 상당히 무서울 테지만, 여자는 더 그렇겠죠.

무라카미 다른 부분에서는 그냥 한 인간을 묘사할 뿐 특별히 성별을 의식하지 않았죠.

— 그 거리감이 중요한데요. 인간…… 말 그대로, 인간의 요소만으로 인물을 구성했기에 거꾸로 여성이 부각되었다고 느꼈습니다. 그런 캐릭터는 처음이었어요. 굉장한 소설이었습니다.

무라카미 지금 생각해보면 주인공이 전업주부主夫고 부인이 의사인 설정으로, 남편이 불면증으로 한밤중까지 깨어 있으면서 요리나 빨래를 하는 이야기도 이상할 것 없겠다 싶습니다. 분명히 다른 부분이 있기는 하겠지만요.

— 여기서는 아들이 있다는 것도 하나의 포인트죠. 직접 낳은 입장에서는 아버지의 시선과는 또다른 절망을 느낄 테고요.

무라카미 그리고 그 부인이 보이는, 남편을 향한 혐오감. 그건 여자에게만 있는 감정일지도 모르겠다 싶어요.

— 혐오라고도 단언하기 힘든 무언가를 느끼죠.

무라카미 음. 저도 가끔 집안에서 등뒤로 그런 낌새가 느껴지곤 합니다. 스멀스멀(웃음).

— 스멀스멀이면 아직 괜찮은 편 아닌가요. 다른 집에서는 보통 콱 꽂히거든요(웃음). 맞아요, 남편과 아들이 손을 흔드는 모습이 정말 닮았다는 묘사가 있었죠. 혐오감을 혐오감이라고 명명하지 않기 때문에, 읽는 사람이 마음속에 가지고 있는, 뭐라 형언할 수 없는 감정을 파고듭니다. 『안나 카레니나』에서도 그런 효과가 있었죠.

무라카미 『안나 카레니나』라. 그렇죠, 그것도 남편에 대한 혐오감을 그린 소설이군요. 톨스토이도 평소 집안에서 그런 낌새를 스멀스멀 느꼈는지도 모르겠어요(웃음).

— 지금까지 많은 남성 캐릭터를 써오면서 이번의 멘시키 씨처럼 도통 정체를 알 수 없는, '이런 캐릭터는 처음이지 않나' 싶은 등장인물도 나왔는데, 앞으로는 여성 쪽에서도 그런 인물이 등장할 가능성이 있나요? 아니면 역시 필요한 역할을 수행하는

존재, 어찌 보면 신화적인 존재로 등장하게 될까요?

무라카미 물론 지금까지와 다른 여성 캐릭터도 점차 만들어가고 싶어요. 이번의 아키가와 쇼코 씨 같은 경우도 조연이기는 하지만 지금까지 제가 별로 써본 적 없는 캐릭터죠. 개인적으로 상당히 관심이 가는 인물이고요. 그녀에 대해 좀더 자세히 알고 싶다는 바람이 있습니다. 실제로는 생각만큼 파고들지 못했지만.

— 무슨 책을 읽고 있었을지 궁금해요. 무슨 책일까요? 초대작 하드보일드 소설이어도 좋겠고(웃음). 궁금하더라고요. 뭘까, 어떤 책을 읽는 사람일까. 상상이 잘 안 돼요.

무라카미 『삼국지』일 수도요(웃음).

— 쇼코 씨, 터프하시네요(웃음). 챈들러의 소설도 그런데, 여성 캐릭터의 첫 등장 장면에서 머리 모양이나 의상 등을 머리끝부터 발끝까지 묘사해서 윤곽을 또렷하게 각인시키곤 하죠. 무라카미 씨 소설에서도 등장인물 묘사를 의상의 디테일에서 시작하는 경우가 많아 보이는데, 여자 옷에 대한 정보는 어디서 얻으세요?

무라카미 정보원은 없습니다. 그냥 생각나는 대로 쓸 뿐이죠. 따로 연구하진 않지만, 그 사람의 이미지를 파고들다보면 의상도 거의 자연스럽게 결정됩니다. 그래도 음…… 여자 옷은 일상생활에서도 꽤 관찰하는 것 같아요. 저부터가 옷 쇼핑을 꽤 좋아하니까요.

—「토니 다키타니」의 아내가 엄청난 쇼핑광이죠. 마지막에 교통사고로 죽는데, 옷을 생각하면 금단증상으로 몸이 후들거리는 장면 같은 건 최고였어요.

이렇게 새삼 이야기를 듣다보니 다양한 여성을 그려오셨다 싶어요. 여성 캐릭터의 조형이 '한 가지 패턴뿐이다'란 생각은 들지 않아요. 물론 한 인물을 그리는 것과 관계성을 그리는 건 별개입니다만.

무라카미 솔직히 저는 그런 패턴 같은 건 잘 모르겠습니다. '내 소설에 나오는 여성'이라고 묶어서 말해도 제 눈에는 하나하나 다른 사람이고, 저는 기본적으로 그녀들을 성별에 앞서 한 인간으로 생각하니까요. 이건 다른 얘기인데, 「녹색 짐승」의 아내도 상당히 무섭죠.

— 네, 맞아요.

무라카미 그 작품에 그려진, 여자만이 가지고 있는 일종의 잔혹함은 저도 종종 피부로 느끼지만 좀 독특하죠. 또 성차 얘기를 한다고 지적받을지도 모르겠는데, 그런 잔혹함은 남자들에게서는 별로 볼 수 없지 않나 싶어요. 물론 남자도 잔혹해질 수 있지만, 그건 다소 도식적입니다. 논리를 따르거나, 아예 무시하고 사이코패스가 되거나. 그런데 여자의 잔혹함은 좀더 일상적이에요. 가끔 가슴이 철렁하죠. 「녹색 짐승」은 이상하게 여성 팬이 많았습니다. 이상하다고 할 것도 없으려나?

— 네, 제 주위에도 좋아하는 사람이 꽤 많고, 저도 좋아하는 작품입니다. 그 무서움을 무섭다고 느끼지 않고 당연한 것처럼 자연히 받아들이는 부분이 있죠. 낯익은 잔혹함이라고 할까요.

지하에 도사린 내 그림자를 접하는 순간

— 그럼 오늘의 마지막 질문을 드리겠습니다. 무라카미 씨는 자기 작품을 말로 설명할 필요가 점점 없어진다고 하셨는데요. 작품 비평이나 분석과는 어느 정도 거리를 두는지 궁금합니다.

공적인 발언으로는 작년 10월 안데르센 문학상을 수상했을 때가 가장 최근이죠.

무라카미 네, 연설을 했죠.

— 그때 안데르센의 「그림자」라는 소설을 인용하면서 소설가에게 중요한 것은 그림자다, 그 그림자를 최대한 정직하고 정확하게 써야 한다고 했습니다. 그 그림자에서 도망치지 않고, 논리적으로 분석하지도 않고, 자신의 일부로 받아들여 내부에 담아두고서 글로 쓰는 것, 그 과정의 경험을 공유하는 것이 소설가에게 결정적으로 중요한 역할을 한다고요.

그 말에 저도 깊이 공감했습니다. 어쨌거나 똑바로 응시하고 있는 그대로 받아들이는 것이 중요하다는 말에는 정말 고개가

끄덕여지지만…… 그래도 그 어둠을 분석하고 논리적으로 이해하는 일도 어떤 중요한 깨달음을 얻는 데 일조할 수 있지 않을까 싶거든요. 아니면 논리적으로 파악하고 분석하는 일은 그림자를 마주하는 태도로서 별로 적절하지 않을까요?

무라카미 저는 솔직히 분석이란 것을 썩 좋아하지 않습니다. 물론 전혀 하지 않는다는 건 아니고, 가끔 저 나름의 분석을 해보긴 했어요. 그런데 나중에 생각해보면 거의 틀렸더군요(웃음). 분석에 적용하는 팩터가 하나라도 많거나 적으면 결과가 완전히 달라져버리죠. 그렇게 재미없는 오류는 더이상 범하고 싶지 않다는 것이 솔직한 심정입니다.

— 거의 틀렸다라(웃음). 그렇게 말할 수 있다는 게 무라카미 씨의 장점 같아요. 전혀 마초스럽지 않잖아요. 아무튼 분석은 하지 않는 게 좋다는 입장이시군요. 이야기를 있는 그대로 받아들여달라. 마법이 풀려버린다고까지는 하지 않겠지만, 지금 시대는 뭐든 분석적, 논리적으로 해석하는 쪽으로 나아가는데 그보다는 그저 받아들이는 것이 중요하다, 그림자를 마주할 때도 논리적으로 분석하지 말고 받아들여라.

무라카미 그렇습니다. 매사를 있는 그대로 받아들이는 데도 상당한 체력이 필요하니, 그런 힘을 기르는 일이 중요하지 않나 싶어요.

— 말씀하신 것도 충분히 훌륭한 일이죠. 그래도 제가 생각

하기에는, 그림자를 받아들이는 것과 논리적으로 분석하는 것이 과연 상반되는가라는 의문이 들거든요. 오늘 마지막으로 그 점을 여쭈고 싶습니다.

무라카미 상반되는 건 아니지만, 서로 꼭 겹쳐야 하는 것도 아니죠. 조지프 콘래드가 이렇게 말한 적 있어요. 작가는 지극히 사실적인 이야기를 쓸 생각이더라도 저도 모르게 환상적인 세계를 써버리곤 한다. 무슨 말이냐 하면, 콘래드에게 '세계를 환상적이고 비논리적이고 신비적으로 그리는 것'과 '세계가 신비롭고 환상적이라고 생각하는 것'은 완전히 별개라는 겁니다. 자생적인 괴리가 있죠.

— 쓰는 것과 생각하는 것은 별개다.

무라카미 예컨대 저는 딱히 '이 세계는 신비롭고 환상적이다'라고 생각하지 않아요. 초자연적인 현상도 잘 믿지 않고, 괴담이나 귀신도 마찬가지죠. 점성술 같은 것에도 전혀 흥미가 없어요. 어쩌면 그런 비정합적인 현상이 어딘가에서 일어날지도 모르고 결코 그 사실을 부정하지는 않지만, 나와는 크게 관계없는 일이라고 생각하면서 살고 있습니다. 굉장히 산문적이고 비非스피리추얼한 세계관이죠. 그런데 이야기를 쓸 때면, 지극히 사실적으로 그려나가려고 하는데도 결과적으로는 그런 비정합적인 세계를 그리게 돼버립니다. 영문 모를 것이 속속 등장하죠. 이것이 '세계를 신비적, 환상적으로 생각'하는 것과 '세계를 신비적, 환상적으로 그리는' 것은 별개라는 말의 의미입니다. 이해되시죠.

— 네.

무라카미 그 괴리 혹은 격차 같은 것에 자신의 그림자가 존재하지 않나, 저는 생각합니다. 그래서 괴리는 제게 중요한 의미를 가지고요. 저는 소설을 쓸 때 그저 주위에 있는 세계를 조금이라도 현실적으로, 사실적으로 그리고자 합니다. 경과나 동기를 보면 매우 단순한 영위營爲예요. 그런데 사실적으로 쓰려 하면 할수록 '기사단장'이니 '긴 얼굴'이니 하는 것이 어디서 튀어나와버려요(웃음). 독자나 평론가 중에는 이거 무슨 동화 같은 건가 생각하는 사람도 있겠지만, 제게는 어디까지나 현실 그 자체입니다. 동화적인 요소는 전혀 없어요.

그렇다면 그 괴리는 어디서 오는가. 그걸 아는 것이 자신의 그림자를 마주하는 힌트가 된다고 생각합니다. 나 자신은 실제로 이 현실세계에 살지만 지하에는 나의 그림자가 도사리고 있고, 소설을 쓸 때 스멀스멀 위로 올라와서, 보통 사람들이 생각하는 리얼리티를 밀어제치고 나가버린다. 나는 그런 작업 속에서 나 자신의 그림자를 보려 하는 것이 아닐까. 다만 나는 소설가이기에 이야기를 쓰는 작업을 통해 그것이 가능하지만 보통 사람은 좀처럼 불가능할 수도 있다. 즉 나는 이야기를 씀으로써 많은 사람을 위해 그 작업을 대행하고 있는지도 모른다. 그런 느낌입니다. 왠지 주제넘은 소리 같지만.

— 무라카미 씨에게 자신의 그림자를 접하는 순간이란, 그 이야기 세계를 구성하는 모든 문장을 다듬고 또 다듬어서 극한까지 가는 감각이라는 거군요.

무라카미 네, 말하자면 그럴 겁니다. 그 의미는 분석이 아니라 행위 자체에 있습니다. 물론 분석도 어느 정도 중요하겠지만 적어도 제 역할은 아니죠. 제게는 행위 총체가 분석을 포함해야 합니다. 행위 총체와 동떨어진 분석은 뿌리째 뽑힌 식물과도 같습니다. 고정된 분석에는 반드시 어딘가에 오차가 생기니까요. 경우에 따라 허용치일 수도 있지만, 매우 위험한 오차일 수도 있죠. 적어도 저는 그렇게 느낍니다. 그래서 되도록 통계적인 분석에는 손대지 않으려 해요. 그보다 이야기의 다이너미즘 속에서 최대한 유동적으로 사물을 바라보려 합니다. 문장을 극한까지 다듬는 일도 분명 그 다이너미즘의 하나고요.

— 어째서 실제 현실 속의 나와 내가 쓴 이야기 속 세계에 이런 비약, 차이가 생기는가. 그 이유를 깨닫는 순간도 역시 그림자와 관계있다는 거죠. 하지만 조심해야 할 것은, 왜 무라카미 씨가 쓰는 글에 비약이 생기는가 할 때의 '비약'에 해당하는 부분은 현실 쪽의 이론으로 해석하지 않아야 한다는 거고요.

무라카미 그렇죠, 그게 중요합니다. 현실적으로만 이야기를 해석해버리면 단순한 수수께끼 풀이가 돼버립니다. 혹은 전문가의 지식 경쟁이 되거나. 제 소설을 놓고 분석적 비평이 자주 이루어지는 모양인데 저는 그런 글을 읽지 않아요. 그것도 그것대로 독립적인 지적 전략으로 보면 재미있을지도 모르지만, 작가인 저의 본래 의도와는 큰 관계가 없으니까요.

마찬가지로, 스피리추얼한 쪽으로만 해석하는 것도 경우에 따라 위험해집니다. 말 그대로 존 레넌을 살해한 채프먼의 전철을 밟게 될 수도 있어요. 그 사이에서 균형을 잡기는 매우 어렵지만, 저로서는 가능한 한 '선한 이야기를 쓰자'는 의지를 지켜나가는 수밖에 없죠. 그리고 그런 마음이 아마 독자한테 전해질 거라고 긍정적으로 믿습니다. 사실 그것 말고 제가 할 수 있는 일은 아무것도 없다는 기분이 들고요.

(2017년 1월 25일, 미기시 아틀리에에서)

4장

설령 종이가 없어져도 인간은 이야기를 이어갈 것이다

무라카미 씨 자택. 그림이 많이 걸려 있고 카펫이 하나같이 근사했다. 서재에는 엄청난 양의 레코드가. 거대한 스피커에 커다란 금속 접이부채 같은 것이 달려 있었는데, 문외한인 나도 그 외양만 보고 '굉장한 물건인가보다'라는 생각이 바로 들었다. 소파에 앉아 베토벤 피아노소나타 32번 2악장을 들었다. 소노다 다카히로, 하스킬, 제르킨. 훌륭한 사운드였다. 책장 여기저기 놓인 오리 장식품. 무라카미 씨 책상 앞쪽으로 커다란 정사각형 창이 나 있고 그 너머로 산과 하늘이 보였다.

일기는 남기지 않고 숫자를 기록한다

무라카미 실은 지난번 인터뷰 때도 준비했는데, 『기사단장 죽이기』의 집필 과정 메모를 가져와봤습니다. 잊기 전에 읽어볼게요. 참고가 될지 모르니까. 우선 시작은 2015년 7월 말로 되어 있네요. 처음 가와카미 씨와 잡지 『MONKEY』에 실린 인터뷰를 한 게 6월이었으니, 그 다음달에 이 소설을 시작한 셈입니다.

— 음, 그 인터뷰 7월이었어요. 7월 9일요.

무라카미 어, 정말? 그럼 그 인터뷰 뒤에 바로 시작했군요.

— 정말 바로였네요.

무라카미 처음엔 그냥 닥치는 대로 쓰기 시작했어요(웃음). 그리고 이듬해인 2016년 5월 7일에 1고를 완성했다고 쓰여 있네요. 약 열 달인가. 생각보다 빨랐군요.

— 평균을 잡으면 매달 이백 매쯤이군요.

무라카미 음, 그 정도 될 거예요.

— 주 5일로 한 달에 이십 일 썼다 치면, 하루에 열 장……

무라카미 그사이 번역을 하긴 했지만 다른 글은 쓰지 않고 여기에만 매달렸으니까, 시간의 밀도는 높은 편이에요. 약 열 달 만에 완성하고, 바로 고쳐 쓰기에 들어가서 2고가 끝난 게 6월 말.

— 종이에 프린트하지 않고 파일상으로 고치시죠?

무라카미 네, 컴퓨터 화면으로 고칩니다. 참고로 『태엽 감는 새』 무렵부터 쭉 EGWord라는 프로그램을 쓰고 있어요. 꽤 옛날 프로그램이지만 소설은 이걸로만 써버릇해서. 그리고 한동안 중간 휴식, 섭생 기간을 두었다가 3고에 들어가서 7월 말에 끝났군요. 속도가 점점 빨라집니다.

— 처음 2고와 3고 사이에 어떤 변화가 있었는지는 무라카미 씨밖에 모르겠지만……

무라카미 여기, 양의 변화를 메모한 게 있어요.

— ……정말이네요. 매수의 증감이 일목요연하군요.

무라카미 이렇게 각 장의 분량을 메모해둡니다.

— 이 표에서 (1)이 1고, (2)가 2고, (3)이 3고란 거죠. 1고에서는 1장에서 64장까지 있었고, 1장 1고가 원고지 환산 42매. 그리고 2고로 넘어가며 8매 줄었고— 이런 것을 매번 적어두세요?

무라카미 일일이 적어둡니다. 제가 좀 꼼꼼하거든요(웃음).

— 2장의 경우는 처음에 51매였다가 조금 줄어서 50매가 되고, 3고에서 다시 늘어서 53매가 됐군요. 이런 바이오리듬은 무라카미 씨에게 어떤 의미인가요?

무라카미 그러니까 말이죠, 고쳐 쓸 때 이번에는 깎아내는 쪽으로 가자, 늘리는 쪽으로 가자 하는 대략적인 방침을 미리 정해둡니다.

— 네? '깎아내자, 늘리자 방침'이라니요?(웃음)

무라카미 이번 고쳐 쓰기는 분량 줄이기를 중심으로 해보자. 그다음에는 조금 늘리는 쪽으로 써보자. 그때그때 테마를 정하는 거죠.

— 그게 매번 달라지나요?

무라카미 매번 다릅니다. 일단 거칠게 깎아내고 그다음 조금 늘리는 기분으로 살을 붙여가는 패턴이 많긴 하지만요. 그래서 7월 말 3고가 끝나고 4고에 들어가서 8월 중순, 정확히 8월 15일에 끝났군요. 그뒤로 또 고쳐 써서 9월 12일 5고가 완성됐는데, 이때 편집자에게 USB를 '휙' 건넸습니다.

— 담당 편집자에게 USB를 '휙' 보냈다는 거죠?

무라카미 네. 아무 예고도 없이 갑자기. 저는 청탁을 받아서 글을 쓰지 않으니까 어느 출판사에 원고를 넘길지는 다 쓰고 나서 결정해요. 그러면서 바로 프린터로 출력해달라고 부탁하죠. 그때까지는 계속 파일에서 수정했으니까, 이 단계에서야 종이에 인쇄된 상태로 읽고 다시 고칩니다. 컴퓨터 화면으로 읽을 때와 종이로 읽을 때는 느낌이 상당히 다르거든요. 1부의 종이원고 수정을 끝낸 것이 10월 5일. 이어서 2부를 출력해서 손질을 마친 게 11월 15일. 이게 5고인 셈이에요.

— 출력한 원고가 5고라고요?

무라카미 6고인가? 아, 6고네요. 여기서부터 정식 교정지가 됩니다.

— 여기서부터 교정지.

무라카미 그러니까 교정지가 나올 때까지 6고를 거치는 셈이죠. 세세하게 고치는 부분은 훨씬 더, 셀 수 없이 많지만, 처음부터 쭉 읽어나가면서 마음먹고 손대는 작업은 여섯 번쯤 한 거죠.

— 새로운 버전은 원래 원고 위에 덮어쓰나요, 아니면 남기는 편이신가요?

무라카미 일단 제 USB에는 원형이 남아 있습니다. 예전에 손으로 쓰던 시절에는 불가능했지만 지금은 뭐, 전부 간단히 남겨둘 수 있잖아요. 자리도 차지하지 않고. 원고의 추이를 한눈에 볼 수 있으니 연구자 등이 보면 좋아할지도 모르지만, 연구자에게 넘기지는 않을 거예요(웃음). 덧붙여서 이 소설을 쓰는 동안 번역서는 네 권을 거의 마무리했어요.

— 그러니까요, 뭐 이런 작업량이……

무라카미 카슨 매컬러스의 『결혼식의 멤버』, 레이먼드 챈들러의 『플레이백』, 그레이스 페일리의 단편집 『그날의 나중에』, 또 하나가 뭐였더라. 아, 존 니콜스의 『알을 낳지 못하는 뻐꾸기』. 이렇게 네 권을 번역했어요. 꽤 되네요.

— ……

무라카미 소설을 쓰다보면 소설에서 빠져나가려고 자꾸 번역 쪽으로 가는 면도 있어요.

— 빠져나간다고요?

무라카미 왜, 소설을 생각하면 머릿속이 바짝 졸아들잖아요. 그 사이사이 번역을 하면 머릿속이 편안해지거든요. 그래서 자꾸 그쪽으로 숨게 돼요. 도피죠. 도피로서의 번역. 시바타 모토유키 씨에게 이런 이야기를 했더니, 시바타 씨는 대학교의 갖은 잡무에서 벗어나기 위해 역시 번역으로 숨었다더군요. 그런데 이제 대학교를 그만뒀으니 "그럼 이제 숨을 데가 없잖아요" 했더니 "번역에서 도망칠 필요는 없습니다" 하시더군요(웃음). 그분은 굉장하죠. 저 같은 사람보다 훨씬 굉장해요.

— 시바타 선생님도 초인이시죠……(웃음) 새삼 이 메모를 보니, 이렇게 추이나 집필 과정을 상세히 기록하는 건 역시 무라카미 씨가 꾸준히 달리기를 하는 것과도 관계있겠다 싶은데요.

무라카미 그럴지도 몰라요. 달리기도 마찬가지로 오늘 어디를 몇 킬로미터 달렸다 하는 걸 기록해두니까요. 수영을 하면 레인을 몇 번 왕복했다 하는 식으로. 일일이 헤아려요.

— 소설의 신체를 파악하듯이 말이죠.

무라카미 저는 뭐든 금방 잊어버리는 편이거든요. 그래서 어떤 식으로 소설을 써나갔는지 일단 기록해둡니다. 일기를 쓰지 않으니까 심리상태 같은 건 글로 남지 않지만 사실관계, 숫자만은 정확히 남겨두려 해요. 구체적으로 어디에 쓸모가 있어서가 아니라 그냥 메모처럼.

— 그때 무슨 생각을 했다, 같은 건 안 쓰고요.

무라카미 그런 거 말고 그냥 숫자만요. 날짜와 숫자.

— 옛날부터 그러셨어요?

무라카미 네. 옛날부터 일기를 쓴 적이 없어요. 이상하게 안 써지더군요. 말 그대로 사흘을 못 갑니다. 그래도 몇시에 어디 가서, 무엇을 하고, 맥주를 몇 병 마셨다, 이런 숫자들은 스케줄러에 꽤 자세히 써둬요.

— 『바람의 노래를 들어라』가 떠오르는 에피소드네요. 수학적인 사실관계, 숫자와 친한 편이시군요.

무라카미 숫자에는 복잡한 생각이 필요 없으니까요. 스스로를 사실에 잡아매두는 거예요. 보트를 로프에 묶어두듯이.

일단은 대충 날려 쓴다

— 이번 장편을 시작할 때는 어떤 분위기였나요?

무라카미 집필을 시작한 게 2015년 7월이니, 『무라카미 씨가 있는 곳』이 나오고 한숨 돌린 무렵이죠.

— 엄청난 양의 메일에 답하셨죠.

무라카미 네, 엄청난 양. 정말이지 어마어마한 수의 메일이 밀려들었는데, 그걸 다 읽고 답장을 썼으니까…… 전부 이천 통쯤 되려나요. (실제로는 3716통이었다.) 어쨌든 끝날 때까지 다른 일은 전혀 할 수 없었죠. 마지막에 가서는 머리가 어질어질하고 눈도 침침했어요. 눈 건강에는 안 좋은 일이었어요. 그게 어찌어찌 끝나서 잠깐 한숨 돌리고, '슬슬 소설에 돌입해볼까' 했던 것 같아요.

— 휴식기간이 너무 짧지 않나요?

무라카미 지금 생각하니 참 바빴네요. 그전 해 『여자 없는 남자들』이라는 단편집을 내고, 해가 바뀌고 넉 달 정도 『무라카미 씨가 있는 곳』에 집중하고, 가을에 『직업으로서의 소설가』가 나올 예정이었으니까, 슬슬 장편소설 차례가 왔다는 생각이 들었어요. 물론 도입부의 막연한 이미지는 가지고 있었지만, 실제로 언제 집필을 시작할지는 저도 때가 되기 전까지는 몰라요. 『무라카미 씨가 있는 곳』을 끝내고는 아마 하와이에 갔을 거예요. 눈을 쉴 겸 하와이에서 느긋하게 뒹구는 사이에, 뭔지는 잘 모르겠지만, '흠, 슬슬 가볼까' 하는 기분이 뭉게뭉게 피어오르기 시작했죠(웃음).

— 무라카미 씨의 느긋하게 뒹굴기가 설마 사흘쯤인 건 아니겠죠(웃음). 어쨌거나 쉴새없이 엄청난 작업량을 소화하셨네요.

무라카미 마감이 없는 일은 제게 취미나 마찬가지니까 사실 작업이라고 하기도 그래요. 그래서 누가 바쁘냐고 물으면 "아뇨, 요즘은 번역만 해서 별로 안 바쁩니다"라고 대답하곤 하죠.

— 그렇게 무라카미 씨 나름의 휴식이 일단락됐군요.

무라카미 장편소설은 '좋아, 해보는 거야!'가 아니라 '뭐, 한번 해볼까'에 가깝게, 가벼운 기분으로 시험 삼아 써보면서 시작해요. 그러면 이야기가 자연히 뻗어나가고, 이윽고 본격적으로 소설 깊숙이 들어가게 되죠.

— 최종적으로 어느 정도 분량의 소설이 될지 시작 단계부터 감이 오나요?

무라카미 대충 알 수 있어요. 이번 장편은 이천 매였는데, 뭐, 천 매는 넘겠다, 천오백 매는 넘겠다, 하는 정도는 감이 오죠. 유일하게 아니었던 게 『노르웨이의 숲』이었지 싶어요. 중편을 쓸 생각으로 시작했다가 예상보다 길어졌는데, 제 생각에 그 작품은 타입이 조금 다르니까요. 보통은 이렇게 시작되면 이 정도 가겠다, 라는 걸 대충 압니다.

— 그래서 이번에는 이천 매 정도를 예상하셨군요.

무라카미 편집자에게 넘길 때까지 총 삼백 매쯤 덜어냈지만, 그랬어요.

— 그 과정이 이 일람표에 나와 있고요.

무라카미 역시 장편소설을 쓸 때는 군더더기가 많아집니다. 쓸데없이 힘이 들어가거니와 앞서 쓴 내용을 잊어버리고 또 쓰기도 하고요. 그래서 자꾸 길어지죠.

— 교정지가 나오기 전까지 6고를 거친 셈인데, 증감을 되풀이하며 이 정도면 되겠다 하는 단계에서 교정지를 출력하고 나서도 또 수정을 하시나요?

무라카미 교정지를 몇 번 고쳤더라. 초교, 재교, 삼교…… 마지막으로 OK교까지.

— 그럼 전부…… 10교네요(웃음).

무라카미 뭐, 그 정도는 항상 합니다. 이번에는 적은 편이었을걸요.

— 장편소설에서 이 정도는 기본인가요?

무라카미 네. 그 정도로 손보지 않으면 불안해요. 장편소설은 전체 구성의 밸런스도 복잡하고, 정합성 문제도 있고, 사실관계도 따져야 하고, 저 말고도 몇 명씩 달려들어 상당히 자세하게 들여다볼 필요가 있죠.

— 예를 들어 이번에는 화가가 주인공이니까 직업적인 디테일을 묘사해야 하잖아요. 전문적인 부분을 조사해야 하는 장면도 처음부터 다 써놓으시나요? 아니면……

무라카미 처음 단계에서 그리 자세하게 쓰진 않아요. 대부분 머릿속으로 상상해서 써놓죠. 세부는 나중에 조사해서 정정하면 되니까요. 이를테면 일본화가는 붓을 브러시라고 부르지 않는다거나……

— 그런 부분이 문제죠(웃음).

무라카미 처음에는 거의 상상으로 쓰고 넘어갑니다. 화가가 그림을 어떻게 그리는지, 저는 태어나서 유화를 그려본 적이 한 번도 없으니까 기술적인 부분은 거의 모르지만, 일단 대충 써요.

위키피디아 같은 데서 간단히 체크할 때도 있지만 되도록 그런 건 보지 않으려 합니다.

— 되도록 보지 않는 이유가 있나요?

무라카미 '대충 이렇겠지' 하고 직접 상상하는 편이 더 잘 써지니까요. 여러 디테일을 끌어오면 거기에 눌려 문장이 잘 흘러가지 않거든요. 1고는 어쨌거나 문장의 위력으로 이야기를 끌고 가야 하니까 되도록 발걸음을 멈추지 않아요. 디테일은 나중에 얼마든지 조정할 수 있죠. 모르는 부분은 신초샤 교열부에서 맡아주고요.

— 이천 매에 달하는 원고를 가까이서, 또 멀리서 보기를 거듭하다보면 문득 원고에 대한 자신감이 사라진다고 할까, '혹시…… 이렇게 길게 쓰고 있지만 나 말고는 재미고 뭐고 못 느끼는 소설이 아닐까' 하는 불안에 휩싸이는 때는 없으세요?

무라카미 없습니다.

— 항상 그런 확신이 있으신가요?

무라카미 네. 확신이 없으면 장편소설을 쓸 수 없는걸요.

— 쓰는 도중에도요?

무라카미 네, 쓰면서는 그런 의혹 같은 걸 느끼지 않아요. 다 쓰고 다시 읽어보면서 '아, 여기는 좀 별로군' 하는 대목이 보이면 때에 따라 대폭 고쳐 쓰지만, 쓰는 도중에는 그런 생각을 해봤자 별수없으니까. 아무튼 확신을 가지고 써나가는 수밖에 없어요.

고민하지 말고 뛰어넘어야 해요.

— '이건 실패작이 아닐까' 같은 생각은 조금도 안 하세요?

무라카미 안 해요. 쓰다 말고 도중에 '아, 이거 실패인데' 하면서 앞으로 돌아가 새로 쓴 적은 없었어요. 제 기억으로는.

— 목적지는 이미 정해져 있으니 전진할 뿐이다?

무라카미 일단 시작하면 가는 수밖에 없죠. 계속 앞으로 나아가야 해요. 나중에 얼마든지 고칠 수 있으니까, 뭐가 어찌되건 이야기의 흐름을 따라서 끝까지 다 써요.

— 1고와 편집자 손에 넘어간 이천 매의 내용이 얼마나 다를지 궁금하네요. 전부 아는 사람은 무라카미 씨밖에 없겠지만요.

무라카미 달라진 부분도 좀 있어요. 이를테면…… 이 인물이 여기서 무슨 일을 하는 에피소드가 이야기 흐름과 영 맞지 않는다, 그래서 그(그녀)가 그 일을 하지 않은 걸로 변경하거나 다른 에피소드로 바꾸는 경우는 가끔 생기죠. 그래도 그로 인해 전체적인 줄거리가 바뀌진 않아요. 그 정도는 얼마든지 기술적으로 대처할 수 있습니다.

— 분위기도 바뀌지 않고요?

무라카미 분위기도 특별히 바뀌지 않을 겁니다. 어디까지나 테크니컬한 부분이니까.

— 그야말로 이 소설의 이데아 같은 것이 있고, 그 본질은 처음부터 바뀌지 않는다는 이야기 같네요.

무라카미 네, 이야기 흐름의 본질만 붙잡고 있으면 아무 걱정 없습니다. 저는 고치는 건 잘하는 편이라 시간이 별로 걸리지 않고요.

— ……일별 노동량을 계산해봐야 큰 의미는 없지만, 어쨌거나 열 달 동안 이천 매를 썼다면 매일 열 장쯤은 쓰신 셈이잖아요.

무라카미 그렇죠.

— 디테일을 따지면 어떤가요? 이 부분은 쓰면서 즐거웠다거나 이 부분은 술술 쓰였다거나, 지금 돌이켜봤을 때 인상적인 장면이 있는지요?

무라카미 특별히 없어요. 그날그날의 작업량을 소화할 뿐이죠.

— 없다고요? 전체적으로 비슷한가요? 이 부분은 쓰면서 즐거웠다, 하는 것 없이.

무라카미 그런 건 생각이 안 나네요.

— 그래도 하나 꼽는다면요? 이천 매를 열 달이나 보고 있으면 애착이 생길 법도 한데요.

무라카미 대화 쓰는 걸 좋아하니까 기사단장이 말하는 장면이나 아마다 마사히코와 대화하는 장면 등은 힘 안 들이고 썼어요. 쓰면서 즐거웠냐고 한다면 그건 잘 모르겠지만, 적어도 고심하면서 쓰지는 않았던 것 같군요.

— 기사단장의 "아니네" 같은 특이한 말투는 캐릭터와 동시

에 나오지 않았나 짐작하는데, 그런 것도 참 절묘하게 잘 쓰시죠(웃음). 『호밀밭의 파수꾼』에서 홀든의 선생님이 내는 신음소리를 "아흠"이라고 번역하신 것도 인상적이었어요.

무라카미 그런 건 자연스럽게 나오는 편이에요.

— 소리내어 말해보기도 하나요? "그건 아니네"라든가.

무라카미 설마하니 그러진 않아요. 혼자 중얼거리면 바보 같잖아요(웃음). 그냥 필요해지면 툭 튀어나옵니다. 일일이 생각하지 않아요. 깊이 생각해봐야 뾰족한 수가 없으니까. 그런데 말이죠, 의외로 생각하는 것보다 생각하지 않는 게 보통은 더 어렵거든요. 자꾸 생각해버리게 되죠.

— 그저 흐름을 중시하고 따라간다.

무라카미 어디가 좀 이상하다 싶어도 '됐어, 내일 생각할 수 있는 일은 내일 생각하자' 하고 그대로 나아갑니다. 큰맘 먹고 앞으로 나아가면 나중에 또 어떻게든 되거든요.

— 이 부분은 두 장 반쯤 우선 써놓고, 자세한 건 나중에 생각하자, 하는 식으로요?

무라카미 그런 식으로요. 아무튼 깊이 생각하는 일은 되도록 피하려 합니다.

— 반대로 쓰는 속도가 갑자기 느려지거나 무거워지는 건 어떤 대목인가요?

무라카미 아무래도 서술이죠. 경우에 따라서는 상당히 쓰기 힘들어요. 읽는 쪽도 마찬가지로, 대화는 술술 읽고 넘어가더라도 서술은 어느 정도 각오하고 열심히 읽어줘야 하죠. 중요한 말이 나올지도 모르고. 작가에도 두 부류가 있어서, 서술을 '정신 차리고 읽으시오!' 하듯이 촘촘하고 빽빽하게 써넣는 작가가 있고, 이 대목은 독자도 읽기 힘들겠지 하고 나름 서비스해주는 작가가 있습니다.

— 친절하게요.

무라카미 그렇죠, 친절을 발휘해서. 저는 굳이 말하자면 친절한 작가인 것 같아요. 지난번 예로 든 '뚱뚱한 우편배달부만큼' 같은 표현을 하나 넣어주면 독자의 마음이 느긋해지죠. 독서에는 그런 이완이 꽤 중요하고, 그 부분을 어떻게 배치하느냐에 작가의 수완이 발휘됩니다.

— 친절한 마음에 '여기서 뭐가 필요하겠는데' 싶으면 수고가 좀 들더라도 써보는 편인가요?

무라카미 쓰기 힘든 부분은 귀찮으니까 대충 날려서 써둡니다.

— 날려 쓴다.

무라카미 예를 들어 여기 이 방의 묘사가 필요하다고 합시다. 처음부터 완벽하게 쓰려고 들면 머릿속이 부글부글 끓으니까, 우선 생각나는 대로 대충 써둬요. 400자 원고지 두 장 반쯤 할애할 부분이다 싶으면 그만큼을 일단 묘사로 채우는 거죠. 뭐가 됐건 간에 필요한 분량을 글자로 메워둬요. 훌륭한 문장을 쓸 필요는 없습니다. 나중에 고쳐 쓰면서 필요에 따라 깎아내거나, 부풀리거나, 세부를 공들여 묘사하거나, 아름다운 친절을 발휘하거나, 근사한 비유를 집어넣으면 되니까요. 하루에 열 장 쓰려면 어려운 부분은 적당히 패스해야지, 안 그러면 몸이 못 버텨요.

— 그렇죠! 방금 진심으로 안심했어요…… 그러게 말이 안 됐단 말이죠. 매일 열 장을 꽉 채워서 완벽한 글을 써나가다니, 어떻게 그럴 수가 있나 하고(웃음).

무라카미 완고를 매일 열 장 쓰려고 들면 어렵겠죠.

— 그렇죠? 그런 거죠? 여기서 두 장 반쯤 필요하겠다는 건 대강 아니까……

무라카미 소설이란 호흡과 같으니 그 호흡의 밸런스만 파악해 두면 됩니다. 여기서 두 장 반 묘사, 라는 걸 머릿속 공정표에 넣어두고 일단 두 장 반을 써버려요. 뭐든 좋으니까.

— 호흡을 고르면서 쓸 수 있는 범위 안에서 써두는 거죠. 아무렇게나.

무라카미 아무렇게나 써요. 그리고 나중에 읽어봤는데 의외로 '음, 뭐 이것도 괜찮은데' 싶을 때도 있고요.

— 의외로 잘 썼잖아, 하고요(웃음). 그런 부분은 파일에 표시해두시나요?

무라카미 그러지는 않고, 머릿속으로 기억합니다. 왜냐하면…… 아, 말하려다 깜빡했는데, 하루에 열 장을 쓰기 앞서 아침에 일어나 컴퓨터 앞에 앉으면 전날 쓴 부분부터 손봅니다. 그 열 장 정도를 읽고 너무 거친 부분을 조금 다듬죠.

— 그 작업은 대충 한 시간쯤 걸리나요?

무라카미 그렇게까지 걸리진 않아요.

— 삼십 분 정도?

무라카미 아니, 더 짧아요. 십오 분에서 이십 분쯤 될까. 부족한 부분을 덧붙이고 불필요한 부분을 잘라냅니다. 시간 들여 고민하진 않고 한번 살짝 손대는 느낌으로요. 그러면서 흐름을 파악하고 그날 분량을 쓰기 시작하죠. 연속극 보면 먼저 '지난 회 줄거리'가 나오잖아요. 'Previously on Breaking Bad……', 그것과 똑같아요. 그리고 내일은 또 오늘 쓴 부분을 잠깐 손보고…… 이러기를 매일 반복합니다. 헤밍웨이도 그렇게 글을 썼다는 이야기를 어디서 읽은 적이 있어요.

— 그렇게 나날의 고쳐 쓰기를 거치고 나서도 1고, 2고, 3고, 마지막 10고까지 가는 거군요(웃음).

무라카미 네.

— 단편은 그렇게까지 안 고치시나요?

무라카미 단편도 물론 고칩니다. 다만 읽는 데 시간이 걸리지 않으니까 장편만큼 수고스럽지 않을 뿐이죠.

새로운 1인칭의 세계가 시작된 걸까

— 이번 『기사단장 죽이기』에서 공간적인 디테일 묘사 하면 멘시키 씨의 저택을 들 수 있죠. 그런 대저택을 한번 그려볼까 하는 생각이 있었나요?

무라카미 아뇨, 그렇진 않았어요. 멘시키 씨가 사는 집이자 이야기의 중요한 무대이니 어느 정도 자세히 묘사해줄 필요가 있어서 그냥 하는 수 없이 썼죠. 저는 집이나 건축물에 특별히 흥미가 있는 편이 아니라서. 워낙 큰 집이라 방 배치나 방향을 생각하는 것만으로도 귀찮았어요(웃음).

— 하는 수 없이 썼다고요?(웃음)

무라카미 네. 쓰다보니 저도 방 배치가 헷갈리는 바람에 교정지 단계에서 담당 편집자에게 모순된 부분을 지적당하고 고쳐 쓰느라 애먹었습니다. 그 편집자는 대학교에서 건축학을 전공한 사람이었거든요.

— 자동차 묘사도 많았는데요.

무라카미 네. 재규어 등은 직접 타보고 연구했습니다. 재규어를 몰아본 적이 없어서 소설을 완성한 뒤 중고차 판매상에 가서 시승해봤어요. 틀린 데가 없는지 확인하려고. 막상 타보니 중고인데도 무척 근사한데다 십 년이 넘은 거라 가격도 괜찮아서 '아아, 갖고 싶은데' 하는 생각까지 들었어요(웃음). 사면 멘시키 씨가 되어버릴까봐 사진 않았지만요.

— 이번 주인공은 서른여섯 살. 무라카미 씨 소설에는 예전부터 삼십대 주인공이 많은데, 부모에게 물려받은 지유가오카의 아파트에 사는 다자키 쓰쿠루도 그렇고, 점점 삼십대 주인공들의 안목이 실제 그 나이대 사람들보다 높아지는 느낌이 들어요.

무라카미 안목이 높아진다. 무슨 뜻일까요?

— 음, 예를 들어 '나'는 멘시키 씨 집에 초대받았을 때 테이블에 올라온 접시가 고이마리라는 걸 바로 알잖아요. 실내의 물건들을 눈으로 좇아가는 묘사에서 그가 물건의 가치를 잘 안다는 것이 느껴져요. 만약 『태엽 감는 새』의 오카다 도루였다면 좀 더 서민적으로 반응했을 것 같거든요. 부자들의 가치관은 나와 상관없는 이야기라고 거리를 두겠죠. 그런데 다자키 쓰쿠루 때부터 조금씩 부유층의 분위기가 풍깁니다. 이번 작품 속 서른여섯 살의 '나'도 금전적으로 풍족한 편은 아니지만 자동차나 실내장식품, 카펫, 요리 등을 금세 알아보고 판단하는 게, 안목이 높다고 할까, 고가품의 가치를 알고 있는 인상이에요. 아마다 마사히코의 음악 취향도 그렇죠. 이번의 '나'는 여자라면 『가정화보』나 『미세스』 같은 잡지를 정기구독할 사람처럼 보여요. 남성지의 비유는 잘 모르겠지만요.

무라카미 음, 듣고 보니 그런 것 같습니다.

— 주인공에 삼십대 중반 남성이 많은 이유로 물길 안내인에

적합한, 앞으로 어떻게 될지 모르는 나이라는 점을 꼽으셨죠. 그런 면은 계속 지켜오면서도 점점 주인공이 지닌 문화적 분위기나 교양 같은 것이 변해온 듯 보입니다.

『태엽 감는 새』의 오카다 도루라면 아마 고급차에 그렇게까지 주목하지 않을걸요. 차가 크네, 하면서 쳐다보고 야유 섞인 쿨한 비유를 툭 던질 느낌이죠(웃음). 그런 변화가 독자로서 무척 흥미롭게 다가왔습니다. 1인칭으로 쓰인 소설에서 화자가 무엇을 보는지, 무엇을 독자에게 전하는지는 소설의 세계관에 연결되는 아주 중요한 요소입니다. 그런 면에서도 지금까지의 1인칭 소설과는 분위기가 좀 달랐어요.

무라카미 이를테면 챈들러는 오랜 기간에 걸쳐 필립 말로를 주인공으로 장편소설을 썼는데, 소설 속 말로도 점점 나이를 먹어갑니다. 나이 설정 자체는 크게 바뀌지 않았지만 캐릭터의 인상이 해가 갈수록 조금씩 원숙해지고 노련해져요. 초기 작품에는 꽤 거칠고 폭력배 같은 구석이 있는 반면 후기에는 노련해졌다고 할까, 사려가 깊어졌죠. 인생에 대한 체념 같은 것도 제법 짙어지고요. 물론 여기에는 작가인 챈들러의 변화도 반영되었겠죠.

그리고 또 한 명의 유명한 말로, 조지프 콘래드의 『암흑의 핵심』『로드 짐』의 화자인 말로 선장도 작가의 나이에 따라 조금씩 분위기와 관점이 변해갑니다. 저는 그들처럼 같은 주인공이 등장하는 시리즈물을 쓰지는 않지만, 1인칭 단수라는 점에서는 역시 나이에 따른 변화가 엿보일 겁니다. 저의 시점이 주인공의 시점에 섞여드는 것을 막을 수 없으니까요.

그래서 이번 소설을 쓰면서 '나(와타시)'라는 인칭을 망설임 없이 선택했습니다. 이번에는 그렇게 쓸 수밖에 없다고 처음부터 생각했어요. 지금까지 제가 써온 소설의 1인칭은 대개 '보쿠'였죠. 그리고 제가 사용해온 '보쿠'라는 1인칭과 이번의 '와타시'라는 1인칭 사이에는 나름의 거리가 있어요. 그 거리감은 어느 정도 의도적이면서 자발적인 것입니다. 그게 가와카미 씨가 '변했다'고 느끼는 부분인지도 모르겠군요.

— 인터뷰를 시작하면서도 1인칭 '와타시'에 대한 이야기가 나왔는데요. 무라카미 씨에게는 '와타시'라는 주인공이, '와타시'라는 인칭으로 글을 시작하는 것이 거부할 수 없는 흐름이었다고요.

무라카미 네. 이 소설은 '와타시'라는 1인칭이 아니면 잘 만들어낼 수 없을 것 같았어요. 처음 '와타시'라는 1인칭을 선택했을 때, 소설의 성격이 상당 부분 결정되지 않았나 합니다.

— 어떤 인칭을 쓰느냐는 그 이야기 속 세계의 전체적인 무드로 직결하는 문제니까요.

무라카미 제가 느끼기에, '와타시'는 관찰하는 사람에 가깝습니다. 반면 '보쿠'는 『양을 쫓는 모험』이 전형적인데, 주위의 여러 강한 힘에 이끌리거나 휘둘립니다. 이번 소설의 '와타시'도 이끌리거나 휘둘리기는 하지만 좀더, 뭐라고 할까……

— 냉정하죠.

무라카미 관찰을 통해 어떻게든 자기 자리를 유지하려는, 보존하려는 의지가 확실하죠. 그래서 『양을 쫓는 모험』의 1인칭 '보쿠'보다는 좀더 사회성을 겸비했고, 그런 면이 다르다고 봐요.

— 성격도 다르고요.

무라카미 그래서 3인칭 소설 몇 편을 거쳐 다시 1인칭으로 돌아왔을지라도 예전과 같은 곳에 돌아온 것 같지는 않아요. 새로운 1인칭의 세계가 시작된 기분이죠.

— 무라카미 씨는 '보쿠' 시점으로 소설을 써온 시기가 길었잖아요. 무라카미 씨 소설의 1인칭 '보쿠'는 최대의 발명이라고 말하는 사람도 있을 정도로 상당히 특수한데요.

무라카미 그럴지도 모르죠. 제게는 그냥 평범하지만.

— 사물, 사람에 대한 주인공의 태도와도 큰 관계가 있겠지만, 마치 3인칭으로 들리는 효과가 있습니다. 역설적인 얘기지만 그래서 더욱 그 쿨한 주인공에게 동경심을 품으며 스스로를 투영할 수 있었다고 할까요. 『MONKEY』 인터뷰에서도 '보쿠'의 그런 기능을 말한 적 있는데, 그 '보쿠'가 이야기하는 세계에서 무라카미 씨의 수많은 시그니처 중 중요한 한 가지를 찾을 수 있거든요. 오로지 '보쿠'이기에 가능한— 유예기와 현실도피의 구조를 포함한, 어떤 안타까운 감정이 드러나 있잖아요.

무라카미 네, 그렇죠.

— 독자들은 그 안타까움 같은 것을 그리워하며 초기작이 더 좋았다는 식으로 말하곤 합니다. 시대에 관계없이, 1990년대가 됐든 2000년대가 됐든, 그때그때 피할 수 없는 '안타까움'을 안고 살아가는 사람들에게 공명하는 거죠. 무라카미 씨는 다시 한 번 그때의 '보쿠' 같은 감정으로 무언가를 써보거나, 그때의 공기를 맛보고 싶다고 생각할 때가 없으신가요?

무라카미 없습니다. 저는 그런 그리움을 느끼지 않으니까요. "지금 서른 살로 돌아갈 수 있다면 돌아갈래?"라고 물으면 "아뇨, 됐습니다. 한 번으로 충분합니다"라고 대답할 수밖에 없는데, 그것과 비슷할지도 모르겠군요.

예전에 쓴 책은 다시 읽지 못한다

— 『MONKEY』 인터뷰에서도 '3인칭을 획득함으로써 잃게 된 건 없는가'라는 질문에 그렇게 말씀하신 기억이 있어요. 지난 작품은 다시 읽지 않는다고……

무라카미 맞아요, 안 읽습니다.

— 사실 조금은 읽지 않으실지?(웃음) '난 역시 잘 쓰는군, 대단해' 할 때 없으세요?(웃음)

무라카미 전혀 없어요. 낭독을 위해 「거울」이나 「4월의 어느 맑은 아침에 100퍼센트의 여자를 만나는 일에 대하여」 같은 짧은 글을 어쩔 수 없이 읽고, 낭독하기 쉽도록 손보는 경우는 있습니다만, 그 외에는 전혀 들여다보지 않아요. 창피해서요.

── 『태엽 감는 새』를 책장에서 무심코 꺼내들고 넘겨보다가 '오오, 이 다이너미즘…… 역시 돌파력 있어' 할 때도 없으세요?

무라카미 정말 안 읽어요. 거짓말 아니라고요(웃음).

── '피부 벗기는 장면, 이건 세계 제일인걸', 이럴 때(웃음).

무라카미 없어요, 없어. 다만 가끔 무슨 글을 읽다가 '음, 이거 꽤 좋은걸' 했더니 내 소설 인용이더라 할 때는 있어요.

── 잠깐, 잠깐만요(웃음). 네? 뭔가를 읽다가 이거 좋은데 했던 부분이 알고 보니 자기 글이었다고요?(웃음)

무라카미 문예지나 잡지를 팔랑팔랑 넘겨보잖아요. 그러다 눈에 확 띄는 글이 있어서 '오, 꽤 괜찮은걸. 누가 쓴 거지' 하고 보니 예전에 제가 쓴 소설의 인용이었어요(웃음).

── 저기요(웃음). 꽤 긴 인용이었나보군요?

무라카미 네, 긴 편이었어요.

── 자기가 쓴 글인데 바로 못 알아봐요?

무라카미 모르죠. 예전에 쓴 것들을 일일이 기억할 리가요.

── 인터뷰 앞부분에서도 정말 하나도 기억나지 않는다고 하셨는데, 이쯤 되니 무라카미 씨는 진짜로 하나도 기억 못하는 게

아닌가 하는 생각이 들기 시작합니다.

무라카미 그러게, 진짜 잊어버린대도요. 계속 새로운 걸 쓰잖아요. 예전에 쓴 글을 어떻게 다 기억하겠어요.

— 앞부분을 복습해보면, 무라카미 씨는 본인이 무슨 글을 썼는지 잊어버린다, 책으로 출간되고 어느 정도 시간이 흐르면 흥미가 없어진다, 나아가 지금 쓰고 있는 것밖에 흥미가 없다는 건데요.

'글쓰기'라는 작업을 극한까지 파고드는 것밖에 흥미가 없으니 남의 평가도 기본적으로는 신경쓰지 않는다. 이야기 자체도, 이건 이러저러한 뜻이라고 사전에 생각하지도 않거니와 쓰고 나서 새삼 의미를 생각하거나 해답을 마련하는 일도 일절 없다.

무라카미 일절 없습니다.

— 이러면 무라카미 씨는 꼭…… 이야기가 밖으로 나오기 위해 통과하는 기관器官 같다는 느낌이 강해지는데요(웃음).

무라카미 아니, 그렇게 대단할 것도 없는데요.

— 보면 볼수록 그런 느낌이 강해진단 말이죠.

무라카미 그냥 단순하게, 좀 예전에 쓴 글을 읽으면 '이것도 이제 촌스럽군' 하는 기분이 들어요.

— 촌스럽다고요?

무라카미 예를 들어 오 년 전쯤에 쓴 글을 읽어보잖아요? 그러면 이상하게 글이 촌스럽다 싶은 거예요.

— 부분적으로 그런가요? 아니면 전부?

무라카미 전부. 옷과 마찬가지예요. '이건 무려 오 년이나 지난 패션이잖아'란 생각이 들면 영 어색해지죠. 차라리 직접 새로운 걸 쓰는 게 낫겠다 싶어요.

— 내 몸에 맞는 것을 새로 쓰면 된다?

무라카미 네. 『태엽 감는 새』를 지금 다시 읽으라면 촌스러워서 못 읽을 거예요.

— 그 '촌스러움'이란, 지금 같으면 이렇게 쓰지 않을 텐데 하는 건가요?

무라카미 그렇죠. 지금 같으면 좀더 다른 단어를 쓰고 좀더 다른 전개로 나갈 텐데 싶을 겁니다.

— 주제가 시대에 뒤떨어졌다거나 나오는 사물이 진부하다는 게 아니라요.

무라카미 구체적인 주제나 구성원보다, 피부로 느끼는 감각의 문제인지도 몰라요.

— 디테일에 드러난다는 말씀인가요? 인물을 구성하는 작은 요소 같은 것에.

무라카미 옛날, 대학생 때였나, 마틴 윌리엄스라는 평론가가 마일스 데이비스를 인터뷰한 기사를 읽은 적 있어요. 블라인드 테스트처럼 음반을 틀어주고 감상을 묻는 자리에서 마일스 데이비스 자신의 오래된 음반을 걸었죠. 십 년 전쯤 연주한 그의 오리

지널 곡 〈Swing Spring〉이었을 거예요. 그러자 마일스가 "제법 괜찮은걸요. 누가 연주했지? 누구 곡이죠?"라고 물어요. "당신이 십 년 전에 연주한 당신 곡이에요"라고 인터뷰어가 일러주자 "설마, 나는 전혀 기억에 없는데" 합니다. 그때 저는 이 사람 이거, 또 거짓말한다고 생각했죠(웃음). 괜히 쿨해 보이려고 저런다, 잊어버릴 리가 없잖아, 라고요. 〈Swing Spring〉은 손에 꼽히는 명연주인데 그렇게 간단히 잊어버릴 수 없을 거란 말이죠. 그런데 요즘 들어 아, 마일스가 정말 잊어버렸을 수도 있겠다고 생각하게 됐어요. 예전에는 뭐 그런 거짓말을 다 하느냐고 혀를 차놓고(웃음).

— 이제는 그 기분을 알겠다는 건가요(웃음).

무라카미 알겠다고 할까, 그럴 수도 있겠다고 생각하게 됐죠. 아닌 게 아니라 마일스도 잊어버렸을지도 모르겠다고.

— 촌스러움을 느끼게 된 건 최근인가요, 아니면 초기부터 그런 면이 있었나요?

무라카미 전부터도 좀 그랬는데, 나이를 먹으면서 과거와 멀어짐에 따라 더 심해진 것 같기도 합니다. 예전에 쓴 글은 정말로 흥미가 없고 들춰보는 일이 거의 없다고 해도 믿어주는 사람은 별로 없지만요.

— 단편도 다시 읽지 않으세요?

무라카미 낭독할 자리가 있을 때 말고는요. 물론 제가 쓴 글이

'시시하다'거나 '재미없다'고 생각하는 건 아닙니다. 최선을 다해 썼다는 뿌듯함이 아직 제 안에 남아 있고, 긍지 같은 것도 느끼고, 누가 칭찬해주면 물론 기쁩니다. 삼십 년이 지나서도 절판되지 않고 서점 매대에 놓인 제 책을 보면 고맙고, 독자에게 감사하는 마음이 들죠. 당연한 일입니다. 작가니까. 그래도 그와 별개로, 내가 쓴 소설을 새삼 다시 읽고 싶은 마음은 좀처럼 들지 않아요.

— 예전에 카버 작품에 국한하지 말고 무라카미 씨의 올 타임 베스트 단편소설을 몇 편 꼽아달라는 말에 역시 레이먼드 카버의 「너무나 많은 물이 집 가까이에」를 말씀하셨는데, 다른 사람의 소설은 어느 시대 작품이건 지금도 잘 읽으시잖아요. 그런 식으로 자신이 옛날에 쓴 소설도 읽을 수 있는 건 아닌지……

무라카미 다른 사람이 쓴 글과 제가 쓴 글은 다르니까요.

— 다른 작가들의 소설은 시대 배경을 감안해 상당히 객관적으로 바라보시는 편인데, 그런 식으로 자신의 커리어나 소설을 평가할 수는 없나요?

무라카미 자기가 쓴 글을 평가하기란 어렵죠. 카버를 예로 들어 「대성당」과 「별것 아닌 것 같지만, 도움이 되는」 「너무나 많은 물이 집 가까이에」 등은 지금 읽어도 정말 대단하다, 손댈 곳이 없다 싶지만. 내가 쓴 단편소설 중에서 베스트3를 꼽으라면 도무지 추려낼 수 없어요. 어찌어찌 추려낸다 해도 지금 읽어보면 역시 짜증날 거예요.

— 짜증나는 건가요…… 이건 내가 봐도 완벽하다 싶은 작품은 없나요?

무라카미 없을걸요. 같은 이야기도 지금이면 다른 식으로 쓰지 않을까 합니다.

— 흐음.

무라카미 다만 지금의 제가 그 단편을, 지금의 감각과 기술로 새로이 썼을 때 독자들이 더 좋아졌다고 느끼느냐 하면 꼭 그러지는 않을 거예요. 어디까지나 저 자신의 기분 문제니까요. 그러니 웬만하면 다시 읽지 않으려 합니다. 읽으면 아무래도 손대고 싶어져요.

— 단편을 새 책에 수록하면서 고쳐 쓰신 경우도 제법 있죠.

무라카미 있습니다. 고단샤 전집을 간행할 때 단편을 몇 편 고쳐 썼어요. 원본은 손대지 않았지만, 전집은 '얼터너티브'라는 느낌으로.

— 「잠」도 제목을 히라가나로 바꾸면서 고쳐 쓰셨고, 「중국행 슬로보트」도 그랬죠. 읽으면 아무래도 손대고 싶어지는 걸까요.

무라카미 네. 다만 다시 읽고 싶지 않은 단편도 있는데, 그런 건 완전히 노터치입니다. 사실 대부분이 그런 것 같지만요.

— 「오후의 마지막 잔디」가 그렇다고 하셨죠.

무라카미 그 작품은 네, 다시 읽기 힘들어요.

— 재미있는데요, 독자와 작가의 갭. 당연하다면 당연하지만 같은 작품에 대한 평가가 완전히 달라요. 아니지, 같은 작품이라고 할 수 없겠네요, 그런 의미에서는.

무라카미 과거의 자신과 마주하기란 때로 매우 힘겹습니다. 독자의 입장과 작가의 입장은 꽤 차이가 있을 거예요. 예컨대 무척 잘생긴 남자, 무척 아름다운 여자 중에도 거울을 보기 싫어하는 사람이 있죠. 자기 눈에는 나쁜 구석만 보이는 거죠. 옆에서 보면 전혀 흠잡을 데 없는데도. 조금 다른 얘기일지 몰라도, 내가 보는 자신의 모습은 남이 보는 것과는 상당히 다릅니다.

— '고쳐 쓰기'에도 그런 원리가 작용하는 느낌이 들어요.

무라카미 「중국행 슬로보트」와 「가난한 아주머니 이야기」는 잡지 게재 당시 꽤 많이 고쳤습니다. 아직 신인이라 단편 작법을 잘 몰라서 시행착오를 겪었어요.

— 「가난한 아주머니 이야기」 당시의 인터뷰를 읽어보니 편집자와 제법 의견을 교환했다고 하시더군요. 편집자와 무라카미 씨가 무릎을 맞대고 원고를 들여다보며 의논했다는 이야기를 별로 들어본 적 없어서, 그런 시절도 있었구나 했습니다. 「가난한 아주머니 이야기」 때는 무슨 특별한 상황이 있었던가요?

무라카미 하나도 기억이 안 나네요.

— 역시 잊어버리셨다(웃음).

무라카미 기억은 안 나지만, 그 무렵까지만 해도 편집자와 의견 교환을 하긴 했어요. "여긴 이렇게 하면 좋지 않을까" "이 부분은 좀더 추가하는 게 어떨까" 같은. 「중국행 슬로보트」는 『우미』에, 「가난한 아주머니 이야기」는 『신초』에 실었는데 『우미』는 야스하라 겐, 『신초』는 스즈키 지카라가 담당이었으니 이래저래 의견이 오갔을 겁니다. 자세한 내용은 잊었지만요. 아, 야스하라 씨는 소설 내용에 대해선 딱히 의견을 말하는 편이 아니었어요. 네, 네, 뭐든 마음대로 쓰세요, 하는 타입이었죠. 마음에 들면 고스란히 받아들이고 마음에 안 들면 고스란히 퇴짜를 놓아요. 스즈키 지카라 씨와는 진구 구장 야외석에 나란히 앉아 교정지를 체크했던 기억이 있습니다. 10월의 일정 소화 경기였는데(웃음).

— 그런 일은 『양을 쫓는 모험』까지였다고 보면 될까요?

무라카미 음, 대략 그 무렵까지였어요. 그뒤로는 몇몇 예외를 빼면 거의 무슨 말을 듣지 않았죠.

— 말하자면 신인작가가 데뷔해서 장편소설을 내놓을 때까지 일반적으로 거치는 과정이군요. 편집자와 의견을 교환하며 장편을 완성해나가는 것.

무라카미 네. 그뒤로는 해가 갈수록 편집자와 원고 내용을 놓고 의견을 주고받는 일이 줄어들어요. 소설 쓰기에서도 저 나름의 스타일이나 시스템이 굳어졌고, 이제부터는 스스로 생각하고 스스로 책임져야 하는 상황이 되었죠. 『양을 쫓는 모험』이 『군조』에 실렸을 때만 해도 편집부에서 이런저런 요구가 있었는데, 지금이니까 하는 말이지만, 제 시점에서는 다소 고개가 갸우뚱해지는 부분이 많아서 고생했어요. 그래서 그다음 장편소설은 연재 없이 쓰는 원칙을 세워야겠다고 결심했습니다. 내가 쓰는 장편소설은 다른 사람이 쓰는 것과 성격이 좀 다르니까 혼자 안배하며 만들어가는 수밖에 없다, 이해해주지 않아도 좋고 도와주지 않아도 좋지만 방해는 하지 말아달라, 그런 심정이었습니다.

— 지난번에도 이야기했지만, 문단에 이른바 '본류'라는 것이 있었다면 무라카미 씨는 그 지류에 속했죠. 그런 상황에서 문예지에 장편이나 대작을 발표하면 그 시대 문학의 모드와 충돌을 빚기도 했을 테고요.

무라카미 네. 그게 성가셔서 문예지 게재는 거의 안 하게 됐어요. 단편은 가끔 실었지만 장편 연재는 그만뒀죠.

— 당시 무라카미 씨에게는 이미 고정 독자층이 있었으니, 꼭 문예지에 의존하지 않아도 전작 장편으로 밀어붙일 수 있겠다 싶었을 것 같은데요. 짐작건대.

무라카미 뭐, 아직 그런 확신까지는 없었지만, 마침 그때 신초샤에서 '순문학 전작' 시리즈에 뭐 하나 써달라는 얘기가 나와서 『세계의 끝과 하드보일드 원더랜드』를 썼고, 그뒤로 전작 스타일이 정착됐어요. 그게 제 성격에 맞기도 했고요.

참, 「중국행 슬로보트」 얘기가 나와서 생각났는데, 단편집 『중국행 슬로보트』 수록작 중에 「뉴욕 탄광의 비극」이라고 있죠. 그건 문예지가 아니라 잡지 『브루투스』에 발표했었어요. 청탁을 받아서. 당시 『브루투스』는 단편소설도 실었거든요. 그래서 완성 원고를 담당 편집자에게 넘겼더니 나중에 전화가 와서 "무라카미 씨, 죄송하지만 이건 저희 잡지에 게재할 수 없을 것 같아요" 하더라고요. 왜냐고 물으니까 "제목이 비지스 노래인데, 비지스는 요즘 시대에 맞지 않잖아요"라는 거예요. 비지스는 세련되지 못하다니. 괴상한 논리지만 뭐, 알겠습니다, 괜찮습니다, 했죠. 『브루투스』 말고 다른 잡지에 넘기면 되니까. 그랬는데 얼마 후 "죄송합니다, 그냥 게재해도 될까요"라는 연락이 왔어요. 편집장이 그렇게 지시했다고. 그래서 무사히 『브루투스』에 실렸죠. 그 단편은 나중에 영어로 번역돼서 『뉴요커』에도 실렸는데, 하마터면 『브루투스』에서 퇴짜 맞을 뻔했던 거예요. '제목이 별로다'라는 이유로(웃음).

— 제목이 세련됐냐 아니냐…… 왠지 굉장히 80년대 느낌인데요(웃음). 그러던 중 『세계의 끝과 하드보일드 원더랜드』를 전작으로 쓴 것이 큰 계기가 됐군요.

무라카미 그렇죠. 그 책의 담당 편집자 M씨가 조금 별난 사람이었는데, '세계의 끝과 하드보일드 원더랜드'라는 제목으로 원고를 넘겼더니 "너무 긴데 그냥 『세계의 끝』으로 하면 안 될까요" 하지 뭐예요. 그건 좀……(웃음)

— 내용을 읽은 거 맞아? 싶었겠네요(웃음).

스프링스틴의 자문自問처럼

— 그나저나 무라카미 씨 특유의 '내 일은 내 손으로 정신' 말인데요. 대학교 재학중 가게를 시작한 것도 그렇고, 아마 성격이겠지만, 자기 뜻을 일관되게 밀어붙이는 에너지가 대단하다 싶어요. 끼리끼리 뭉치지도 않고, 남에게 기대지도 않고.

무라카미 남에게 기대기보다 내 감을 따르는 편이 더 잘 풀린다는 기본 방침이 있습니다. 공동작업에는 별로 소질이 없고요.

— 어릴 때 팀플레이가 필요한 스포츠도 안 했나요?

무라카미 물론 야구 같은 걸 하긴 했죠. 하지만 유니폼을 맞춰 입고 정식으로 한 적은 없어요.

— 전혀요?

무라카미 전혀요. 동네 친구들과 야구 흉내를 내면서 놀기는 해도, 유니폼 갖춰 입고 정식으로 경기하는 건 좋아하지 않았어요.

— 어딘가에 소속되어 규칙에 따라 하는 일은 어릴 때부터 좋아하지 않았군요.

무라카미 맞아요. 딱 봐도 적성에 안 맞았죠.

— 처음부터요?

무라카미 음, 처음부터 그랬다고밖에 할 수 없군요. 뭐, 외동이었던 탓도 있겠지만……

— 그래도 외동이 다 그렇지는 않잖아요. 다 함께 어울리는

편을 좋아하는 사람도 있고요.

무라카미 그건 그래요.

— 남에게 무슨 소리를 들으면 언짢아지는 편인가요? 평균적으로.

무라카미 아뇨, 남이 해주는 말은 귀담아듣습니다. 그렇게 독선적인 인간은 아니니까 누가 뭐라고 하면 일단 듣고 생각하지만, 나와 안 맞는 사람이다 싶으면 더이상 귀기울이지 않아요. 알아서 해버리죠.

— 나와 맞다 안 맞다는 대개 감으로 결정하는 거니까 보통은 얼굴을 보는 순간 바로 알기도 하는데요(웃음). 무라카미 씨는 어떤가요, 이야기를 해봐야 아는 편인가요? 이 사람과 안 맞는다고 느끼는 타이밍이 언제인지요.

무라카미 맞는 경우가 거의 없으니까 별로 생각하지 않아요. 물론 내가 늘 옳다고는 생각하지 않고, 틀릴 때도 많지만, 사고방식이 남들과 좀 다른 구석이 있어서 솔직히 무슨 어드바이스를 받아도 도움이 됐던 기억은 거의 없습니다. 제가 가게를 팔고 전업작가가 되겠다고 했을 땐 주위에서 하나같이 반대했어요. 그게 잘될 리 없다면서(웃음). 다만 전에도 말했듯이, 여긴 고쳐 쓰는 게 낫겠다는 식의 지적은 되도록 따르려고 합니다. 흠이 잡힌 부분은 일단 고쳐봐요. 그 사람 말대로 하진 않더라도, 어떤 식으로든 손을 봅니다.

— 그야 그렇죠. 쭉 그런 식으로 일해오셨으니까.

무라카미 어느 시기가 지나면 편집자가 뭐라고 하는 경우가 거의 없어져요. 그전까지는 이런저런 의견을 주고, 이쪽에서 받아들이기도 하고 그러지 않기도 하지만, 어느 순간부터인가 그런 게 뚝 끊기죠.

— 의견을 주면 좋겠다는 마음이 조금은 있나요?

무라카미 특별히 없어요.

— 특별히 없을 테죠(웃음).

무라카미 이제 익숙해졌으니까요. 다만 사실관계에 대해 구체적으로 "이건 좀 다른 것 같은데요?"라고 지적해주면 무척 고맙죠. 세상에는 내가 모르는 일이 많으니까요. 그러나 소설의 흐름이나 밸런스 같은 커다란 문제는 역시 내 생각대로 해나가는 수밖에 없어요.

— 자신의 영역이라는 거군요. 이 이야기의 연장선에서 말해보면 왜, 무라카미 씨가 신작을 낸다고 발표하면 출간 전부터 몇십만 부씩 주문이 들어오잖아요?

무라카미 그런 모양이더군요.

— 그게 어떤 기분인지 궁금해요. 혹시 보셨나요? 〈매드 맥스: 분노의 도로〉라는 괴물 같은 영화…… 거기 나오는 메마른 대지는 출판계 그 자체고, 출판사와 독자, 편집자, 에이전트 등이 우글우글 모인 위로 이모탄 조가 물줄기를 콸콸 쏟아붓는 거

예요(웃음). 그것과 비슷하지 않을까 하는 생각이 듭니다만.

무라카미 영화는 봤는데, 그렇게까지 엄청나진 않아요. 그래도 그런 숫자는 십만을 넘어가면 그때부턴 똑같지 않나요(웃음).

— 십만을 넘기면 똑같다고요?

무라카미 네. 예를 들어 진구 구장에는 관중이 삼만 명 정도 들어가요. 도쿄 돔을 꽉 채우면 사만 오천 정도? 그래서 도쿄 돔에 가보면 사만 오천 명이 어느 정도인지 눈으로 확인할 수 있죠. '다 어디서 왔담' '한가한 사람 많네', 뭐 그런 생각이 들잖아요. 그런데 십만 명을 넘기면 눈으로 느끼는 실감이 없어지거든요.

— 희한하죠. 도쿄 돔 공연, 폴 매카트니 콘서트 같은 데 가면 발 디딜 틈 없이 북적대잖아요. 무려 몇만 명이 불상의 머리카락처럼 한데 뭉쳐서 한 사람 한 사람을 알아볼 수 없죠. 그래봐야 겨우 사만 오천 명인데, 십만 명이면 정말 엄청난 거예요. 여기 있는 십만 명이 모두 같은 책을 갖고 있다고 상상하면.

무라카미 사실 저는 소설가가 될 줄 몰랐고 특별히 되고 싶었던 것도 아니었어요. 상상도 안 해봤죠. 그런데 어쩌다보니 이렇게 됐고, 제게는 내가 소설가라는 사실 자체가 첫번째 놀라움입니다. 가게를 운영하면서 부업 삼아 소설을 쓰다가 전업작가가 된 것이 두번째 놀라움이고요. 외국에서 책이 제법 팔리게 된 것이 세번째 놀라움. 그런 놀라움이 하나하나 쌓여나갈 뿐이지, 지금 와서 무슨 생각을 해봐야 별 소용이 없지 않나 싶어요.

— 첫번째 놀라움에서 시작해 놀라운 일이 차곡차곡 쌓여가며 지금의 무라카미 씨가 되었다…… 그럼 '나도 이제 세계적인 작가가 되었구나' 하는 실감은 없나요?

무라카미 그런 건 없어요. 가끔 몹시 신기하게 느껴질 뿐이죠. 평범하게 동네 길을 걷고, 지하철이나 버스를 타고, 가게에 들어가 쇼핑을 하고, 특별히 아무것도 의식하지 않고 살아가지만 한번씩 문득 신기한 느낌이 들곤 해요.

— 또 같은 질문을 하게 되는데, 지금까지 온 길을 돌아보고 '내가 좀 굉장하긴 했어— 특별했지—'라고 느낄 때 없으세요? 이 정도는 있겠죠, 아무리 그래도(웃음).

무라카미 아닙니다, 없어요(웃음). 얼마 전 브루스 스프링스틴의 자서전 『본 투 런』을 읽었는데, 그런 부분은 저와 거의 비슷하더라고요. '내가 왜 여기 있지?'라고 계속 자문하는 부분요. 지금도 공연하면 사람들이 우르르 몰려들잖아요. 저와 동갑이니 올해 예순여덟 살인데, 아직도 쌩쌩하게 공연장에서 크라우드 서핑을 하고(웃음). '뉴저지 쇠락한 동네의, 아무도 상대해주지 않고 여자들의 눈길도 못 끌던 내가 어떻게 이런 세계적인 히어로가 되어 있지?' 하고 처음부터 끝까지 스스로에게 의문을 던져요. 꽤 두꺼운 책인데, 그런 심정은 마지막까지 한결같습니다. 아마 솔직한 마음일 거예요. 괜히 멋있어 보이려고 하는 말이 아니라.

— 무라카미 씨에게도 그런 마음이 있고요?

무라카미 물론 있습니다. 아, 제가 스프링스틴 정도는 아니지만요.

— 뭐 잘못된 거 아닌가 하는 느낌은요?

무라카미 잘못됐다는 생각은 안 들어요(웃음). 그저 신기하죠.

— 신기하지만 잘못된 건 아니다. 이게 중요하네요(웃음). 그러면 '신기하다'는 감정에 '아직 꼭대기에 오르려면 멀었다'는 마음도 있나요?

무라카미 그건 없어요.

— 이제 없다?

무라카미 이제 없습니다. 이제가 아니라 처음부터 없었어요.

— 신인 시절에는…… 하긴 이렇게 말할 필요는 없겠군요. 다음에는 좀더 좋은 작품을 쓰겠다, 허울좋은 소리가 아니라 소설가라면 다 그렇게 생각하죠. 소설가의 야심은 그것 하나니까요.

무라카미 그리고 한동안 일본에서 신나게 공격당할 때는 외국으로 나가는 수밖에 없겠다 싶었어요. 꽤 비장한 마음이었죠.

— 비평의 강도가 지금은 상상도 못할 만큼 셌으니까요…… 그러면 그때 공격했던 사람들에게 '자, 지금의 나를 보니까 어떠냐?' 하는 마음은요?

무라카미 음…… 지금 와서는 없어요.

— 조금은 있지 않나요? 이렇게, 뿌듯하게 내려다보면서…… (웃음)

무라카미 뭐, 아닌 게 아니라 당시에는 '어디 한번 해보자' 하는 마음도 조금 있었지만, 막상 해보니까 그런 기분도 사라지더군요(웃음). 정말로 사라졌어요. 무슨 일을 하건, 노력해서 어떤 성과를 내건, 보지 않으려는 사람은 아무것도 보지 않아요. 그런 생각을 하면 할수록 손해라는 걸 깨달았을 뿐이죠.

— 애초에 승부를 겨룰 문제도 아니거니와 어느 지점까지 가면 '승부의 장' 자체가 없어지는 법이죠. 사실 원래부터 있지도 않았겠지만요.

무라카미 그렇습니다. 이기고 지고를 떠나서, 내가 소설을 쓰고 어느 정도 그 소설에 만족할 수 있다는 건 비할 데 없이 행복한 일이니까, 숫자 같은 걸 따져봐야 별 의미 없죠. 쓰고 싶은 소설을 마음껏 쓰고, 그 일로 먹고살 수 있는 것만으로 행복하다고 생각합니다. 간단히 되는 일은 아니니까요.

나는 인더스트리즈의 생산 담당일 뿐

— 조금 앞으로 돌아가서, 무라카미 씨는 일본에 머무는 것이 여러 면에서 점점 답답해졌고, 또 이런저런 생각이 있어서 외국

으로 나갔다는 얘기를 곧잘 하시는데요. 환경을 바꿔 집중하려는 이유도 있었으리라 보지만 그와 동시에, 예전부터 애독했던 피츠제럴드나 챈들러 같은 작가처럼 언어의 벽을 넘어 세계적으로 읽히는 소설을 쓰고 싶다는 비전도 있었는지요?

무라카미 없었어요. 사실 그런 것까지 생각할 여유가 없었어요. 이탈리아에 가기 조금 전에 앨프리드 번바움이 제 소설을 번역하고 싶다는 제안을 했는데, 그때는 제 소설을 번역해봐야 외국에서 먹히지 않을 줄 알았으니까 '뭐, 하고 싶으면 하세요' 하는 기분이었죠.

— 번역자가 제안했나요?

무라카미 네, 번역자 쪽에서. 『세계의 끝과 하드보일드 원더랜드』를 쓴 후였죠. 그뒤 엘마 루크가 고단샤 인터내셔널(KI)에 편집자로 들어왔는데, 그 사람과 앨프리드가 함께 『바람의 노래를 들어라』와 『1973년의 핀볼』의 영역 문고판을 내고 싶다고 제안했어요.

— 처음에는 KI에서였군요.

무라카미 번바움이 『바람의 노래를 들어라』와 『1973년의 핀볼』을 번역하고, 그뒤에 단편집을 번역했는데 그중 한 편이 『뉴요커』에 팔려서 저도 깜짝 놀랐죠.

— 『뉴요커』에 처음으로 실렸던 작품은요?

무라카미 뭐였더라…… 「잠」이었나, 「TV 피플」이었나?

— 1990년의 「TV 피플」인 것 같군요, 자료를 보니.

무라카미 맞아요. 그게 『뉴요커』에 팔렸을 땐 말 그대로 경악했죠. 다른 데도 아니고 『뉴요커』란 말이에요. 내가 무척 좋아하던 잡지에 내 소설이 팔리다니, 믿기지 않았습니다.

— 그때부터 문학 에이전트 빈키(어맨다 어번)와 일하셨나요?

무라카미 아뇨, 아직 그 사람을 만나기 전이었어요.

— 그전에 일본에서도 시바타 선생님의 친구분이 무라카미 씨 책을 영역한 적이 있긴 했죠. 번역 관계자 중에도 무라카미 씨의 팬이 많아서, 다들 번역하고 싶어했다는 이야기를 들은 적 있습니다.

무라카미 결국 『뉴요커』에 단편이 팔리면서 본격적으로 일이 풀리기 시작했고, 그 흐름을 타고 빈키를 만나고 크노프 출판사에 연결됐죠. 외국에서 잘 팔리는 작가가 되고 싶어서 외국으로 나간 게 아니라 그저 일본을 벗어나고 싶었을 뿐인데, 저는 특별히 한 것도 없이 그런 쪽으로 자연스럽게 상황이 움직이기 시작했어요.

— 『뉴요커』 전에도 이른바 동인지 성격의 잡지에 무라카미 씨 작품의 영역이 실리기도 했지만, 단행본 시장으로 연결된 데는 『뉴요커』 덕이 컸군요.

무라카미 확실히 돌파구는 『뉴요커』라고 할 수 있죠. 『뉴요커』

의 역할이 컸어요. 당시 편집장 로버트 고틀립 씨, 윌리엄 숀의 뒤를 이은 사람인데, 그가 저를 무척 마음에 들어해서 회사를 방문했을 때도 큰 환대를 받았습니다. 그가 직접 사내 구석구석을 안내해줬던 기억이 나요. 그뒤 『양을 쫓는 모험』이 나오고, 존 업다이크가 제 작품에 대한 장문의 평론을 『뉴요커』에 써줬죠. 그것도 참 기뻤는데. 고등학교 때 그 사람의 『켄타우로스』를 읽고 감동했거든요. 나중에 한 번 만나기도 했어요. 지금은 돌아가셨지만.

—『양을 쫓는 모험』이 처음 출간됐던 게……

무라카미 우선 고단샤 계열 KI에서 나왔습니다. 당시 로마에 살다가 얼마 후 프린스턴으로 옮겨갔고, KI가 미국에서 제 책을 내고, 『뉴요커』가 단편을 몇 편 실어주고, 그러면서 점점 이름이 알려지고 빈키를 소개받았어요.

— 그때부터 에이전트를 물색하셨군요.

무라카미 미국에 간 후로 에이전트를 구하려고 몇 명 면접을 봤는데 빈키가 제일 마음에 들었어요. 다들 그 사람이 문학 에이전트로는 최고라고 했고요. 크노프사의 소니 메타와 게리 피스켓존을 만나 이야기를 나누고 그곳에서 책을 내게 됐습니다. 그때나 지금이나 최고의 스태프예요.

— 네, 훌륭하죠.

무라카미 제 발로 다니면서 뭘 했다기보다 주위 사람이 도와준 면이 많았습니다. 뭐, 어떤 분위기 같은 것이 조성돼 있기도 했겠지만요.

— 여러 에이전트를 만나보고 빈키가 가장 마음에 들었던 이유가 있었나요?

무라카미 글쎄요. 말하는 방식이 시원시원하기도 했지만, 레이먼드 카버의 에이전트였다는 점이 컸을 겁니다. 일명 '카버 군단'의 일원이니, 덕분에 처음부터 친밀감을 느낄 수 있었죠.

— 그때부터 벌써 이십오 년 가까이 함께 일하고 있는데요.

무라카미 에이전트라기보다 이젠 '콤파드레(친구)'에 가깝죠.

— 같은 세대이기도 하고요.

무라카미 제 생각에 미국, 외국의 출판 시스템은 일본보다 담백해서 일하기 수월해요.

— 어떤 면에서 그렇게 느끼나요?

무라카미 우선 문학 에이전트가 있고, 출판사 편집자도 안정적인 포지션을 갖고 있어요. 그리고 작가. 이 삼자를 중심으로 일이 움직입니다. 일본은 출판사와 작가의 관계가 좀더 끈끈하고 직접적이고, 출판사 몇 곳과 제각각 그런 관계가 있죠. 그게 아무래도 피곤하거든요. 게다가 편집자가 원칙적으로 사원 신분이니 금방 부서를 이동해버리기도 하고. 예를 들어 장편소설을 쓰는 도중에 편집자가 바뀌거나 하면 정말 난감하죠. 미국에서는 그런 일이 거의 있을 수 없어요. 편집자가 어딘가에 소속된 사원이라기보다 한 명의 프로페셔널이니까요. 일본의 출판사는 작가와의 관계보다 사내 사정을 우선시합니다. 작가로서는 못할 노릇이죠.

— 관행으로 굳어지기도 했고, 중요한 시기에 담당자가 바뀌어서 난리가 나도 '다 이렇게 일하는 거지 뭐' 하는 부분이 있죠. 한편 미국처럼 어드밴스(선인세 지급) 제도가 확립되지도 않아서, 문예지에 작품을 싣고 받는 원고료가 주 수입원인 작가가 많아요. 에이전트가 좀처럼 독립된 업무를 하기 어려우니 작가와 편집자의 관계가 더 중요해지고요.

그래도 이른바 마켓의 규모가 이렇게까지 커지면 여러모로 번잡한 일이 생길 텐데, 무라카미 씨는 용케 작품활동에만 집중한단 말이죠. 그런 균형은 어떻게 잡으세요?

무라카미 저는 한 사람의 작가로서 내 페이스에 맞춰 내가 쓰고 싶은 소설을 쓸 뿐이지만, 경제 시스템이라는 관점에서 보면 '소설'이라는 패키지 상품을 만들어내는 생산자 중 하나일 뿐이죠. 요컨대 저 역시 '무라카미 하루키 인더스트리즈'에 편입되어 있고, 그 밖에 우리 쪽 어시스턴트 몇 명이 있고, 출판사도 있고, 에이전트도 있고, 서점도 있고, 아마존도 있고…… 그런 구조가 이뤄져 있어요. 좋건 싫건 상관없이. 그러니까 저는 결국 '무라카미 인더스트리즈'에서 생산을 담당하는 거위일 뿐이에요(웃음). 내가 낳는 알이 황금인지 은인지 동인지는 잘 모르겠지만. 이렇게 생각하면 너무 애처로운가요.

— 그런 것을 다 접고 온전히 혼자로 돌아가고 싶다는 기분이 들진 않나요? 이도저도 다 싫다, 혹은 그 정도는 아니라도 초기 시절, 누구에게도 월급을 줄 필요가 없고 그저 글만 쓰면 됐던 최초의 제로 상태로 돌아가고 싶다, 그런 거요.

무라카미 뭐, 더이상 책이 안 팔리는 날이 오면 절로 돌아가게 돼 있는걸요. "미안하지만 이젠 책이 안 팔려서요" 하면서 어시스턴트를 내보내고, 회사를 해산하고, 다시 혼자가 되어 하고 싶은 일을 하는 수밖에요.

— 그런 날이 올까요. 무라카미 씨에겐 지금 같은 환경이 죽을 때까지 계속되지 않을지.

무라카미 그야 모르죠. 어느 날 갑자기 치매에 걸릴지도 모르고. 인생이란 한 치 앞을 모르는걸요.

— 그렇다면 '무라카미 인더스트리즈'의 생산을 담당하는 특출난 거위로서, 지난번보다 판매부수가 좀 떨어지거나 하면 '뭐지?!' 할 때는 있으신가요?

무라카미 없어요. 그런 일이야 다반사고요.

— 이 정도 부수면 아직 괜찮다, 거위로서 그런 기준 같은 것도 없나요?

무라카미 특별히 없군요.

— 상품이라는 측면에서 보면 판매 실적도 물론 중요하지만, 그래도 소설가는 —사실 다른 건 아무것도 필요 없잖아요, 소설

말고는.

무라카미 필요 없죠. 저는 소설 쓰는 게 좋고 밖에 나가 노는 일이 잘 없어요. 일찍 자고 일찍 일어나고, 나이트라이프라고는 전혀 없어요. 어떻게 그런 생활이 가능한가 하면, 소설을 쓰는 능력이 있어서죠. 저는 소설을 어느 정도 잘 쓸 수 있고, 저보다 잘 쓰는 사람은 객관적으로 봐서 뭐, 그렇게 많지 않은 셈이잖아요, 이 세상에.

— 좋은 말씀이 나왔습니다. "나보다 잘 쓰는 녀석은 적다!"

무라카미 자랑이 아니라, 그리 많다고 할 수는 없지 않나요. 어쨌거나 글쓰기에는 프로니까요. 사십 년 가까이 일선에서 프로로 글을 써왔고, 책도 어느 정도 팔리고, 실력이 그리 나쁜 편은 아니라고 봅니다. 그래서 글쓰기가 즐겁고요. 이 일을 나보다 잘하는 사람이 그리 많지 않다고 생각하면 일하기가 즐거워요. 예를 들어 섹스도 나쁘지 않지만, 나보다 섹스를 잘하는 사람이야 아마 세상에 굉장히 많겠죠(웃음). 직접 본 적은 없지만.

— 그, 그렇군요……(웃음) 그러나 소설은 다르다.

무라카미 소설은 다르다. 이런 건 아마 나밖에 하지 못할 거라고 실감합니다. '어때, 손해는 안 봤댔지' 하는 거. 이 실감은 무엇과도 바꿀 수 없어요(웃음).

— 철학자 등이 현저히 그렇죠. 의문을 제기하는 단계도 그렇고, 어떤 명제에 대해 여기까지 생각할 수 있는 사람은 나뿐이라

는 자부심이 있어요. 기존의 학설을 넘어서서 새로운 생각을 내놓았다는, 일종의 '성취감'과 '과시욕'이 없으면 지적인 작업을 할 수 없죠. 그런 것이 중요한 엔진이라고 생각합니다.

무라카미 그렇기에 쓸데없는 생각을 할 여유가 없어요. 아무튼 지금 좋아서 소설가를 하고 있으니 계속 해보자. 그러다가 판매량이 떨어지면 떨어지는 대로, 소설을 못 쓰게 되면 못 쓰게 되는 대로, 곧바로 가게문 닫고 아오야마 근처에 재즈클럽을 내면 되지. 그것 역시 하고 싶은 일이기도 하고요.

죽으면 어떻게 될까요

— 그런데 무라카미 씨, 죽고 싶다고 생각해본 적 없나요?

무라카미 흠, 없네요.

— 한 번도요?

무라카미 없지 싶은데.

— 사춘기 때도?

무라카미 부끄러운 얘기지만요(웃음).

— 자살을 생각해본 적은 없다 해도, 무라카미 씨도 죽음에 근접했던 시기가 있지 않았을까요. 현실적으로나 관념적으로나. 죽음에 대해, 내가 언젠가 반드시 죽고 '이것'이 끝난다는 사실에 대

해 생각하는 것이 있으세요? 공포 전반에 대한 것도 좋고요.

무라카미 글쎄요, 죽음은 미지의 영역이니까 과연 어떤 것일지 생각해볼 때는 있지만, 그래도 죽음에 대해 그렇게 깊이 생각하진 않아요.

— 별로 흥미가 없으신가요?

무라카미 아버지는 돌아가셨고 어머니도 몹시 연로하신데, 사실 조부모 세대의 죽음은 별로 가깝게 느껴지지 않죠. '그래, 사람은 다 죽지'라는 생각이 드는 정도예요. 그런데 부모 세대가 인생을 마쳐가는 모습을 보는 기분은 꽤 절실합니다. 죽음이 어떤 것인지 실감해요. 부모님이 아직 젊고 건강했던 무렵을 기억하니까, 그랬던 이들이 늙어서 점점 힘을 잃고 죽음을 향해 가는 모습을 지켜보노라면 나름대로 생각에 잠기게 됩니다. 그러니 죽음을 아예 생각하지 않는다고는 할 수 없지만, 어찌됐건 살아 있는 동안은 충실하게 살아가는 수밖에 없다는 게 지금 생각이에요. 제 경우에는 소설을 쓸 수 있을 때까지 쓰는 것이 그 방법이고요.

또 브루스 스프링스틴 이야기로 돌아가는데, 그 사람은 저와 동갑이거든요. 얼마 전에는 패티 스미스의 공연을 보러 가서 나중에 식사도 같이 했는데, 그 사람은 저보다 나이가 더 많아요. 그러나 그들의 정신연령은 아직 삼십대에 가깝죠. '내가 벌써 예순여덟인가' '나도 어느덧 일흔이니까' 하는 말을 절대 꺼내지 않고, 또 그렇게 느껴지지도 않아요. 일부러 젊어 보이려는 게 아니라 그들이 말하는 것, 느끼는 것, 하고 싶은 것은 아직 삼십대의 그것입니다.

— 그게 느껴지세요?

무라카미 느껴져요. 실감할 수 있죠. 아아, 저렇게 살 수도 있구나, 하고요. 굳이 젊게 꾸밀 필요 없이 사물을 보는 눈이나 사고방식을 삼십대처럼 유지하면 충분하지 않을까 싶어요. 그런 활력을 잃고 점점 죽음에 다가가는 건 무척 괴로운 일이겠지만, 아직 잃어버리지 않은 이상 그렇게까지 깊이 생각할 필요는 없지 않을까요. 물론 영원히 이어지지는 않아도, 그동안만큼은요.

— 부모님은 태어나서 가장 처음 만나는 사람이자 가장 오랫동안 함께 사는 상대이기도 하니까요.

무라카미 왜, 어릴 때는 사십대인 부모님이 엄청난 어른처럼 느껴지잖아요.

— 그렇죠.

무라카미 그런데 막상 내가 사십대가 되어보면 '뭐야, 그 사람들도 아직 이 정도였구나' 싶단 말이죠.

— 저희 어머니만 해도 지금의 제 나이—마흔에 스무 살 난 딸이 있었다, 자식이 셋이나 있었다고 생각하면 정말 놀라워요.

무라카미 그 시절에 순순히 부모님 말 듣지 말고 반항도 좀 해볼걸, 그런 생각도 들어요. 지금 와서는(웃음).

— 그 부모님이 점점 나이들며 어떤 지점을 향해 가는 것. 그 쇠퇴의 과정을 우리는 부모를 통해 배우고, 지켜보게 되죠. 그러나 그것 말고, 예컨대 친구나 주위 사람에게 단발적으로 일어나는 죽음도 있잖아요. 그런 경우는 역시 또 좀 다를까요?

무라카미 음, 동세대 사람의 죽음은 또 전혀 다르죠. 지금까지 목격해온, 나이들고 노인이 되어 죽어가는 일종의 순리적인 죽음과는 성격이 완전히 달라요. 특히 젊은이의 죽음은 관념적인 색채가 매우 짙다고 할까요. 많은 경우 생생한 상처를 남기죠. 억지로 생이별당한 것처럼.

— 무라카미 씨는 지금 살아 있는 이상, 그동안은 삶을 우선으로 생각하고 싶은 거고요.

무라카미 그렇습니다. 아직 죽음을 깊이 생각해볼 시간적 여유가 없기도 하고, 앞서 떠난 동세대 사람들의 몫까지 충실하게 살아야 한다는 심정도 없지 않아요. 어쨌거나 살아남은 사람으로서 말이죠.

— 우리는 죽음에 대해서는 항상 관찰자의 입장이죠. 직접 겪어볼 일은 살아 있는 한 절대로 없으니까요. 누구나 지금 이 순간에도 시시각각 늙어가고 있지만, '지금'은 항상 오래된 동시에—모순된 말이지만—또 항상 새롭고, 유일하게 우리 곁에 있어요. 그렇게 생각하면 자신이 죽은 뒤의 시간은 존재하지 않는 셈인데, 그런 쪽으로 상상해볼 때는 없으세요? 죽은 뒤에 생길

일들요.

무라카미 이 선반 가득한 레코드는 다 어떻게 될까(웃음).

— 하긴 엄청난 양이네요(웃음). 원래도 무라카미 씨는 초자연적인 것을 전혀 믿지 않으니, 일단 죽으면 끝이라고 생각하시는 편이죠?

무라카미 저는 그래요. 그래도 아직 죽어본 적이 없으니, 어쩌면 하늘나라에 정말로 재판석 같은 게 있어서 그 앞으로 끌려나갈지도 모르죠.

— 재판석(웃음).

무라카미 그리고 저의 선행과 악행을 각각 낭독하는데 악행 쪽이 더 많으면 싫겠다, 그런 생각은 합니다.

— 그래도 기본적으로는 믿지 않는다?

무라카미 기본적으로 죽음은 그저 무無라고 생각합니다. '무'라는 것도 직접 본 적은 없지만.

— 네, '무'가 어떤 것인지도 우리는 알 수 없죠. 그렇기에 죽음에 대해 생각하는 것 자체가 난센스라는 관점도 있고요. 그래도 인간은 확실히 죽는단 말이죠. 과연 어떤 논리일까요.

무라카미 그래도 막상 죽어봤더니, 죽음이란 신칸센이 기후현 하시마와 마이바라 사이에서 영원히 멈추는 것과 같더라, 이러면 싫을 것 같아요. 역도 없고, 내리지도 못하고, 영영 복구될 가망도 없고(웃음).

— 최악이네요(웃음).

무라카미 화장실은 붐비지, 도시락도 안 나오지, 에어컨은 고장이지, 아이폰 배터리는 방전됐지, 가진 책은 전부 읽었지, 남은 것이라곤 '한때'뿐. 생각만 해도 괴롭죠.

— 괜찮아요, 아직 『WEDGE』* 한 권이 있으니까(웃음). 죽으면 이 레코드들은 다 어쩌나 하는 구체적인 고민을 앞서 말씀하셨는데, 무라카미 씨는 문학상도 많이 받으셨잖아요? 혹시 '무라카미 하루키 상' 같은 게 생기면 어떨 것 같아요?

무라카미 전혀 흥미 없는걸요, 그런 쪽으로는.

— 후세 사람들이 만들어도 될까요?

무라카미 싫어요.

— 알겠습니다, '싫다'고 적어두죠, 정확하게(웃음).

무라카미 적어주세요. 내 이름을 단 상은 절대로 만들지 말 것, 이라고. 일단 누가 심사위원을 맡을지 생각만 해도…… 아니다, 이 얘기는 하지 맙시다(웃음). 예컨대 제 이름으로 장학금을 주거나 하는 일은 기꺼이 찬성하지만, 문학상 같은 것은 만들지 말았으면 합니다.

— 그건 무라카미 씨의 뜻에 따를 것 같습니다만, 그래도 특출난 거위로서, 이래저래 생각해야 하는 문제가 있잖아요……

---

* 신칸센 특실에 비치된 무료 잡지.

현실에서 돈이 움직이고 사람도 움직이니까요.

무라카미 음. 그러니까 책이 몇십만 부 팔렸다거나 그로 인해 현실적으로 이러저러한 영향이 생겼다 하는 건 '무라카미 인더스트리즈'의 문제지 거위 개인의 문제는 아니라고 생각합니다. 거위는 거위대로 혼자 조용히 일하고, 인더스트리즈는 좀 떨어진 다른 건물에 있으니까.

— 원래 개인으로 일하던 사람도 규모가 점점 커지면서 혼자 관리하기 힘들어지면 사무소를 설립하거나 매니저를 고용하거나 하잖아요. 제 주위에도 그런 예가 많은데, 물론 무라카미 씨는 더이상 자금 면에서 불안정하진 않겠지만, 그런 사람들에게 "무섭지 않아요? 인프라 유지를 위해 억지로 일하게 되진 않나요?"라고 물어보잖아요. 그러면 모두 무라카미 씨와 똑같은 대답을 해요. "어려워지면 '이만 해산!' 하면 되니까 걱정 안 한다"고요.

무라카미 정말 그렇습니다. 닛산, 샤프, 도시바, 리먼 브라더스, 야마이치 증권도 그렇게 됐으니, '무라카미 하루키 인더스트리즈'가 어느 날 덜컥 망한다 한들 하나도 이상할 것 없죠. 오히려 이렇게 사십 년 가까이 존속하는 게 이상한지도 몰라요.

말은 혼자 돌아다닐 수 있다

— 오늘이 마지막 인터뷰이니만큼 여러 가지 질문을 드리고 있는데요, 좀전에 나온 죽음에 대한 공포 이야기를 계속해보죠. 삶 혹은 죽음의 맞은편, 그 세계의 모습이 어쩌면 이번 소설 '이데아'와 '메타포'와도 관계있지 않나 하는 생각이 듭니다.

이번 작품에는 '이데아'와 '메타포'라는 단어가 무척 중요한 개념으로 등장합니다. 이 이데아와 메타포가 무엇인가, 나아가 이중 메타포는 또 무엇인가…… 이에 대한 답은 무라카미 씨도 모른다고 하셨지만, 그래도 좀더 이야기해볼까 하는데요.

지난번 인터뷰에서 '이데아'라는 단어가 갑자기 떠올라서 그대로 썼다고 하셨는데, 이 이데아라는 단어는 제법 오래 사용된, 어찌 보면 '기성개념'이라 할 수 있잖아요. 만약 이 단어를 씀으로써 생기는 오해를 피하고 싶었다면 새로운 단어를 무라카미 씨가 직접 만들 수도 있었으리라 생각합니다. 그런데도 굳이, 우연히 떠오른 이데아라는 단어를 소설에 채택한 이유가 있을까요?

무라카미 지난번에도 말했듯이 이 책에서 제가 말하는 '이데아'는 이른바 사전적 의미의 이데아와는 상당히 다릅니다. 이데아라는 단어를 던져올리면 공중에서 여러 가지가 철썩철썩 달라붙는데, 뭐가 얼마나 달라붙는지는 던지는 사람에 따라 다르거든요. 그리고 제가 쓴 이데아는 많은 것이 더 쉽게 달라붙는, 보다 관용적이고 제너러스한 의미의 이데아라고 보면 됩니다.

즉 사전에서 '【이데아】 관념'이 이러저러하다고 설명하는 뜻과 다르게, 확실히 관념적이기는 해도 가동 범위가 대단히 넓어요. 만약 이데아 대신 새로운 단어를 만들어 썼다면 그런 가동 범위의 의미가 감쇠해버리겠죠. 그러니까 어디서나 접할 수 있는 기성의 단어, 좀더 말하자면 제법 손때가 묻은 이데아라는 단어를 도구로 쓰고 싶었어요. 그러는 편이 오히려 자유로워질 것 같았죠.

'메타포'도 마찬가지입니다. 본래의 '은유'라는 의미만이 아니라 더 넓은 범위의, 자력을 지닌 무언가라고 생각하면 됩니다. 그런 흡인력을 지닌 무언가. 그러니 제가 이 단어를 떠올릴 때도 큰 거부감이 없었어요. 기사단장과 '긴 얼굴'은 각각 "나는 이데아야" "저는 메타포입니다"라고 말하는데, 그렇게 자진신고한 신분은 통상적인 의미의 이데아와 메타포와는 상당히 다른 것일 테죠.

— 보통 말하는 '이데아'와 '메타포' 그 자체라고는 할 수 없지만, 단어가 지니는 이미지의 일부, 일종의 풍부함이 필요했다는 말이군요. 그래도 소설에 나오는 기사단장과 '긴 얼굴'의 신분은 말 그대로 다르잖아요.

무라카미 아마 다를 겁니다. 저도 잘 모르겠지만(웃음).

— '긴 얼굴'은 자신을 이데아라고 말하지 않죠.

무라카미 말하지 않아요.

— 그리고 기사단장은 메타포라고 하지 않고요.

무라카미 말하지 않습니다.

— 그런 의미에서 우선 다른 존재로 보이죠. 그냥 제 느낌인데요, 이데아는 어디에나 무한히 편재하는 이미지고, 메타포는 좀더 한정되어 무언가에 매여 있는 듯합니다.

무라카미 그렇죠. '긴 얼굴'의 말마따나 메타포는 관련성 안에서만 존재할 수 있으니까요. 반면 이데아는 관련성과 관계없이 하나의 독립체로서 어디에나 존재할 수 있죠. 그렇기에 메타포는 이데아보다 낮은 존재라고 '긴 얼굴'이 겸손하게 말합니다.

— 이중 메타포는 말 그대로 그것이 이중으로 겹쳐진 거고요.

무라카미 으음, 어떤 건지는 저도 거의 몰라요(웃음). 잘은 모르지만 상당히 위험하기에 간단히 취급해서는 안 되는 것이죠.

— 그리고 그것들이 같은 한 폭의 그림 안에 있었죠.

무라카미 그렇습니다.

— 함께 존재하는 메타포와 이데아를 다룬 이야기입니다.

무라카미 이중 메타포는 왠지 메타포의 발밑에 있을 것 같아요. 뭐라고 잘 설명이 안 되는군요. '긴 얼굴'처럼 저도 어려운 건 잘 모르거든요(웃음).

— 지금은 '잘 모른다'고 하시는 그 부분도, 한창 집필중일 때

는 엄청난 리얼리티를 지니는 거죠?

무라카미 네. 그래서 이데아니 메타포니 이중 메타포니 하는 '용어'는 별 고민 없이 나왔고, 오히려 너무 간단하게 나오는 바람에 이게 무엇일지 솔직히 생각해보지 않았어요(웃음). 소설을 쓰다보면 그런 일이 곧잘 생깁니다. 스스로 굳게 확신하지만 그 확신의 근거는 어디에도 없죠(웃음).

— 여러 방향으로 읽힐 수 있는 가능성, 즉 독자들이 생각할 여지를 좀더 넓혀주고 싶은 뜻에서 무라카미 씨가 그렇게 의도하신 부분은요? 쓰는 사람도 무엇을 쓰는지 모른다는 게 무라카미 씨 작품세계의 공통적인 메타 구조잖아요. 이번에도 그걸 따르자는 생각은 없었나요?

무라카미 관계없어요. 그냥 단어가 떠올랐고, 그게 혼자 돌아다니는 모습을 글로 썼을 뿐이죠. 자기가 알아서 돌아다니는 걸 저도 뭐라 할 수 없거든요. 그 단어에 대고 먼저 말을 붙이기도 어렵죠. "저기, 지금 어디로 가세요?" "식사는 하셨어요?" 뭐 그렇게.

— 예를 들어 『해변의 카프카』에서도 "세계는 메타포다"라는 말로 이 개념이 등장하는데요.

무라카미 어, 그런 말을 썼던가요?

— 네, 오시마의 대사에 나와요. 그 단어는 리얼, 현실세계에서도 부정할 수 없는 것입니다. 진짜 세계는 저 너머에 있고 우

리가 지금 보는 것은 무언가의 투영, 전조, 메타포의 형상일 뿐이라는 이론은 꽤 많은 사람이 믿고 있고요. 이것도 메타포, 저것도 메타포…… 일단 그렇게 믿으면 간단히 성립하는 얘기죠. 이렇게 무라카미 씨가 『해변의 카프카』에서 사용한 메타포와 이번 작품에서 사용한 메타포라는 단어에는 차이가 있을까요?

무라카미 다르죠.

— 중요한 지적이군요.

무라카미 이런 건 그냥 부족의 명칭이라고 생각하면 됩니다.

— 부족의 명칭?

무라카미 '이데아'라는 부족이 있고, '메타포'라는 부족도 있다고 생각하면 간단하려나요. 혹은 '이데아단團'이나 '메타포단'으로 스스로를 지칭하는 사람들이 있는데, 그렇다고 그게 진짜 이데아고 메타포인가 하면 그건 알 수 없어요. 그냥 본인들이 그렇다고 하니까 그런가보다 하는 거죠(웃음). 우리는 '이데아단' '메타포단' 단원입니다, 잘 부탁합니다. 그런 식으로 생각하면 되지 않을까요.

— 깊이 파고들면 끝이 없는 부분이죠. 무라카미 씨 소설은 많은 사람에게 그런 식으로 읽히고 있고요.

무라카미 그런 모양입니다.

— 거꾸로 말해, 깊이 파고들지 않으면 성립하지 않는 구조라고도 할 수 있는데요. 그건 작가로서 기분좋은 일인지요?

무라카미 잘 모르겠군요. 어디까지나 읽는 사람의 자유니까 제가 이러쿵저러쿵할 것도 없지만요.

— '작품과 작가를 복잡하게 봐줄수록 깊이가 생기는 법이야. 좋아, 계속해봐' 하는 마음도 있나요?

무라카미 제 생각에야 설명하지 않아도 패키지로 성립하는 것을 기어코 분해해서 설명할 필요가 있을까 싶지만요. 물론 그것이 직업인 사람도 있고 취미인 사람도 있을 테니 제가 참견할 일은 아닌데, 그래도 설명할 필요가 없는 걸 굳이 설명하는 건 밑지는 장사 아닐까 해요.

— 소설이라는 지적 영위 자체를 그렇게 보는 건가요? 독자들의 해석과 비평은 조금 다른 문제이긴 하지만, 이른바 비평적 태도라는 것이 필요 없다?

무라카미 글쎄요. 음악에 비유하면 이해하기 쉬운데, 베토벤 피아노소나타 32번 2악장을 듣는다고 합시다. 이건 누가 뭐라고 설명하지 않아도 훌륭한 음악입니다. 그냥 들으면 알죠. 그러나 평론가는 일일이 설명합니다. 예를 들어 (어디까지나 예를 든다면 말이지만) 베토벤의 관념성이 어떤 경지에 이르러 투철한 청렴성과 희미한 해학의 잔재가 얽혀들었다…… 운운하는 설명이 붙어요. 그렇게 구구절절 설명하지 않아도 이미 훌륭한 음악인데 굳이 해설을 하죠. 왜냐하면 예술 텍스트는, 그게 뭐가 됐건, 상품이라는 사실을 지울 수 없으니까. 그리고 '설명되는 것'의 의미도 있어요. 그게 필요 없는 사람에게는 쓸데없는 일이지만, 그렇다고 '그만두시오'라고 배제할 수 없고 또 그럴 권리도 없죠. 개인적으로는 그런 데 큰 흥미가 없습니다만.

진짜 굴튀김보다 입맛을 돋우고 싶다

— 그렇군요. 『젊은 독자를 위한 단편소설 안내』에서는 직접 독서를 하고, 각 작품의 구조를 지적하고, 명쾌한 해석을 보여주셨죠. 그건 역시 독자에게 굉장히 의미 있는 일이었습니다. 아마 무라카미 씨에게도 그럴 테고요.

'이 소설은 이러하다'고 정답을 내놓는 표현은 피하고 항상 '이렇게도 읽을 수 있다'는 식으로 쓰셨는데요. 다음번 읽을 때는 또 어떻게 될지 모른다는 유연성을 깔고 '어디까지나 나는 이렇게 읽었다는 얘기'라고 신중하게 표현했습니다. 책에서 말씀하셨듯이 그 작업은 비평이나 평론과는 다를지도 몰라요. 그래도 텍스트의 어떤 가능성을 제시한다는 점에서는 아주 동떨어진 것도 아니라고 생각합니다. 그런데도 무라카미 씨는, 종종 그런 건 필요 없다는 입장을 취하죠.

무라카미 제가 『젊은 독자를 위한 단편소설 안내』에서 보여준 건 결국 일종의 '개인기' 같은 겁니다. 이런 책을 읽고, 어쩌면 이런 식으로 읽을 수도 있다고 문장을 통해……

— 선보인다.

무라카미 그렇죠. 선보이는 겁니다. 그러니까 평론이라기보다, 뭐랄까, 오히려 제 글을 보여준 것에 가까워요. 해당 텍스트를 토대로 저 자신에 대해 말한 셈이죠.

— 그럼 그 책에 쓰여 있는 얘기가 무라카미 씨에게는 그저 문장이라는 말씀인가요?

무라카미 어디까지나 제 문장이 메인입니다. 소설을 읽는 행위를 문장화한다. 어디까지 문장화할 수 있는지 확인한다.

— 평론이 아니라 문장을 쓴 것이다.

무라카미 네. 그도 그럴 것이 저는 그 책에서 결론이란 것을 하나도 내지 않았잖아요. '이렇게 읽는 방법도 있고, 나는 이렇게 읽었지만, 이렇게 읽어도 재미있어요'라는 식으로 말하는 건 비평이나 평론이라기보다 내레이션에 가깝거든요.

— 아마 많은 평론가와 비평가도 그와 크게 다르지 않을 텐데요. 구조를 지적하건 주제를 지적하건, 나 같으면 이 작품을 이렇게 읽겠다는 일종의 바꿔놓기를 통해, 기본적으로는 자기 기술을 보여주려는 의식이 있죠.

무라카미 그래도 소설가가 그런 글을 쓰는 것과 평론가가 평론하는 건 아무래도 이야기가 좀 다릅니다.

— 다르다고 느끼시나요?

무라카미 요컨대 제가 『젊은 독자를 위한 단편소설 안내』에서 시도한 건 여러 '관점'의 샘플 하나를 제시하는 일이었어요. 소설을 읽을 때는 이런 방법도 있다, 저런 방법도 있다, 하는 여러 시점을 보여줄 뿐이지, 소설은 이렇게 읽으라거나 이건 이런 의미다 하고 말한 게 아니에요. 그 책의 베이스는 미국 대학교에서 했던 강의입니다. 즉 나는 이 작품을 이렇게 읽었고 이렇게 생각하는데 너희 의견은 어떠냐, 하는 화두 던지기에 가까워요. 실제로는 그때부터 다 함께 소란스러운 토의를 시작했습니다. 미국의 대학교 강의는 활발한 분위기라 꽤 재미있었죠. 아무튼, 그래도 평론은 아닙니다. 제가 독서에서 찾는 것은 '무슨무슨 주의' 하는 이론적인 무장을 걷어낸 자유로움이니까요.

— 물론 비평도 독서의 자유가 전제되어야 성립할 수 있지만, 무라카미 씨가 말하는 자유로움은 목적으로서의 자유, 과정에서의 자유라고 할 수 있군요.

무라카미 음악에 대해 글을 쓰는 것도 꽤 좋아합니다. 평론이 아니라 그저 음악을 듣는 기쁨에 대해 이것저것 쓰는 거요. 음악을 문장으로 표현하는 건 어렵지만, 좋은 글쓰기 훈련이기도 하죠. 전 그런 기술을 갈고닦는 작업을 좋아하는 편이에요. 이를테면 슈베르트의 피아노소나타 D장조 D. 850을 문장으로 어떻게 옮길 수 있을까. 이건 굴튀김에 대해 쓰는 것만큼이나 어렵거든요.

— 나왔습니다, 굴튀김(웃음).

무라카미 굴튀김이 어떤 식으로 맛있는지, 어떻게 튀기면 지글지글 유혹적인 소리가 나는지 글로 묘사하는 것도 좋아합니다. '그냥 굴튀김이잖아, 직접 튀겨보면 아는걸' 하고 넘어가지 않아요. 최대한 생생하게 글로 옮기죠. 좋은 문장을 쓰기 위해 중요한 훈련이니까요.

— 그 '굴튀김 감感'을—굴튀김의 현실감 같은 것을 '문장으로' 만들어내는 것이 중요하다.

무라카미 그렇죠. 이 글을 읽었더니 굴튀김이 먹고 싶어 못 참겠더라, 이 글을 읽었더니 맥주 생각이 나서 견딜 수 없더라 하는 물리적인 반응이 생기는 게 저는 너무 좋습니다. 그리고 그런 기술을 한층 갈고닦고 싶은 강한 욕심이 있죠. 어쨌거나 물리적인 욕구를 독자들의 마음속에 심고 싶어요. '아, 굴튀김이 먹고 싶어 죽겠다!'라고 외치게 하는 것. 참을 수 없게 만드는 것. 그런 글을 좋아합니다. 개인적으로.

— 그러면서 현실의 굴튀김을 초월하고 싶은 마음도 있고요?

무라카미 그렇죠. 텔레비전에서 먹음직스럽게 지글지글 튀기는 화면이 나올 때 있잖아요? 그런 것 없이 글자만 보고도 굴튀김 생각이 간절해지는 문장을 쓰고 싶어요.

— 굴튀김을 뛰어넘겠다는 의지.

무라카미 네, 현실의 굴튀김보다 더 독자의 입맛을 돋우고 싶습니다.

— 이해됩니다. 그게 문장의 순수한 매력이니까요.

무라카미 그렇죠. 그래서 『젊은 독자를 위한 단편소설 안내』를 쓰면서도, 여기 등장한 책들을 독자들이 읽고 싶어지면 좋겠다는 마음이 있었어요.

— 많은 비평가가 자신의 기술이나 독법을 통해 작품의 또다른 구조를 만들어냅니다. 비평은 그런 능력을 정당하게 자랑하는 장이기도 하고요. 그러나 무라카미 씨가 『젊은 독자를 위한 단편소설 안내』에서 보여준 건 어떤 작품에서 좋게 느낀 부분을 문장으로 표현하는 작업이었고, 그 작품 자체를 독자들이 읽어줬으면 하는 동기가 있었던 셈이군요. 일반적인 비평처럼, 그렇게 읽으면 안 된다, 논리가 틀렸다, 어떤 해석이 더 유력한가 하는 식의 평가를 적용할 수 없고요.

무라카미 그보다 "내 생각은 이런데 너희 의견은 어때?" 하는 토론식 수업의 분위기가 강해요. 그리고 단언컨대 저는 제가 싫어하는 것, 좋아하지 않는 것에 대해선 별로 글을 쓰고 싶지 않습니다. 가능한 한 좋아하는 것에 대해, '이거 좋답니다. 좌우지간 이러이러하게 좋아요'라는 자세에서 출발하는 글을 쓰고 싶어요.

— 비평과는 그 부분이 다르군요.

무라카미 달라요, 그게 다릅니다. 그러니까 서평이나 영화평은 되도록 쓰지 않으려 해요. 정말로 좋아하는 것에 대해서만 쓰고 싶으니까.

— 그렇다면 호오를 떠나, 너무 평가가 낮은 것을 언급하는 글은 필요하다고 생각하세요?

무라카미 필요하죠, 물론. 그러나 그럴 때는 일종의 유머감각이 필요합니다. 너그러움이랄까, 능란하게 한마디 슥 찌르고 지나갈 만한 여유가 있어야 해요. 어깨를 쿵 부딪치면 안 됩니다.

— 결국 그것도 '문장'으로 수렴되는 문제군요.

무라카미 네, 정말 그렇죠.

선한 이야기는 먼 옛날의 동굴 속으로 이어진다

— 이제 이 인터뷰도 슬슬 끝이 가까워오는데요. 첫 인터뷰에서 무라카미 작품에 드러나는 '악'— 물론 악 자체는 존재하지 않는다고도 할 수 있지만—'악한 것의 양상'과 변천에 대해 이야기를 나누었죠. 마지막으로 이 문제를 좀더 이야기해보고 싶습니다.

첫째로, 어떤 '악'한 것을 묘사하면서 자신이 지금 글로 쓰는 '악'이 얼마나 '나쁜지' 생각하곤 하나요? 혹은 이건 여태껏 묘사된 적 없는 악의 형태다, 같은 인식이라든지요.

지금까지 전 세계의 수많은 작가들이 '악'에 대해 써왔습니다.

문학작품 속의 '악'에는 항상 최고의 형태를 지향하는 원칙 같은 것이 있다고 저는 개인적으로 생각합니다. 다시 말해 '악'이 글로 쓰일 때 그 '악'은 가장 나쁜 '악'을 지향한다는 거죠. 그것이 '선'과 다른, '악'의 매력입니다. 흥미롭게도 '선'에는 그런 지향성이 없을지언정 '미'에는 있다는 것이 제 생각인데, 이건 제쳐두고, 누구도 본 적 없고 존재한 적도 없는 최악의 '악'— 그것을 보거나 쓰고 싶다는 충동은 우리 안에 감춰진 욕망 혹은 폭력성과 깊이 연결되어 있지 않나 싶습니다. 그래서 무라카미 씨는 본인이 '악'한 것을 묘사하고 있다고 실감할 때, 그것이 얼마나 악한 것인지 의식하시는지요? 지금까지 문학이, 본인이 써온 '악'을 갱신했는가 하는 점에서요.

무라카미 저는 아직 순수한 의미의 '악'을 쓴 적 없고 쓰려고 한 적도 아마 없을 테니 악이란 어떤 것인지 심각하게 생각해본 적은 없습니다. 그래도 지금 제가 가장 큰 '악'이라고 보는 건 역시 시스템입니다.

— 무라카미 씨가 생각하는 '악'의 이미지는, 시스템이다.

무라카미 좀더 분명히 말하자면 국가나 사회나 제도, 그 솔리드한 시스템이 불가피하게 양성釀成하고 추출해가는 '악'이죠. 물론 모든 시스템이 '악'이라거나 시스템이 추출하는 것이 모조리 '악'이라는 말은 아닙니다. 선한 부분도 당연히 많아요. 하지만 만물에 그림자가 있듯이 어떤 국가나 사회든 '악'이 따라다니기 마련입니다. 교육 시스템도 그렇고, 종교 시스템에도 도사리고 있죠. 그런 '악'은 실제로 많은 사람을 다치게 하고 죽음으로 내몰기까지 합니다. 저는 지극히 개인주의적인 인간이라 그런 시스템의 '악' 같은 것에 매우 민감한 편입니다. 그 실상을 좀더 그려나가고 싶지만 그러면 아무래도 정치적 메시지가 되기 쉽죠. 그것만은 되도록 피하고 싶어요. 제가 바라는 형태의 발신이 아니니까요.

— 좀전에 문학상 이야기도 나왔지만, 무라카미 씨는 매년 노벨문학상 시즌마다 한바탕 소동을 치르시죠. 갈수록 과열되는 기미라 얼마나 성가실지 짐작하고도 남습니다. 그런 논쟁 혹은 이야기의 흐름에서, 일본 작가도 좀더 전면적으로 정치적인 이야기를 써야 한다는 의견도 있거든요.

무라카미 호오, 그래요?

— 네, 무라카미 씨에 대해서도 '만약 무라카미 하루키가 노벨상을 받고 싶다면 정치적인 부분을 명확히 쓸 필요가 있다'는 의견이 있습니다. 기본적으로 노벨상의 성격을 생각한다면요. 또 노벨상과는 별개로, 앞서 말했듯이 작가란 정치적이지는 않더라도 실제 사건이나 사회현상을 소재로 소설을 써야 한다는 시각도 있고요. 상상력 운운하는 것도 결국 안전한 위치에서 자신의 느낌을 늘어놓을 뿐인데, 소설이 그렇게 미적지근하기만 해선 안 된다는 거죠. 그런데 무라카미 씨는 물론 지대한 영향력

을 가지고 있음에도 이른바 정치적인 것과는 선을 긋는 입장이에요. 정치적인 메시지를 견제하면서.

무라카미 그래도 제 생각에, 제가 쓰는 글은 꽤 정치적이라고 봅니다만.

— 물론 그렇게 읽을 수도 있지만, 그런 요소들은 몇 겹의 메타포 속에 담겨 있죠. 그렇게 읽으려 들면 읽히기도 하는 것들. 예를 들어 이번 작품에는 나치스 독일과 난징학살 이야기가 나오고요. 그러나 '무라카미 하루키가 노벨상을 받고 싶다면'이라는 맥락에서 사람들이 말하는 정치적 요소란, 지금의 일본 작가라면 동일본 지진이나 원전 문제, 테러 등을 매우 직접적으로 다뤄야 한다는 이야기일 겁니다.

사회적으로 큰 사건이나 문제를 그대로 소설의 테마로 가져오고 싶다는 욕구는 특별히 없으신가요?

무라카미 그런 건 없습니다.

— 소설이기 때문인가요? 아니면 개인적으로도?

무라카미 설령 그런 글을 쓴다 해도 픽션 속에 직접적으로 담아내고 싶지는 않아요. 날것의 메시지 같은 형태로는. 여러 가지를 시간과 거리를 두고 지켜보고, 그런 시점에서 지금 여기 있는 것들을 다시금 조명하고 싶은 마음이 더 큽니다.

— 과거의 문제를 돌이켜본다 해도 현실적인 사건을 묘사하는 게 아니라, 어디까지나 이야기에 담갔다 건진다는 말이군요.

무라카미 그렇죠. 그게 제 소설관의 기본입니다.

— 지난번 인터뷰에서 '하드 랜딩'과 '소프트 랜딩'이라는 표현을 썼던 거 기억하세요?

무라카미 음, 그런 말을 했던 것 같아요.

— 자연재해와 사회 정세 등 이른바 '하드'한 현실에 대해 우리 소설가가 할 수 있는 일은 많지 않다. 이야기가 할 수 있는 역할은 '소프트 랜딩'이다. 구체적으로 어떤 것인지는 설명할 수 없지만, 중요한 건 하드한 대상을 하드하게 다룰 것이 아니라 투명인간에게 겉옷을 입힌다는 자세로 문제의 윤곽을 최대한 드러내는 것이다, 라고 하셨습니다.

무라카미 그렇죠. 제 입으로 한 말이지만 아마 지당한 의견일 겁니다. 옴진리교 사린사건을 철저하게, 일 년 들여 취재하고도 결국 논픽션으로 가는 수밖에 없겠다고 생각했던 걸 봐도요.

— 사건을 그대로 묘사한 픽션을 쓸 생각은 들지 않았나요?

무라카미 전혀요.

— 어째서일까요?

무라카미 이유를 설명하긴 힘들지만, 논픽션이 더 효과가 좋을 거라고 본능적으로 느꼈습니다. 그래서 정말이지 날것 그대로, 아무 해석도 없이, 피해자의 이야기를 글로 옮겨 차곡차곡 쌓기만 했죠. 그것만으로도 제가 하고 싶은 말을 다 할 수 있을 거라고 생각했어요. 내 말이나 해석을 굳이 끼워넣지 않은 것은 소설가인 저에게 무엇보다 의미 있는 일이었죠. 여기서 내 말을 끼워 넣으면 어딘가가 거짓이 되어버린다, 그런 느낌이 들었어요. 소설이란 물론 꾸며낸 이야기지만 거짓말은 하고 싶지 않으니까요. 그 책, 『언더그라운드』는 발언에 대한 저의 대답을 거의 넣지 않은 탓에 '주체성이 없다'는 비판도 많이 받았지만, 제 방식이 틀리지 않았다고 봅니다.

다만 당시 취재를 통해 배운 것들을 그뒤로 여러 소설에 남몰래 집어넣고 있습니다. 이것 역시 이중삼중의 메타포를 만들거나 형태를 바꿔놓았으니 아마 저 말고는 눈치채지 못할 테지만, 그때 함께 헤쳐나온 이야기들이 여러 의미로 제 소설의 동력이 되었죠.

— 무라카미 씨 안에서는 언어화가 가능한가요?

무라카미 어느 정도는 가능해요.

— 그러나 굳이 전부를 언어화하지는 않는다.

무라카미 네. 한 가지 구체적인 예를 들자면, 「개구리 군, 도쿄를 구하다」에 신용금고에서 일하는 사람이 나오죠. 야쿠자의 총에 맞는 사람.

— 가타기리 씨.

무라카미 맞아요. 그 캐릭터는 부분적이긴 하지만 제가 인터뷰한 사린사건 피해자 중 한 사람이 모델입니다. 그 사람은 사건 당시의 상황과 자기 직업, 일상생활에 대해 많은 이야기를 해줬어요. 그런데 녹취록을 원고로 만들어 보여줬더니 "좀 난처한 내용이라 책에 넣지 말았으면 한다"는 대답이 돌아왔습니다. 어떻게 안 되겠느냐고 설득했지만 역시 어렵겠다고 하더군요. 결국 책에는 신지 못했지만 「개구리 군, 도쿄를 구하다」에서 그 사람이 해준 이야기 중 몇 가지를 소재로 썼습니다. 내용 자체는 전혀 다르지만요. 뭐니뭐니해도 개구리가 나오는 이야기니까.

— 무라카미 씨만 알 수 있는 에센스를 통해, 논픽션과 픽션이 공명한 셈이군요.

무라카미 일단 내 안에 담갔다 건져서 이야기의 일부로 변경한 형태라면 현실의 사건을 픽션에 가져올 수도 있지만, 날것의 메시지를 담아내기란 힘듭니다. 저는 그러고 싶지 않아요. 설사 전 세계의 문학상을 탈 수 있을지라도(웃음).

— 그것이 무라카미 하루키라는 작가가 가진 하나의 윤리라고도 할 수 있겠네요.

무라카미 결국 말이죠, 소설에 직접적인 형태로 써넣으면 동기가 어쨌건 사건을 겪은 사람들을 소설적으로 이용하는 셈입니다. 가슴 아픈 일을 당한 사람들을 픽션의 형태로 이용하고 싶지 않아요. 그런 큰 사건뿐 아니라 일상생활도 마찬가지고요.

— 자연재해, 사건사고, 사회 정세 따위를 자기 이야기 속으로 끌어들여 쓰는 작가도 있죠. 물론 지향하는 바는 작가만 알고 있으니까 한데 묶어 말할 수는 없지만, 적어도 무라카미 하루키

라는 작가는 그런 것을 '이용'이라고 느낀다, 시사적인 문제, 현실에서, 실제로 피가 흘렀던 사건, 그로 인한 슬픔과 원망의 감정 등을 자기 이야기에 이용할 수는 없다는 거군요.

무라카미 만약 한다고 해도 차라리 연설문 같은 형식이 좋죠. 실제로 자기 목소리를 내는 연설을 통해 앞에 있는 사람들에게 직접 이야기하고 싶습니다. 명백한 스테이트먼트로 보이고 싶어요. 그편이 책임지기도 쉽고요. 예루살렘상 때도 그랬고 바르셀로나의 카탈루냐 국제상과 베를린 벨트 문학상 때도 저는 동시대적인, 나름대로 정치적인 메시지를 발신해왔다고 생각합니다. 물론 반발도 있었지만 받아들여주는 사람은 진심으로 받아들여줬어요. '좋은 발언이었다'고.

그래도 역시 무력감은 느낍니다. 제가 무슨 말을 한들 그 덕에 세상이 바뀌는 것도 아니고, 오히려 점점 나빠지는 느낌이고. 그러면 남은 건 소설 쓰기뿐이다 싶죠. 만약 제가 구체적으로 정치적 발언을 한다면 반대 의견을 가진 사람들이 곧잘 뭐라고 반박할 겁니다, 트위터 같은 데서요. 그런 차원의 발전성 없고 지루한 논쟁에 말려들 바에야 혼자서 조용히 내 소설을, 이야기를 정면에서 부딪쳐가고 싶은 거죠. 트위터나 페이스북과는 정반대의 방법을 사용하는 수밖에 없어요.

── 소설가는 그런 데 말려들 시간이 없다.

무라카미 순전히 소모니까요.

— 우리는 소설을 쓴다. 사람들이 그 이야기를 읽는다. 직접적인 메시지로 사람들에게 가닿지 않는다 해도, 방식이 다를 뿐 그것 역시 하나의 싸움이라고 실감하시는 거군요.

무라카미 그렇죠. 난징학살 문제를 예로 들면, 부정하는 이들에게는 예상 문답집 같은 게 있습니다. 이렇게 말하면 저렇게 받아친다. 저렇게 받으면 한술 더 떠 이런 말이 돌아온다. 그런 패턴이 이미 정해져 있어요. 쿵후 영화의 무술 대결과 마찬가지죠. 그러나 내가 할 말을 이야기라는 패키지에 바꿔넣으면 그런 예상 문답집을 넘어설 수 있습니다. 반대편도 좀처럼 대답다운 대답을 못해요. 이야기를 상대로, 혹은 말 그대로 이데아나 메타포를 상대로는 무슨 말을 어떻게 해야 할지 알 수 없으니 그저 먼산 보고 짖을 수밖에요. 그런 면에서 이야기는 이런 시대에 더더욱 끈질긴 힘을 지니는 겁니다. 전근대의 힘이랄까요. 만약 강하고 '선한 이야기'라면 그렇다는 말이지만.

— 전근대의 힘. 즉 이야기를 통해 그 한계를 벗어날 수 있다는 건가요?

무라카미 벗어난달까, 초월하지 않으면 이야기의 힘이 없죠.

— '좋은 이야기'로 기능하는 소설을 무라카미 씨가 만들고, 많은 독자가 그것을 읽음으로써—'코끼리는 평원으로 돌아간다'는 아닐지라도, 여러 가지 사악함이나 '악' 같은 것에 맞서는 연대가 어떤 힘으로 존재할 수 있지 않을까 하는 거군요. 현실은

각자가 가져온 이야기의 집적—혹은 집합적 무의식의 쟁탈에 의해 성립하는 것이기도 하니까요.

무라카미 사악한 이야기의 한 전형이, 아사하라 쇼코가 펼쳐 보인 이야기죠.

— 네.

무라카미 완전히 폐쇄된 장소로 사람을 끌어들여 철저하게 세뇌하고, 나아가 불특정 다수의 사람을 죽이게 만들었다. 그곳에서 기능한 건 최악의 형태를 취한 사악한 이야기입니다. 그렇게 회로가 폐쇄된 악의의 이야기가 아니라, 보다 넓고 개방적인 이야기를 작가는 만들어나가야 한다. 무언가를 둘러싸고 쥐어짜는 게 아니라 서로를 받아들이고 주고받을 수 있는 상황을 세상에 제시하고 제안해나가야 한다. 저는 『언더그라운드』 취재를 통해 그렇게 절감했습니다. 피부로 느꼈어요. 이건 해도 너무한 일이라고.

— 열린 이야기요.

무라카미 그런 이야기의 '선함'의 근거가 무엇인가 하면, 요컨대 역사의 무게입니다. 벌써 수만 년 전부터 인류가 동굴 속에서 구전해온 이야기나 신화가 우리 안에 아직도 존속하는 것이죠. 그것이 '좋은 이야기'의 토양이자 기반이자 건전한 무게라 할 수 있어요. 우리는 그것을 신뢰하고 신용해야 해요. 기나긴 시간을 견딜 수 있는 힘과 무게를 지닌 이야기를. 그 이야기는 먼 옛날의 동굴 속까지 뚜렷하게 이어져 있습니다.

— 신화나 역사의 무게 자체가 무효해졌다고 생각하진 않아요, 무라카미 씨? 그것들이 보증하는 선함, 그 자체가요.

무라카미 전혀 그렇지 않아요.

— 조금도 효력을 잃지 않았다?

무라카미 현실적으로 지금까지 끊임없이 이어져왔는걸요. 인류 역사에서 이야기의 계보가 끊긴 적은 없습니다. 제가 아는 한, 단 한 번도요. 레이 브래드버리 원작, 프랑수아 트뤼포 감독의 〈화씨 451〉이라는 영화가 있죠. 아무리 책을 불태워도, 작가를 죽이고 묻어도, 책을 읽는 이들을 모조리 감옥에 보내도, 교육 시스템을 망가뜨리고 아이들에게 글을 가르치지 않아도, 인간은 깊은 숲속으로 들어가 이야기를 이어갑니다. 그것이 좋은 이야기이기만 하다면.

— 종이가 없어져도 좋은 이야기는 이어지기 마련이다.

무라카미 설령 종이가 없어져도 인간은 이야기를 이어갈 것입니다. 페이스북이나 트위터의 역사라고 해봐야 아직 십 년도 되지 않았잖아요.

— 앞으로 어떤 형태로 얼마나 이어질지는 모르지만, 지금으로서는 그렇죠.

무라카미 그에 비해 이야기는 적어도 사만 년, 오만 년은 이어져왔는걸요. 축적의 정도가 완전히 다릅니다. 두려워할 건 아무것도 없어요. 이야기는 그렇게 간단히 죽지 않아요.

— 그런 의미에서 무라카미 씨는 '좋은 이야기'의 힘을, 그것의 건재함을 믿는 거고요.

무라카미 네, 저는 앞으로도 계속 제 이야기를 소리 높여 이어가고 싶습니다. 괜찮으면 제 동굴에 들르세요. 모닥불도 훈훈하게 피워뒀고, 구운 들쥐 고기도 있어요(웃음).

— 그럼 이제 마무리로 들어가겠습니다. 세 번에 걸쳐…… 아니군요, 『MONKEY』를 포함하면 네 번에 걸쳐 무라카미 씨에 대해, 그리고 소설 작품에 대해 이야기를 들어왔는데, 제가 준비 단계에서 마련했던 자료는—기본적으로 거의 쓸모가 없었습니다(웃음). 그도 그럴 것이, '그건 이런 거고, 저건 이런 거다' 하는, 어찌 보면 상식적인 '독법'을 무라카미 씨와 작품을 이야기할 때는 조금도 써먹을 수가 없었거든요. 제 노트 좀 보세요…… 연표는 물론이고 사회적 사건과의 상관도, '기사단장 죽이기' 그림까지 그려왔단 말예요…… 만들면서도 이게 하나도 의미 없을 수도 있겠지 생각했지만, 설마하니 이렇게까지 무용지물일 줄은 솔직히 몰랐습니다(웃음).

그래도 처음에 '함께 우물에 들어가달라'고 말씀드렸던 마음가짐 내지 방법은 내내 건재했기에, 제게는 대화를 통해서만 볼 수 있는 사실도 더러 있었고 나름의 우물 체험을 할 수 있었던 것 같습니다. 만약 무라카미 씨에게도 한두 번이나마 그런 순간이 있었고, '호, 이건 미처 몰랐는데'라고……

무라카미 무슨 라디오 프로그램에 나온 것 같네요(웃음).

— (웃음)……느끼셨으면 좋겠다고 간절히 바라봅니다.

생각해보면 인터뷰란 참 신기한 행위예요. 누군가가 질문을 받고 대답하는데, 여기서는 다들 사실을 말할 거라고 믿잖아요. 묻는 말에는 정직하게 대답해야 하고, 읽는 사람들도 으레 그럴 거라 생각합니다. 인터뷰에서는 모두 진실을 말할 거라는 생각이 깔려 있어요. 하지만 그렇게 보장하는 사람은 아무도 없잖아요. 처음부터 끝까지 거짓말만 해도 된단 말이죠.

무라카미 전 안 했는데. 무의식적인 날조는 있었을지도 모르지만요.

— 물론 무라카미 씨가 거짓말을 했다는 얘기는 아니고(웃음), 뭐라고 할까, 무라카미 씨의 대답을 보고 더 깊숙한 것까지 읽어내는 사람도 있을 테고, 저와는 다르게 받아들이는 사람도 많을 거라는 생각이 듭니다. 그렇기에 이 인터뷰가 여기서 끝나지 않고 앞으로 무라카미 씨 작품으로 이어지는 '통로' 역할을 하면 좋겠다는 심정으로, 이 자리를 맺으려 합니다.

무라카미 그런데 말이죠, 가끔 생각나는 건데, 제가 옛날에 한 인터뷰를 우연한 기회에 읽어보면 지금과 완전히 똑같은 말을 하고 있거든요. 삼십 년도 지난 인터뷰인데.

— 정말요?

무라카미 물론 묻는 말에만 대답하니까 그때그때 나오는 얘기는 조금씩 다른데, 그래도 말하려는 내용은 거의 같아요. 좋은 건지 나쁜 건지 잘 모르겠지만 뭐, 이게 나구나 하는 생각이 듭니다.

그나저나 이거 정말 어마어마한 인터뷰였어요(웃음). 앞으로 이 년 정도는 아무 말 안 해도 되지 않을까 싶군요.

— 그럼 이 년 후에 다시 뵙죠(웃음). 정말 감사했습니다.

(2017년 2월 2일, 무라카미 하루키 자택에서)

인터뷰를 마치고

무라카미 하루키

"따분하고 재미없는 대답만 해서 미안합니다만, 따분하고 재미없는 질문에는 그런 대답밖에 나오지 않는 법이죠." 어니스트 헤밍웨이는 어느 인터뷰에서 말했다. 나 역시 지금까지 작가생활을 해오면서 적지 않은 인터뷰를 했는데, 자기도 모르게 그렇게 말하고 싶어지는 상황을 몇 번인가 경험했다(물론 예의바른 나는 입 밖으로 꺼내지 않았지만).

그러나 이번에 가와카미 미에코 씨와 총 네 번에 걸쳐 인터뷰를 하면서 그런 생각이 든 적은, 정말이지 솔직하게, 단 한 번도 없었다. 오히려 신선하고 날카로운(때로는 묘하게 절실한) 질문이 속속 날아오는 통에 무심결에 식은땀을 흘릴 때가 잦았다. 아마 독자 여러분도 이 책을 읽으며 그런 '끊임없는 공세'를 피부로 느끼셨으리라 생각한다.

나는 원래 작가끼리의 대담을 썩 좋아하지 않는다. 데뷔 초기에는 몇 번 했지만 곧 그만두었다. 그러나 인터뷰 형태로 다른 작가와 이야기를 나누는 일은 제법 나쁘지 않다고 생각한다. 질문하는 쪽이든 대답하는 쪽이든, 상대를 잘 만나면 상당히 흥미로워지기 마련이다. 인터뷰라는 포맷에서는 인터뷰어의 책임과 인터뷰이의 책임이 뚜렷이 나뉘기 때문이다. 그런 깔끔함이 마음에 든다.

2015년 7월 잡지 『MONKEY』의 청탁으로 『직업으로서의 소설가』를 중심으로 가와카미 씨와 롱 인터뷰를 했는데, 그때 '이 사람과 좀더 오래 이야기해보고 싶다'는 강한 여운이 남았다. 그녀는 지금까지 만난 어떤 인터뷰어와도 다른 종류의 질문을 정면에서 던져왔기 때문이다. 그리고 스스로 납득할 때까지, 망설임 없이 여러 각도에서 그 질문을 반복했다. 그런 질문에 하나하나 대답하는 사이 지금까지 나 자신도 생각하지 못했던 의미와 풍경을 내 안에서 발견하게 되었다.

그랬던 터라 그 연장선상에서 다시 그녀와 인터뷰를 하면 어떨까, 나아가 가능하면 한 권의 책으로 만들면 어떨까 하는 이야기가 나왔을 때 이거 재미있겠다는 생각이 들었다. 그러나 한창 『기사단장 죽이기』를 쓰고 있던 시기라 일단 대답을 미뤄두고, 집필을 끝냈을 때 "혹시 아직 괜찮다면 하고 싶다"는 답을 보냈다. 이 작품을 놓고 본격적으로 이야기를 나누면 과연 어떤 인터뷰가 될지, 나로서도 꽤 흥미로웠기 때문이다.

결과는 어땠을까?

따분할 틈이 없었다, 라고 한숨을 섞어 말할 수밖에 없다. 아니, 정말이지 따분해할 여유라고는 없었답니다, 헤밍웨이 씨.

본문에 인용된 단편소설 및 에세이의 수록 출처

「장님 버드나무와 잠자는 여자」(『반딧불이』, 문학동네)

「세 가지의 독일 환상」(『반딧불이』, 문학동네)

「거울」(『4월의 어느 맑은 아침에 100퍼센트의 여자를 만나는 것에 대하여』, 문학사상사)

「코끼리의 소멸」(『빵가게 재습격』, 문학동네)

「태엽 감는 새와 화요일의 여자들」(『빵가게 재습격』, 문학동네)

「랑게르한스섬의 오후」(『코끼리 공장의 해피엔드』, 문학동네)

「잠」(『TV 피플』, 북스토리)

「토니 다키타니」(『렉싱턴의 유령』, 문학사상사)

「녹색 짐승」(『렉싱턴의 유령』, 문학사상사)

「중국행 슬로보트」(『중국행 슬로보트』, 문학동네)

「오후의 마지막 잔디」(『중국행 슬로보트』, 문학동네)

「가난한 아주머니 이야기」(『중국행 슬로보트』, 문학동네)

「개구리 군, 도쿄를 구하다」(『신의 아이들은 모두 춤춘다』, 문학사상사)

지은이 **가와카미 미에코**

2002년 가수 데뷔 후 2008년 『젖과 알』로 138회 아쿠타가와 상을 수상하며 소설가로 이름을 알렸다. 2010년 『헤븐』으로 예술선장문부과학대신 신인상과 무라사키 시키부 문학상을, 2013년 『사랑의 꿈이라든지』로 다니자키 준이치로 상을 수상했다. 그 외 작품으로 『모두 한밤중의 연인들』 『위스테리아와 세 여인』 등이 있다.

지은이 **무라카미 하루키**

1979년 『바람의 노래를 들어라』로 군조신인문학상을 수상하며 데뷔했고, 1982년 『양을 쫓는 모험』으로 노마문예신인상을, 1985년 『세계의 끝과 하드보일드 원더랜드』로 다니자키 준이치로 상을 수상했다. 『노르웨이의 숲』 『1Q84』 『기사단장 죽이기』 외 수많은 소설과 에세이로 전 세계 독자들의 사랑을 받고 있다.

옮긴이 **홍은주**

이화여자대학교 불어교육학과와 같은 대학원 불어불문학과를 졸업했다. 2000년부터 일본에 거주하며 프랑스어와 일본어 번역가로 활동하고 있다. 옮긴 책으로 『기사단장 죽이기』 『고로지 할아버지의 뒷마무리』 『마사&겐』 『미크로코스모스』 『녹턴』 등이 있다.

문학동네 세계문학

수리부엉이는 황혼에 날아오른다

1판 1쇄 2018년 8월 1일 | 1판 2쇄 2018년 8월 13일

지은이 가와카미 미에코, 무라카미 하루키 | 옮긴이 홍은주 | 펴낸이 염현숙
책임편집 양수현 | 편집 황문정 박아름 오동규 강태형
디자인 김현우 유현아 | 저작권 한문숙 김지영
마케팅 정민호 정진아 함유지 김혜연 박지영 | 홍보 김희숙 김상만 이천희
제작 강신은 김동욱 임현식 | 제작처 영신사

펴낸곳 (주)문학동네
출판등록 1993년 10월 22일 제406-2003-000045호
주소 10881 경기도 파주시 회동길 210
전자우편 editor@munhak.com | 대표전화 031) 955-8888 | 팩스 031) 955-8855
문의전화 031) 955-8896(마케팅) 031) 955-2684(편집)
문학동네카페 http://cafe.naver.com/mhdn | 북클럽문학동네 http://bookclubmunhak.com

ISBN 978-89-546-5234-6 03830

www.munhak.com